菩提講《ぼだいこう》に詰めかけた老若男女

画面向かって左奥の僧（講師）二人の右に、繁樹《しげき》妻、繁樹、世継《よつぎ》の順で、三人が横並びに座っている。繁樹と世継は対話している。若侍は縁側から三人を注視している立て膝《ひざ》の男らしい。

「雲林院菩提講」巻一上

（『大かゞみ絵詞』国立歴史民俗博物館蔵）

雷神《らいじん》と化して襲《おそ》いかかる道真《みちざね》に、太刀《たち》を構えて対決する時平《ときひら》
「清涼殿落雷、時平抜刀」巻五
(『北野天神縁起絵巻』北野天満宮蔵)

ビギナーズ・クラシックス 日本の古典

# 大鏡

武田友宏＝編

角川文庫

14971

# ◆はじめに◆

毎日見ている新聞の第一面も、テレビニュースのトップも、必ず政界の動きを取り上げています。政治には、それほど、私たちの生活を左右する力があるからです。だからこそ、選挙によって政治家を選んで、政治に民意を反映させるようにしました。それでも、なかなか国民の期待に応《こた》えるような政治が行われないため、政治を監視《かんし》する市民運動が、最近とても活発になってきています。自分たちが選んだからといって、任せっきりでは危険だ、と気づいたからです。

では、選挙制度も行政を監視する組織もなかった千年前の日本は、どうだったのでしょうか。たしかに、人々の憤懣《ふんまん》は、落書《らくしょ》や直訴《じきそ》や一揆《いっき》などの形をとって、時の権力者たちを糾弾《きゅうだん》しましたが、人々の政治意識はどのようにして目覚め、育《はぐく》まれていたのでしょうか。

そうした状況《じょうきょう》の一端《いったん》を伝えるのが、この『大鏡《おおかがみ》』という歴史物語です。『大鏡』は、時の最高権力者である藤原道長《ふじわらのみちなが》の栄華《えいが》を讃《たた》える目的があったといわれますが、そこに至るまでの政界の動向、および個々の政治家の言動を、ありのままにえぐりだして、人々の前に提供しました。その中には、国家の機密情報や、政治家の触れられたくない個人情報もあります。だから、我欲《がよく》にまみれたスキャンダルのオンパレードといった観《かん》も呈《てい》しているのです。まさに政界の内部告発の書と言ってよいでしょう。

『大鏡』では、お寺に集まった人々が、翁《おきな》から歴史の講釈《こうしゃく》を拝聴《はいちょう》しています。当時のお寺は地域最大の集会場でしたから、人々はここに集まっては、さまざまな情報交換をしました。もちろん、政治・経済に関する情報もありました。お寺での座談や講釈が、どんなに人々の政治意識を目覚めさせたかは言うまでもありません。ここには紛れもなく、政治を監視する機能が働いていました。

要するに、『大鏡』は、庶民のために、庶民の目線《めせん》で書かれたものです。それは、人々に対話を勧めて討論を呼びかける、いわば開かれた文学と言えるでしょう。

さて、本書の通釈は、いわゆる原文（古文）の逐語訳《ちくごやく》ではなく、注にすべき内容も織り込んだ独自のものです。一読《いちどく》してその場面が目に浮かぶように工夫しました。ですから、敬語についても、古典文法に則《のっと》った厳密な訳出はせずに、自然な敬意の表出にとどめてあります。

どうか、通釈を読み、原文を味わい、寸評や付録を活用し、読後感を整理していただくことを望みます。きっと千年昔の政治評論が、思いのほか身近に感じられることでしょう。『大鏡』の群像とのよき出会いを楽しまれるように心から祈ってやみません。

平成十九年十月

武田友宏

●本文は角川文庫版『大鏡』に拠ったが、適宜、表記・本文を改めた。
なお、振り仮名は、一般的と思われる読みに従った。

# ◆目次◆

〈◎・◇は、あらすじのみ掲げた〉

## 『大鏡』上

## 『大鏡』中

## 解説



## 付録

## コラム　目次

地図(※)　オゾングラフィックス
イラスト　須貝稔／G・Fオフィス

# 『大鏡』上

◈雲林院《うりんいん》の菩提講《ぼだいこう》——序《じょ》

## ◆世継《よつぎ》と繁樹《しげき》夫婦《ふうふ》と御対面《ごたいめん》

先日《せんじつ》、私《わたし》（筆記者《ひっきしゃ》）が雲林院《うりんいん》の菩提講《ぼだいこう》に参《まい》りました時《とき》のことです。並《なみ》はずれた高齢《こうれい》で、異様《いよう》な雰囲気《ふんいき》を漂《ただよ》わせている老人男性二人《ろうじんだんせいふたり》と老人女性一人《ろうじんじょせいひとり》が来合《きあ》わせて、同《おな》じ場所《ばしょ》に席《せき》を取《と》るようすが目《め》に映《うつ》りました。何《なん》ともまあ、揃《そろ》いも揃《そろ》ったウルトラ老人方《ろうじんがた》よ、と目《め》を止《と》めておりましたところ、三人《さんにん》は互《たが》いに笑顔《えがお》で見交《みか》わしながら、その中《なか》の一人《ひとり》（大宅世継《おおやけのよつぎ》）がこう口《くち》を切《き》ったのです。

「長《なが》いこと、古《ふる》い知《し》り合《あ》いにお会《あ》いして、なんとかして今《いま》まで見聞《みき》きしてきた出来事《できごと》を語《かた》り合《あ》いたい、と思《おも》っていました。さらに、ただ今《いま》の天下人《てんかびと》、入道殿下藤原道長公《にゅうどうでんかふじわらのみちながこう》の隆盛《りゅうせい》ぶりも話《はな》し合《あ》いたい、と思《おも》っていました。そんな折《おり》に、何《なん》ともまあ、こうしてお会《あ》いするとは、実《じつ》にうれしくてたまりませんな。念願《ねんがん》かなった今《いま》は、何《なん》の未練《みれん》もなくあの世《よ》に行《い》けるというものですよ。それにしても、言《い》いたいことを言《い》わずに我慢《がまん》するのは、諺《ことわざ》にもあるように、ほんとうに腹《はら》に異物《いぶつ》がたまって張《は》るような不快感《ふかいかん》がありますねえ。だからこそ、古代《こだい》の人《ひと》は、ホンネを吐《は》きたくなると、穴《あな》を掘《ほ》ってその中《なか》に言《い》い入《い》れたんだろうと思《おも》います。ともかく、こうしてお目《め》にかかれるとは、重《かさ》ね重《がさ》ねうれしいことですなあ。ところで、あなたは、いったい、おいくつになられましたか」と尋《たず》ねますと、

❖先《さい》つころ、雲林院《うりんゐん》の菩提講《ぼだいかう》に参《まゐ》りて侍《はべ》りしかば、例《れい》の人《ひと》よりはこよなう年老《としお》い、うたてげなる翁二人《おきなふたり》、嫗《おうな》と行《い》き会《あ》ひて、同《おな》じ所《ところ》に居《ゐ》ぬめり。あはれに同《おな》じやうなる者《もの》のさまかなと見侍《みはべ》りしに、これらうち笑《わら》ひ、見交《みか》はして言《い》ふやう、

(世継《よつぎ》)「年《とし》ごろ、昔《むかし》の人《ひと》に対面《たいめ》して、いかで世《よ》の中《なか》の見聞《みき》くことどもを聞《き》こえあはせむ、このただ今《いま》の入道殿下《にふだうでんか》の御有様《おほんありさま》をも申《まう》し合《あ》はせばや、と思《おも》ふに、あはれに嬉《うれ》

しくも会《あ》ひ申《まう》したるかな。今《いま》ぞ心《こころ》やすく黄泉路《よみぢ》もまかるべき。おぼしきこと言《い》はぬは、げにぞ腹《はら》ふくるる心《ここ》地《ち》しける。かかればこそ、昔《むかし》の人《ひと》は、もの言《い》はまほしくなれば、穴《あな》を掘《ほ》りては言《い》ひ入《い》れ侍《はべ》りけめと、おぼえ侍《はべ》り。返《かへ》す返《がへ》す嬉《うれ》しく対面《たいめ》したるかな。さても、幾《いく》つになり給《たま》ひぬる」と言《い》へば、

✻『大鏡』の開幕シーン――いきなり三人の超老人《ちょうろうじん》が登場するが、きわだって異様なムードを漂わせるのは、彼らが実は歴史の化身《けしん》だからだ。場面は、そこに姿を現さない『大鏡』の筆記者（レポーター）の目を通して描かれる。この筆記者は必ずしも『大鏡』の作者自身ではない。こうしたスタッフの存在が、『大鏡』に立体的な構造の魅力を与えている。

「おぼしきこと言はぬは、げにぞ腹ふくるる心地しける」は、二百年以上も後《のち》の『徒《つれ》然草《づれぐさ》』（一九段）に「おぼしきこと言はぬは腹ふくるるわざなれば」と健在《けんざい》ぶりを見

雲林院の寺門。微かながらも法灯を伝える。

せる。翁たちに負けない長寿な諺である。同じモチーフの話が、イソップ物語でお馴《な》染《じ》みの「王様の耳はロバの耳」。原形はギリシア神話にあり、この種の発想は古今東西に広がっていた。

なお、道長を入道と呼ぶのは、『大鏡』現在時の万寿《まんじゅ》二年（一〇二五）は満五十九歳で、すでに出家して仏道に入り、摂政・太政大臣を辞していたからである。

菩提講《ぼだいこう》については、コラム「雲林院の菩提講——コミュニケーションの場」参照。

### ★雲林院《うりんいん》——光《ひかり》と影《かげ》の歴史《れきし》

雲林院―現在「うんりんいん」。さらに音が融合《ゆうごう》して「うじい」とも訓《よ》む。九世紀初め、淳和天皇《じゅんなてんのう》が紫野《むらさきの》に創建した時分には離宮《りきゅう》の一つであった。初め「紫野《むらさきの》院《いん》」と呼んだ後に「雲林亭《うんりんてい》」と名を改めた。やがて、次の仁明《にんみょう》天皇の皇子常康親王《つねやすしんのう》に伝領されて、今に残る「雲林院」という称号が定まった。

離宮から仏寺に転じたのは、常康親王が仁寿《にんじゅ》元年（八五一）に出家したためである。親王は遍照《へんじょう》（僧正《そうじょう》。六歌仙《ろっかせん》の一人）に、雲林院を仏寺に改めるように委託《いたく》して、まもなく亡くなった。遍照は親王の遺志を継いで、元慶《がんぎょう》八年（八八四）雲林院を元慶寺《がんぎょうじ》（現在「がんけいじ」と訓む）の別院とする勅許《ちょっきょ》を得た。こうして雲林院は格式高い天台宗《てんだいしゅう》の寺院に生まれ変わった。

なお、元慶寺も遍照の開いた寺で、山科《やましな》の花山《かざん》にあったので花山寺《かざんじ》とも呼ばれていた。およそ一世紀の後、本書「花山天皇の出家」の舞台となった。

平安時代の雲林院は、もともと紫野に広大な寺域を有していたこともあり、人々の尊崇《そんすう》を受けて、堂塔の造営や造仏が相次ぎ、壮麗《そうれい》な大伽藍《だいがらん》を築いた。とりわけ、恵《え》心僧都《しんそうず》源信《げんしん》の創始といわれる菩提講《ぼだいこう》は、非常な人気を集め、『大鏡』が物語の場に設定したのもうなずける。当時から、人出を誘う桜・紅葉《もみじ》の名所として知られ、『古今和歌集《こきんわかしゅう》』『源氏物語《げんじものがたり》』『枕草子《まくらのそうし》』等に登場し、西行《さいぎょう》が歌に詠み、世阿弥《ぜあみ》が『雲林院《うんりんいん》』を作曲したほどで、その知名度の高さは諸寺を圧倒《あっとう》した。今でいう一大カルチャーセンターの機能まで備えていた。

雲林院が衰運に見舞われたのは、武家の台頭《たいとう》が原因であると思われる。保元《ほうげん》・平治《へいじ》の乱、源平《げんぺい》の争乱《そうらん》など、都を戦場化する内乱は、市街に近い紫野に人々を近づけなかった。鎌倉末期、寺域に大徳寺《だいとくじ》が創建されるまで、雲林院は荒廃《こうはい》の一途《いっと》をたどった。忘《わす》れ去《さ》られたような雲林院の閑地《かんち》に、大徳寺が創建されたのは正和《しょうわ》四年（一三一五）である。およそ二百年の空白から抜け出て、ようやく人々の前に姿を見せた雲林院は、新興の大徳寺に臨済宗《りんざいしゅう》の一子院《いちしいん》として従属《じゅうぞく》していた。本寺だった元慶寺も衰えて、盛時を取り戻す自助能力はない。さらに、都の地図を描《か》き替えるような応仁《おうにん》の大乱《たいらん》（一四六七～七七）が起こると、寺の由緒《ゆいしょ》を伝える古《こ》文書《もんじょ》までが散逸《さんいつ》してしまった。

江戸中期に入った十八世紀の初め、ようやく観音堂《かんのんどう》が再建され、往時《おうじ》をしのぶ記念碑となっている。現在、無住《むじゅう》という長い冬を乗り越えて、静かに住職に守られている。光と影の交錯《こうさく》する歴史を生き延びてきた雲林院は、まさに『大鏡』の翁《おきな》たちも顔負けの長命ではないか。日本文学史にとっても貴重な文化遺産の一つといえよう。

（付録・史跡案内「雲林院」参照）

★雲林院《うりんいん》の菩提講《ぼだいこう》――コミュニケーションの場

ここでいう「菩提講」は、この世の煩悩《ぼんのう》を断《た》って死後の幸福を得るために、人々に仏の教えを説《と》くお寺の集会のこと。菩提とは、悟《さと》りであり冥福《めいふく》である。参加する人々にとっては、今ふうにいえば、救いと癒《いや》しを求める集会であった。当時の仏教は、競合《きょうごう》する宗教のない国教であり、厳しく信者を拘束《こうそく》したり信仰を強制したりしなかったから、人々は気のおもむくままに自主参加できた。

今日、お寺の説教《せっきょう》といえば、抹香臭《まっこうくさ》い老人の集《つど》いという印象がある。しかし、『大鏡』の序に描かれたように、当時の菩提講は、老若男女《ろうにゃくなんにょ》が一堂《いちどう》に会《かい》する、ふれあいの場でもあった。性別・年齢・身分を問わず、自由に情報交換を楽しむことができるコミュニケーションの場なのである。とりわけ雲林院は桜・紅葉《もみじ》の名所として観光スポットでもあったから、京で一、二を競《きそ》う人気を誇り、「菩提講の雲林院」として不動《ふどう》の名声を得た。

雲林院の菩提講は、浄土教《じょうどきょう》の基礎を築いた源信《げんしん》が始めたとされるが、もと大盗《だいとう》賊《ぞく》が罪《つみ》を悔《く》いて一念発起《いちねんほっき》し、聖人《しょうにん》となって始めたともいう（『今昔物語集《こんじゃくものがたりしゅう》』一五・二二）。右大臣藤原宗忠《うだいじんふじわらのむねただ》は、自分の日記『中右記《ちゅうゆうき》』の中に、幼少のころお祖《ば》母《あ》さまに連れられて菩提講に参加した思い出を記している。堂内の群衆が一斉《いっせい》に念仏を唱える声は雷鳴《らいめい》が轟《とどろ》くようだったとも語る。まるで熱気あふれるライブの会場だったのだ（口絵参照）。

## ◆繁樹《しげき》の自己紹介《じこしょうかい》

もう一人《ひとり》の老人《ろうじん》（夏山繁樹《なつやまのしげき》）は、

「はて、いくつになったか、まったく覚《おぼ》えておりません。ただ、私《わたし》は故太《こだい》政大臣《じょうだいじんていしんこうふじわらのただひらさま》貞信公藤原忠平様が蔵人《くろうど》の少将《しょうしょう》と申《もう》し上《あ》げた十代半《じゅうだいなか》ばのころに、小舎人童《こどねりわらわ》として仕《つか》えて走《はし》り使《づか》いをした大犬丸《おおいぬまろ》ですよ。あなたは、その当時《とうじ》の宇多天皇《うだてんのう》の母后《ははきさき》（皇太后《こうたいごう》、班子女王《はんしにょおう》）の御所《ごしょ》に仕《つか》えていて、その名《な》も高《たか》い大宅世継《おおやけのよつぎ》さんとおっしゃいましたよねえ。ですから、あなたのほうが私《わたし》よりもずっと年上《としうえ》でいらっしゃいますよ。私《わたし》がほんの子《こ》どものころ、あなたは二十五《にじゅうご》、六歳《ろくさい》ほどのりっぱな大人《おとな》でいらっしゃいましたよ」と答《こた》えますと、世継《よつぎ》は、

「そうそう、そのとおりでしたな。ところで、あなたのお名前《なまえ》は何《なん》でしたっけ」と尋《たず》ね返《かえ》しました。

「藤原忠平様《ふじわらのただひらさま》のお邸《やしき》で私《わたし》が成人式《せいじんしき》をいたしました時《とき》に、忠平様《ただひらさま》が『お前《まえ》の

姓《せい》は何《なん》というのか』とおっしゃいましたので、『夏山《なつやま》と申《もう》します』と申《もう》し上《あ》げると、その場《ば》ですぐに、夏山《なつやま》に因《ちな》んで繁樹《しげき》という名《な》をお付《つ》けになったのです」などと答《こた》えます。
会話《かいわ》に耳傾《みみかたむ》けていた私《わたし》（筆記者《ひっきしゃ》）は、あまりにも古《ふる》い時代《じだい》の話《はなし》なので、時間《じかん》の感覚《かんかく》がおかしくなってしまいました。

❖いま一人《ひとり》の翁《おきな》、

（繁樹《しげき》）「幾《いく》つといふこと、さらにおぼえ侍《はべ》らず。ただし、おのれは、故太政《こだいじやう》のおとど貞信公《ていしんこう》の、蔵人少将《くらうどのせうしやう》と申《まう》しし折《をり》の小舎人童《こどねりわらは》、大犬丸《おほいぬまろ》ぞかし。主《ぬし》は、その御時《おほんとき》の母后《ははぎさい》の宮《みや》の御方《おほんかた》の召使《めしつかひ》、高名《かうみやう》の大宅世継《おほやけのよつぎ》とぞ言《い》ひ侍《はべ》りしかしな。されば、主《ぬし》の御年《みとし》は、おのれにはこよなうまさり給《たま》へらむかし。みづからが小童《こわらは》にてありし時《とき》、主《ぬし》は二十《にじふ》五六《ごろく》ばかりの男《をのこ》にてこそはいませしか」と言《い》ふめれば、世継《よつぎ》、「しかしか、さ侍《はべ》りしことなり。さても、主《ぬし》の御名《みな》はいかにぞや」と言《い》ふめれば、

(繁樹《しげき》)「太政大臣殿《だいじやうだいじんどの》にて元服《げんぷく》つかまつりし時《とき》、(忠平《ただひら》)『きむぢが姓《さう》は何《なに》ぞ』と仰《おほ》せられしかば、『夏山《なつやま》となむ申《まう》す』と申《まう》しを、やがて繁樹《しげき》となむつけさせ給《たま》へりし」

など言《い》ふに、いとあさましくなりぬ。

＊二人の翁の姓名には、『大鏡』作者の歴史に対する見方(歴史観)が反映している。

○大宅世継《おおやけのよつぎ》―「大宅」は公《おおやけ》の意で、天皇を中心とする朝廷。「世継」は世代を継承する意で、系譜。

○夏山繁樹―五月生まれから夏とし、歌語「夏山の繁き」を援用《えんよう》して命名《めいめい》した。

大宅世継は歴史の時間軸(縦)を、夏山繁樹は空間軸(横)をそれぞれ象徴している。したがって、世継が縦軸にあたる皇室系(皇太后《こうたいごう》)に仕え、繁樹が横軸にあたる藤原系(忠平《ただひら》)に仕えるのは、ごく自然なことである。

## ◆若侍《わかざむらい》の参加《さんか》、世継《よつぎ》の自己紹介《じこしょうかい》

お堂《どう》に集《あつ》まっていた人々《ひとびと》の中《なか》で、いくらか政治《せいじ》に関心《かんしん》を持《も》っていそうな連中《れんちゅう》は、老人《ろうじん》たちの会話《かいわ》に興味惹《きょうみひ》かれて、近《ちか》くにいざり寄《よ》ってきました。中《なか》でも、年《とし》のころ三十《さんじゅう》ほどの、貴族《きぞく》に仕《つか》える軽輩《けいはい》の従臣《じゅうしん》らしいなりをした侍《さむらい》が、好奇心《こうきしん》をむき出《だ》しにしてぐっとにじり寄《よ》ってきました。

「こりゃどうも、御老人方《ごろうじんがた》、ずいぶんと興味《きょうみ》そそられるお話《はなし》をなさってますなあ。僕《ぼく》には、まったく信《しん》じがたいお話《はなし》ですよ」と声《こえ》をかけますと、二人《ふたり》の古老《ころう》は顔《かお》を見交《みか》わして、不審《ふしん》がるのも無理《むり》はないといった面持《おもも》ちで高笑《たかわら》いしました。侍《さむらい》は、繁樹《しげき》と名乗《なの》る老人《ろうじん》のほうを向《む》いて、

「あなたは、御自分《ごじぶん》がいくつか覚《おぼ》えていないと言《い》いましたよね。こちらの御老人《ごろうじん》は御自分《ごじぶん》の年齢《ねんれい》を覚《おぼ》えてらっしゃいますか」と尋《たず》ねますと、世継《よつぎ》は、

「もちろんですとも。当年《とうねん》取って、ちょうど百九十歳《ひゃくきゅうじっさい》になります。ですから、繁樹《しげき》さんは百八十《ひゃくはちじゅう》に届《とど》いているはずですが、奥《おく》ゆかしいお人《ひと》だから長《ちょう》

寿《じゅ》をひけらかさないんですよ。私《わたし》は、清和天皇《せいわてんのう》が退位《たいい》なさった年《とし》（貞観十《じょうがんじゅう》八年《はちねん》〔八七六〕）の一月十五日《いちがつじゅうごにち》に生《う》まれましたので、これまで十三代《じゅうさんだい》の天《てん》皇《のう》の治世《ちせい》を生《い》きてきたわけです。自分《じぶん》で言《い》うのも何《なん》ですが、なかなかの長《ちょう》寿《じゅ》となりますな。でも、どなたも信《しん》じますまい。しかし、証拠《しょうこ》の品《しな》があるんですよ。私《わたし》の父《ちち》が、官僚養成大学《かんりょうようせいだいがく》の若《わか》い貴族学生《きぞくがくせい》に仕《つか》えておりましたので、身分《みぶん》は低《ひく》かったんですが、『都《みやこ》ほとり』――都近《みやこちか》くに住《す》めば、都《みやこ》のいろんな情報《じょうほう》が入《はい》ってくる――という諺《ことわざ》のあるように、読《よ》み書《か》きできるようになったんです。そこで、私《わたし》の産衣《うぶぎ》に生年月日《せいねんがっぴ》を書《か》き記《しる》したのですが、それがいまだに残《のこ》っております。それによりますと、私《わたし》の生年《せいねん》は確《たし》かに丙申《ひのえさる》（貞観十八年《じょうがんじゅうはちねん》〔八七六〕）なんですよ」と語《かた》る口調《くちょう》も説得力《せっとくりょく》に満《み》ちています。

❖誰《たれ》も少《すこ》しよろしき者《もの》どもは、見《み》おこせ、居寄《ゐよ》りなどしけり。年三十《としみそぢ》ばかりなる生侍《なまさぶらひ》めきたる者《もの》の、せちに近《ちか》く寄《よ》りて、（侍《さぶらひ》）「いで、いと興《きよう》あること言《い》ふ老者《らうざ》たちかな。さらにこそ信《しん》ぜられね」と言《い》へば、翁二人見交《おきなふたりみか》はして嘲《あざわら》ふ。繁樹《しげき》と名《な》のるがかたざまに見《み》やりて、（侍《さぶらひ》）「いくつといふこと、おぼえずと言《い》ふめり。この翁《おきな》どもはおぼえ給《たま》ふや」と問《と》へば、（世継《よつぎ》）「さらにもあらず。一百九十歳《ひやくきうじつさい》にぞ、今年《ことし》はなり侍《はべ》りぬる。されば、繁樹《しげき》は百八十《ひやくはちじふ》に及《およ》びてこそさぶらふらめど、やさしく申《まう》すなり。おのれは、水尾《みづのを》の帝《みかど》の下《お》りおはします年《とし》の正月《むつき》の望《もち》の日生《ひう》まれて侍《はべ》れば、十三《じふさん》代《だい》にあひ奉《たてまつ》りて侍《はべ》るなり。けしうはさぶらはぬ年《とし》なりな。まことと人《ひと》おぼさじ。されど、父《ちち》が生学生《なまがくしやう》に使《つか》はれ奉《たてまつ》りて、下﨟《げらふ》なれども、『都《みやこ》ほとり』といふこと侍《はべ》れば、目《め》を見給《みたま》ひて、産衣《うぶぎぬ》に書《か》き置《お》きて侍《はべ》りける、いまだ侍《はべ》り。丙申《ひのえさる》の年《とし》に侍《はべ》り」と言《い》ふも、げにと聞《き》こゆ。

✻新たに若輩《じやくはい》の侍が会話に加わった。ともすれば時代臭《じだいしゆう》の漂いがちな古老の対話に、現代の風を入れる三枚目。『大鏡』に複眼的構造を持たせるには、欠かせない存在である。

ちなみに、彼は、『大鏡』の原作に後人《こうじん》が補筆《ほひつ》したとされる「二《に》の舞《まい》の翁《おきな》の物語」

で、亡き世継に代わって登場、自ら「二の舞の翁」と名乗っている（二四〇頁）。

### ◆繁樹《しげき》の生《お》い立《た》ち

侍《さむらい》は、もう一人《ひとり》の老人《ろうじん》、繁樹《しげき》に向《む》かって馴《な》れ馴《な》れしげに、

「でもやっぱり、僕《ぼく》は爺《じい》ちゃまの年《とし》を知《し》りたいなあ。生《う》まれた年《とし》の干支《えと》はわかりますか。それさえわかれば、簡単《かんたん》に計算《けいさん》できますよ」と催促《さいそく》しますと、

「私《わたし》は実《じつ》の親《おや》といっしょの記憶《きおく》のないまま、他人《たにん》の手《て》で育《そだ》てられて、十二《じゅうに》、三《さん》まで養《やしな》い親《おや》と暮《く》らしておりました。そんな事情《じじょう》もあって、養《やしな》い親《おや》は私《わたし》の生《う》まれ年《どし》をはっきりと教《おし》えてはくれませんでした。ただ、養父《ようふ》は、『自分《じぶん》は、人《ひと》に仕《つか》える身《み》で、一家《いっか》を構《かま》えて子《こ》を作《つく》るという考《かんが》えは毛頭《もうとう》なかった。ある日《ひ》、主人《しゅじん》のお使《つか》いで市場《いちば》へ買《か》い物《もの》に出《で》かけたのだが、主人《しゅじん》から預《あず》かったお金《かね》とはまた別《べつ》に、自分《じぶん》でも銭十貫《ぜにじっかん》を所持《しょじ》していた。その時《とき》に、かわい

らしい乳飲み子《ちのご》を抱《だ》いた女《おんな》と出会《であ》ったが、「この子《こ》を手放《てばな》して、人《ひと》に譲《ゆず》りたいんです。子《こ》どもを十人産《じゅうにんう》んで、この子《こ》は父親《ちちおや》が四十《しじゅう》の時《とき》の子《こ》で、おまけに親《おや》を害《がい》するという五月生《ごがつう》まれときているので、やっかいでしかたがないんです」と愚痴《ぐち》るので、自分《じぶん》の所持金《しょじきん》と交換《こうかん》して来《き》たんだよ。その際《さい》、「姓《せい》は何《なん》と言《い》うんだ」と尋《たず》ねたら、女《おんな》は「夏山《なつやま》です」と言《い》っていた』。そう養父《ようふ》から聞《き》いております。こんなわけで、十三《じゅうさん》の時《とき》に家《いえ》を出《で》て、忠平様《ただひらさま》のお邸《やしき》に御奉公《ごほうこう》に上《あ》がったのです」などと語《かた》ったのです。

❖いま一人《ひとり》に、(侍《さぶらひ》)「なほ、わ翁《おきな》の年《とし》こそ聞《き》かまほしけれ。生《う》まれけむ年《とし》は、知《し》りたりや。それにていとやすく数《かず》へてむ」と言《い》ふめれば、(繁樹《しげき》)「これはまことの親《おや》にも添《そ》ひ侍《はべ》らず、他人《ことひと》のもとに養《やしな》はれて、十二三《じふにさん》まで侍《はべ》りしかば、はかばかしくも申《まう》さず。ただ、(養父《やうふ》)『我《われ》は子生《こう》むわきも知《し》らざりしに、主《しゅう》の御使《おほんつか》ひに市《いち》へまかりしに、またわたくしにも銭十貫《ぜにとつら》を持《も》ちて侍《はべ》りけるに、憎《にく》げもなき乳児《ちご》を抱《いだ》きたる女《をんな》の、「これ人《ひと》に放《はな》たむとなむ思《おも》ふ。子《こ》を十人《とたり》まで生《う》みて、これは四十《よそ》たりの子《こ》にて、いとど五月《さつき》にさへ生《う》まれてむつかしきなり」と言《い》ひ侍《はべ》りければ、この持《も》ちたる銭《ぜに》に換《か》へて来《き》にしなり。「姓《さう》は何《なに》とか言《い》ふ」と問《と》ひ侍《はべ》りければ、（女）《をんな》「夏山《なつやま》」とは申《まう》しける』。さて、十三《じふさん》にてぞ、おほき大殿《おほいとの》には参《まゐ》り侍《はべ》りし」など言《い》ひて。

✲市場で人身売買《じんしんばいばい》がなかば公然と行われている。現代では犯罪行為《はんざいこうい》だが、売る方も買う方も罪悪感はないようだ。医療《いりよう》制度の不備な時代では、赤子《あかご》の育つのは至難《しなん》だったから、自然に生まれた庶民の知恵ともいえよう。売った実母も買った養父も、その後に後腐《あとくさ》れはなく、繁樹の長い人生に影を落とした気《け》

市場の風景（一遍上人絵伝）

配《はい》はない。

「銭十貫《ぜにじっかん》」は約四十万円と推定した（コラム「お金の話」一六〇頁参照）。

四十という年齢が嫌《きら》われている。「四」が「死」に通ずるからである。「五月《さつき》生まれ」が嫌われたのは、成長して親を害するという中国の俗信からだというが、日本の場合、田植えの季節で神聖な農耕行事を営む月だからだ。この月は出産も結婚も避けた。

## ◆お互《たが》いの妻《つま》のこと

世継《よつぎ》は、「それにしても、こうして御対面《ごたいめん》がかなうとは、実《じつ》にうれしいですなあ。これも御仏《みほとけ》のお導《みちび》きでしょう。この数年《すうねん》、どこそこの寺《てら》の説《せっ》教《きょう》がどうのこうのと大騒《おおさわ》ぎしていますが、そんなものたいしたことはあるまいと思《おも》って、お参《まい》りもせずにおりました。それが、今日《きょう》はまことに運《うん》よく、お参《まい》りする気《き》が起《お》こりまして、こうしてやってきましたが、ほんとう

にうれしいことで」と喜《よろこ》んで、さらに、
「そこにおいでの方《かた》は、あの当時《とうじ》の奥《おく》さんでいらっしゃるのかな」と尋《たず》ね
ましたので、繁樹《しげき》が答《こた》えて、
「いえ、そうじゃありません。当時《とうじ》の家内《かない》はとっくに亡《な》くなりましたので、
これは、その後《ご》いっしょになりました小娘《こむすめ》ですわい。で、あなたさまはど
うされまして」と問《と》い返《かえ》されて、世継《よつぎ》は、
「私《わたし》のほうは、あの当時《とうじ》の家内《かない》ですよ。今日《きょう》いっしょにお参《まい》りしようと支《し》
度《たく》をしていたんですが、最近瘧《さいきんおこり》を患《わずら》っていまして、今日《きょう》が発作日《ほっさび》にあたっ
てしまいましたので、残念《ざんねん》ながら、お参《まい》りできなくなってしまいました」
と言《い》い、二人《ふたり》はしんみりと昔話《むかしばなし》に耽《ふけ》りながら泣《な》いているようでしたが、涙《なみだ》
が落《お》ちたようには見《み》えませんでした。

❖(世継《よつぎ》)「さても、嬉《うれ》しく対面《たいめ》したるかな。仏《ほとけ》の御《み》しるしなめり。年頃《としごろ》、ここかし

この説経《せきやう》とののしれど、何《なに》かはとて参《まゐ》り侍《はべ》らず。かしこく思《おも》ひ立《た》ちて参《まゐ》り侍《はべ》りにけるが、嬉《うれ》しきこと」とて、(世継《よつぎ》)「そこにおはするは、その折《をり》の女人《をむな》にやみでますらむ」と言《い》ふめれば、繁樹《しげき》が答《いら》へ、「いで、さも侍《はべ》らず。それは、はや失《う》せ侍《はべ》りにしかば、これはそののちにあひそひて侍《はべ》る童《わらはべ》なり。さて、閣下《かふか》はいかが」と言《い》ふめれば、世継《よつぎ》が答《いら》へ、

「それは、侍《はべ》りし時《とき》のなり。今日《けふ》もろともに参《まゐ》らむと出《い》で立《た》ち侍《はべ》りつれど、わらはやみをして、あたり日《び》に侍《はべ》りつれば、口惜《くちを》しう、え参《まゐ》り侍《はべ》らずなりぬる」など、あはれに言《い》ひ語《かた》らひて泣《な》くめれど、涙落《なみだお》つとも見《み》えず。

✿繁樹が妻を小娘（わらわべ）呼ばわりして強がってみせると、世継が妻を童病（わらわやみ）と応じるのは、無意識のギャグになっている。童病（瘧《おこり》）は発作的《ほっさてき》な発熱を繰り返す感染症《かんせんしょう》で、マラリアともいわれる。現在の日本には見られないが、当時は国民病といってよいほどだった。『源氏物語』の光源氏《ひかるげんじ》も悩まされている。

## ◆歴史談義《れきしだんぎ》の始《はじ》まり

こうして説教《せっきょう》するお坊《ぼう》さんのおいでを待《ま》っている間《あいだ》、私《わたし》をはじめ誰《だれ》も彼《かれ》もが暇《ひま》をもてあましておりますと、二人《ふたり》の老人《ろうじん》は堂内《どうない》にこう呼《よ》びかけました。

世継《よつぎ》が「いやどうも、皆《みな》さん、手持《ても》ちぶさたですから、こっちにいらっしゃい。これから、政治《せいじ》の移《うつ》り変《か》わりを取《と》り上《あ》げて、ここにおられる皆《みな》さんに、昔《むかし》の世《よ》の中《なか》はこうだったんだと、わかりやすくお話《はな》しいたしましょう」と誘《さそ》いかけますと、もう一人《ひとり》の繁樹《しげき》も、

「そうそう、それはとてもおもしろい趣向《しゅこう》ですねえ。さあ、存分《ぞんぶん》に記憶《きおく》を再生《さいせい》なさってください。合間《あいま》に、付《つ》け加《くわ》えたらお役《やく》に立《た》ちそうな話題《わだい》は、私《わたし》も昔《むかし》を思《おも》い起《お》こしてお手伝《てつだ》いしますよ」と応《おう》じて、二人《ふたり》とも話《はな》したくてたまらないようすです。私《わたし》のほうも早《はや》く聞《き》きたくて、話《はなし》が待《ま》ち遠《どお》しくてたまりません。

二人《ふたり》の周《まわ》りにはどんどん人《ひと》が押《お》し掛《か》けてきました。その中《なか》には話《はなし》をちゃんと理解《りかい》でき、しっかり耳傾《みみかたむ》けて聞《き》くような人《ひと》もいたでしょう。でも、ひときわ目立《めだ》って、この侍《さむらい》が、一言《ひとこと》も聞《き》き逃《のが》すまいといった顔《かお》つきで、しきりにあいづちを打《う》っているようでした。

❖かくて講師《かうじ》待《ま》つほどに、我《われ》も人《ひと》も久《ひさ》しうつれづれなるに、この翁《おきな》どもの言《い》ふやう、(世継《よつぎ》)「いで、さうざうしきに、いざ給《たま》へ。昔物語《むかしものがたり》して、このおはさふ人々《ひとびと》に、さは、古《いにしへ》の、世《よ》はかくこそありけれと、聞《き》かせ奉《たてまつ》らむ」と言《い》ふめれば、(繁樹《しげき》)「しかしか、いと興《きよう》あることなり。いでおぼえ給《たま》へ。ときどきさるべきことのまじらへしけるもおぼえ侍《はべ》らむかし」と言《い》ひて、言《い》はむ、言《い》はむと思《おも》へる気色《けしき》ども、いつしか聞《き》かまほしく、奥《おく》ゆかしき心地《ここち》するに、そこらの人多《ひとおほ》かりしかど、ものはかばかしく耳《みみ》とどむるもあらめど、人目《ひとめ》にあらはれて、この侍《さぶらひ》ぞ、よく聞《き》かむとあど打《う》つめりし。

✻世継・繁樹がいよいよ自分たちの舞台を拵《こしら》えはじめた。しかも、昔はこうだったんだ（古の、世はかくこそありけれ）と、平易明快《へいいめいかい》な歴史教育を行うことを宣言する。過去の歴史を正確に学ぶことの重要性をしっかりと強調していて、これは現代にも十分通ずる教育理念といえる。

★『大鏡』のキャスト（配役）

※世継と繁樹の命名の由来については三七頁参照のこと。

○**大宅世継**《おおやけのよつぎ》—語り手の主役。貞観《じょうがん》十八年（八七六）生まれ。百九十歳（現在時に合わせれば百五十歳）。若いころ班子女王《はんしにょおう》（光孝天皇后《こうこうてんのうきさき》、宇多天皇母《うだてんのうはは》）に仕えた。家は光孝天皇が親王時の御所の隣《となり》にあった。父は学生《がくしょう》に仕えていた。

○**世継**《よつぎ》**の妻**《つま》—貞観六年（八六四）生まれ。世継より十二歳年上。明子《あきらけいこ》（文徳《もんとく》天皇后、清和《せいわ》天皇母、良房女《よしふさのむすめ》）に仕えた。菩提講《ぼだいこう》には欠席。

○**夏山繁樹**《なつやまのしげき》—世継の相手役。寛平《かんぴょう》元年（八八九）生まれか。世継より十余歳年下。養父に買われて育ち、少年時、藤原忠平《ふじわらのただひら》公に仕えた。

○**繁樹の後妻**《しげきのごさい》—陸奥国《みちのくに》（福島県）出身。教養はないが世話女房。女流歌人中務《なかつかさ》の君《きみ》にお供《とも》して上京した。

○**侍**《さむらい》—貴族に仕える家来《けらい》（武士ではない）。約三十歳。相づちを打ったり、つっこみを入れたりの名脇役《めいわきやく》。歴史好きで、一家言《いっかげん》の持ち主。

○**筆記者**《ひっきしゃ》—覆面記者役の女房《にょうぼう》らしい。皇太后宮妍子《こうたいごうぐうけんし》・禎子《ていし》内親王《ないしんのう》に仕えるようだ。語りの場には直接参加せず、側から観察し、独り言を加える（「作品紹介」二四四頁参照）。

◎**作者**—『大鏡』の制作者。筆記者を含めたキャストの考案者。

## ◆古老《ころう》の価値《かち》

世継《よつぎ》は、まずこんな前置《まえお》きから語《かた》り始《はじ》めました。「人間《にんげん》の世界《せかい》というものは、何《なん》ともおもしろいものですなあ。人《ひと》が年老《としお》いて死《し》んだ後《のち》には、新《あたら》しく若《わか》い人《ひと》が現《あらわ》れてくる。古《ふる》いものは常《つね》に新《あたら》しいものに取《と》って替《か》わられる。そうはいっても、もう用《よう》なしに見《み》える老人《ろうじん》こそが、多少《たしょう》なりとも古《ふる》い世界《せかい》を記憶《きおく》して、世《よ》の中《なか》のお役《やく》に立《た》っているんです。

その昔《むかし》、賢明《けんめい》な天子《てんし》が世《よ》を治《おさ》めていた時代《じだい》は、『国内《こくない》に長寿《ちょうじゅ》の老人男女《ろうじんだんじょ》がいないか』と探《さが》しては、お呼《よ》び寄《よ》せになった。そして、古《ふる》い時代《じだい》の政治《せいじ》の状況《じょうきょう》をお尋《たず》ねになっては、老人《ろうじん》たちのお話《はなし》を聴《き》いて参考《さんこう》になさりながら、政治《せいじ》をとられたといいます。ですから、長寿《ちょうじゅ》の老人《ろうじん》は、非常《ひじょう》に希少価値《きしょうかち》のある存在《そんざい》なんです。若《わか》い皆《みな》さん、けっして年寄《としよ》りをばかにしちゃいけませんぞ」

そう言《い》って、黒柿《くろがき》の骨《ほね》が九本《きゅうほん》で黄色《きいろ》の紙《かみ》を張《は》った扇《おうぎ》をかざし、顔《かお》を隠《かく》しながら科《しな》を作《つく》って笑《わら》った。そのようすは、ポーズだとわかっていても、聴《ちょう》衆《しゅう》を惹《ひ》きつけるものがありました。

❖世継《よつぎ》が言《い》ふやう、「世《よ》はいかに興《きょう》あるものぞや。さりとも翁《おきな》こそ少々《せうせう》のことはおぼえ侍《はべ》らめ。昔《むかし》さかしき帝《みかど》の御政《おほんまつりごと》の折《をり》は、『国《くに》のうちに年老《としお》いたる翁《おきな》・嫗《おうな》やある』と召《め》し尋《たづ》ねて、古《いにしへ》の掟《おきて》の有様《ありさま》を問《と》はせ給《たま》ひてこそ、奏《そう》することを聞《き》こし召《め》しあはせて、世《よ》の政《まつりごと》は行《おこな》はしめ給《たま》ひけれ。されば、老《お》いたるは、いとかしこき者《もの》に侍《はべ》り。若《わか》き人《ひと》たち、な侮《あなづ》り給《たま》ひそ」とて、黒柿《くろがい》の骨九《ほねここの》つあるに、黄《き》なる紙貼《かみは》りたる扇《あふぎ》をさしかくして、気色《けしき》だち笑《わら》ふほども、さすがにをかし。

✻年寄りをだいじにしろ、と世継は言うが、だいじにされるのは、年寄りの頭の中にある過去の知識・経験である。現在・未来を生き抜くための貴重なデータ・ベースだからだ。これを有する年寄りは、まさに知的財産そのものとなる。

黒柿《くろがき》の骨に黄色の紙を張った扇は、『枕草子《まくらのそうし》』（堺本《さかいぼん》）に「貧《まず》しげなるもの」として出てくる。貴族の持ち物ではなく、世継が使うと講釈師《こうしゃくし》の張扇《はりおうぎ》を連想させるのがおもしろい。歴史を講釈する世継の目線が、庶民の立場にあることを伝えている。

## ◆話《はなし》のねらいと内容《ないよう》

そのあと世継《よつぎ》は急《きゅう》に真顔《まがお》になって、

「この世継《よつぎ》が本気《ほんき》でお話《はな》ししたいのは、他《ほか》でもありません。現在《げんざい》、政権《せいけん》を担当《たんとう》しておられる入道殿下《にゅうどうでんか》の藤原道長公《ふじわらのみちながこう》の権勢《けんせい》が、史上《しじょう》に類《るい》のないものであることを、僧侶《そうりょ》・俗人《ぞくじん》あるいは男《おとこ》・女《おんな》の差《さ》別《べつ》をせずに、平等《びょうどう》に皆《みな》さんの前《まえ》で説明《せつめい》しようと思《おも》うのです。しかし、それには、お話《はな》しすることが非常《ひじょう》に多《おお》くて、まず始《はじ》めにたくさんの天皇《てんのう》・皇后《こうごう》さらに大臣《だいじん》・高官《こうかん》の身《み》の上《うえ》について次々《つぎつぎ》とお話《はな》ししなければなりません。それらを踏《ふ》まえて、そうした方々《かたがた》の中《なか》でも最高《さいこう》の幸運児《こううんじ》でいらっしゃる入道殿下《にゅうどうでんか》の権勢《けんせい》について申《もう》し上《あ》げようと思《おも》います。そうすれば、お話《はなし》を通《とお》して、自然《しぜん》に政治《せいじ》のほんとうの姿《すがた》が明《あき》らかになるはずです。

人《ひと》づてにお聞《き》きしたのですが、全八巻《ぜんはちかん》ある『法華経《ほけきよう》』の全体《ぜんたい》を説明申《せつめいもう》し上《あ》げようとして、その下準備《したじゆんび》に、『法華経《ほけきよう》』以外《いがい》の「余経《よきよう》」を説明《せつめい》なさったのだそうです。「余経《よきよう》」とは、お釈迦様《しやかさま》の説教《せつきよう》を五期《ごき》に分《わ》けた、前四《まえよっ》つの時期《じき》に説《と》かれたお経《きよう》でして、最後《さいご》の第五期《だいごき》に説《と》かれたのが『法華経《ほけきよう》』でした。五《いっ》つの時期《じき》のお経《きよう》をひっくるめて「五時教《ごじきよう》」というのだそうです。

これと同《おな》じようなしだいで、道長公《みちながこう》の御栄華《ごえいが》についてお話《はな》ししようとしますと、まずは「余経《よきよう》」に相当《そうとう》する方々《かたがた》の話《はなし》になってしまうというわけなんです」などと語《かた》る口《くち》ぶりは、もったいぶって大《おお》げさに聞《き》こえますが、私《わたし》(筆記者《ひつきしや》)は内心《ないしん》「いやなあに、そんなことを言《い》ったって、どれほどの内《ない》容《よう》なものか」と、高《たか》をくくって聴《き》いていますと、おそろしく聞《き》き応《ごた》えのある話《はなし》を次々《つぎつぎ》と繰《く》り出《だ》してきました。

❖（世継《よつぎ》）「まめやかに世継《よつぎ》が申《まう》さむと思《おも》ふことは、ことごとかは。ただ今《いま》の入道殿《にふだうでん》下《か》の御有様《おほんありさま》の、世《よ》にすぐれておはしますことを、道俗男女《だうぞくなんによ》の御前《おまへ》にて申《まう》さむと思《おも》ふが、いと事多《ことおほ》くなりて、あまたの帝王《みかど》・后《きさき》、また大臣《だいじん》・公卿《くぎやう》の御上《おほんうへ》をつづくべきなり。その中《なか》に幸《さいは》ひ人《びと》におはします、この御有様《おほんありさま》申《まう》さむと思《おも》ふほどに、世《よ》の中《なか》のことのかくれなくあらはるべきなり。つてに承《うけたま》はれば、法華経一部《ほけきやういちぶ》を説《と》き奉《たてま》らむとてこそ、まづ余経《よきやう》をば説《と》き給《たま》ひけれ。それを名《な》づけて五時教《ごじけう》とはいふにこそはあなれ。しかのごとくに、入道殿《にふだうどの》の御栄《おほんさか》えを申《まう》さむと思《おも》ふほどに、余経《よきやう》の説《と》かるるといひつべし」など言《い》ふも、わざわざしくことごとしく聞《き》こゆれど、「いでや、さりとも、何《なに》ばかりのことをか」と思《おも》ふに、いみじうこそ言《い》ひ続《つづ》け侍《はべ》りしか。

◆まず文徳天皇《もんとくてんのう》から

「世間《せけん》で摂政《せつしよう》・関白《かんぱく》あるいは大臣《だいじん》・高官《こうかん》と呼《よ》ばれる方々《かたがた》は皆《みな》、今《いま》も昔《むかし》も変《か》わらず、この入道殿道長公《にゆうどうどのみちながこう》のように権勢《けんせい》を振《ふ》るっておられたろうと、今《いま》どきの若《わか》い世代《せだい》は思《おも》い込《こ》むでしょうなあ。しかし、それがそうじゃあないんですよ。最終的《さいしゅうてき》な話《はなし》をすれば、先祖《せんぞ》が同《おな》じ、血筋《ちすじ》も同《おな》じでいらっしゃっても、家筋《いえすじ》が分《わ》かれてしまうと、家《いえ》が優先《ゆうせん》するために、それに従《したが》ってお心構《こころがま》えもまた、別々《べつべつ》になってしまうものなんです。

歴史《れきし》が始《はじ》まって以来《いらい》、天皇《てんのう》は、まず神代《かみよ》の七代《しちだい》は差《さ》し置《お》きまして、神武《じんむ》天皇《てんのう》から今上天皇《きんじょうてんのう》（後一条天皇《ごいちじょうてんのう》）に至《いた》るまで、ちょうど六十八代《ろくじゅうはちだい》になられました。ですから、当然《とうぜん》のこと、神武天皇《じんむてんのう》から始《はじ》めて歴代《れきだい》の天皇《てんのう》の御系譜《ごけいふ》をお話《はな》しいたすべきでございます。確《たし》かにそうすべきですけれども、そうするとあまりにも古《ふる》い話《はなし》で、聞《き》く人《ひと》の耳《みみ》に縁遠《えんどお》いので、系統《けいとう》の一番近《いちばんちか》い天皇《てんのう》からお話《はな》ししようと思《おも》います。

さて、文徳天皇《もんとくてんのう》と申《もう》し上《あ》げる天皇《てんのう》がいらっしゃいました。その天皇《てんのう》からこちら、今上《きんじょう》の後一条天皇《ごいちじょうてんのう》までちょうど十四代《じゅうよんだい》におなりになっています。その間《かん》の年数《ねんすう》をかぞえますと、文徳天皇《もんとくてんのう》が即位《そくい》なされた嘉祥三年庚午《かしょうさんねんかのえうま》の年《とし》（八五〇）から今年《ことし》（万寿二年《まんじゅにねん》〔一〇二五〕）まで、百七十六年《ひゃくしちじゅうろくねん》ほどになっているでしょうか。言葉《ことば》に出《だ》すのも畏《おそ》れ多《おお》い天皇《てんのう》の御名《みな》を申《もう》し上《あ》げるのは、もったいのうございますが……」と畏《かしこ》まりながら、世継《よつぎ》は語《かた》り続《つづ》けました。

❖（世継《よつぎ》）「世間《よのなか》の、摂政《せつしやう》・関白《くわんぱく》と申《まう》し、大臣《だいじん》・公卿《くぎやう》と聞《き》こゆる、いにしへ今《いま》の、皆《みな》この入道殿《にふだうどの》の御有様《おほんありさま》のやうにこそはおはしますらめとぞ、今《いま》やうの稚児《ちご》どもは思《おも》ふらむかし。されども、それさもあらぬことなり。言《い》ひもていけば、同《おな》じ種《たね》、一《ひと》つすぢにぞあれど、門《かど》わかれぬれば、人々《ひとびと》の御心《みこころ》もちゐも、また、それに従《したが》ひて、ことごとになりぬ。

この世《よ》始《はじ》まりてのち、帝《みかど》は、まづ神《かみ》の世《よ》七代《ななよ》をおき奉《たてまつ》りて、神武天皇《じんむてんわう》をはじめ奉《たてまつ》りて、当代《たうだい》まで六十八代《ろくじふはちだい》にぞならせ給《たま》ひにける。すべて、神武天皇《じんむてんわう》をはじめ奉《たてまつ》りて、つぎつぎの帝《みかど》の御次第《おほんしだい》をおぼえ申《まう》すべきなり。しかりといへども、それはいと聞《き》き耳遠《みみとほ》ければ、ただ近《ちか》きほどより申《まう》さむと思《おも》ふに侍《はべ》り。文徳天皇《もんとくてんわう》と申《まう》す帝《みかど》おはしましき。その帝《みかど》よりこなた、今《いま》の帝《みかど》（後一条《ごいちでう》）まで、十《じふ》四代《よだい》にぞならせ給《たま》ひにける。世《よ》を数《かぞ》へ侍《はべ》れば、その帝位《みかどくらゐ》につかせ給《たま》ふ嘉祥三年《かしやうさんねん》庚午《かのえうま》の年《とし》より、今年《ことし》までは、一百七十六年《ひやくしちじふろくねん》ばかりにやなりぬらむ。かけまくもかしこき君《きみ》の御名《みな》を申《まう》すは、かたじけなくさぶらへども」とて、言《い》ひ続《つづ》け侍《はべ》りし。

✽この後から皇室の系譜が語られるが、そのトップが文徳天皇であることと、大臣列伝のトップが藤原冬嗣《ふじわらのふゆつぐ》であることは、明白な根拠《こんきょ》がある。二人は孫《まご》と外祖父《がいそふ》の血縁関係にあり、ここではじめて外戚《がいせき》による摂関政治の種が蒔《ま》かれたからである。それが育って実りを迎えるのが、子の良房《よしふさ》、孫の基経《もとつね》の代である。

## ◈策謀《さくぼう》による天皇《てんのう》の出家《しゅっけ》――花山天皇《かざんてんのう》

### ◆天皇《てんのう》の略歴《りゃくれき》と逸話《いつわ》

（円融天皇《えんゆうてんのう》の）次《つぎ》の天皇《てんのう》は花山天皇《かざんてんのう》と申《もう》しました。冷泉院《れいぜいいん》の第一皇子《だいいちおうじ》です。御母君《おんははぎみ》は贈皇后宮懐子《ぞうこうごうぐうかいし》と申《もう》します。太政大臣藤原伊尹公《だいじょうだいじんふじわらのこれまさこう》の御長女《ごちょうじょ》です。この天皇《てんのう》は、安和元年《あんながんねん》（九六八）戊辰《つちのえたつ》十月二十六日《じゅうがつにじゅうろくにち》、母方《ははかた》の御祖父伊尹公《ごそふこれまさこう》の一条《いちじょう》の御邸《おやしき》でお生《う》まれになったということですが、今《いま》の世尊寺《せそんじ》のことですかな。御誕生日《おたんじょうび》には、ちょうど御父君冷泉院《ごふくんれいぜいいん》が即位《そくい》された時《とき》の大嘗会《だいじょうえ》の御禊《ごけい》の儀式《ぎしき》がありました。同二年《どうにねん》己巳《つちのとみ》（九六九）八月十三日《はちがつじゅうさんにち》に、皇太子《こうたいし》にお立《た》ちになりました。御年二歳《おんとしにさい》。天元五年《てんげんごねん》（九八二）壬午《みずのえうま》二月十九日《にがつじゅうくにち》、御元服《ごげんぷく》。御年十五歳《おんとしじゅうごさい》。永観二年《えいかんにねん》（九八四）甲申《きのえさる》八月二十八日《はちがつにじゅうはちにち》、御即位《ごそくい》。御年十七歳《おんとしじゅうななさい》。

寛和二年《かんなにねん》（九八六）丙戌《ひのえいぬ》六月二十二日《ろくがつにじゅうににち》の夜《よる》、何《なん》とも奇々怪々《ききかいかい》としか申《もう》し上《あ》げようのない事件《じけん》は、側近《そつきん》にも打《う》ち明《あ》けることなく、ひっそりと花山寺《かざんじ》にお出《で》かけになり、御出家入道《ごしゆつけにゆうどう》なさったことですよ。御年《おんとし》十九歳《じゆうきゆうさい》。御在《ござい》位《い》二年《にねん》。御出家《ごしゆつけ》の後《のち》、御在世《ございせ》は二十二年《にじゆうにねん》でございました。

❖次《つぎ》の帝《みかど》、花山天皇《くわさんてんわう》と申《まう》しき。冷泉院第一《れいぜいゐんだいいち》の皇子《みこ》なり。御母《おほんはは》、贈皇后宮懐子《ぞうくわうごうぐうくわいし》と申《まう》す。太政大臣伊尹《だいじやうだいじんこれまさ》のおとどの第一《だいいち》の御女《おほんむすめ》なり。この帝《みかど》、安和元年戊辰十月二十六日丙子《あんわぐわんねんつちのえたつかんなづきはつかあまりむゆかひのえね》、母方《ははかた》の御祖父《おほんおほぢ》（伊尹《これまさ》）の一条《いちでう》の家《いへ》にて生《う》まれさせ給《たま》ふとあるは、世尊寺《せそんじ》のことにや。その日《ひ》は、冷泉院《れいぜいゐん》の御時《おほんとき》の大嘗会《だいじやうゑ》の御禊《ごけい》あり。同《おな》じ二年《にねん》己巳八月十三日《つちのとみはづきとをかあまりみつか》、春宮《とうぐう》に立《た》たせ給《たま》ふ。御年二歳《おほんとしにさい》。天元五年《てんげんごねん》壬午二月十九日《みづのえうまきさらぎとをかあまりここぬか》、御元服《ごげんぷく》せさせ給《たま》ふ。御年十五《おほんとしじふご》。永観二年甲申八月二十八日《えいくわんにねんきのえさるはづきはつかあまりやうか》、位《くらゐ》に即《つ》かせ給《たま》ふ。御年十七《おほんとしじふしち》。

寛和二年丙戌六月二十二日《くわんわにねんひのえいぬみなづきはつかあまりふつか》の夜《よ》、あさましくさぶらひしことは、人《ひと》にも知《し》らせさせ給《たま》はで、みそかに花山寺《くわさんじ》におはしまして、御出家入道《おほんすけにふだう》せさせ給《たま》へりしこそ。御《おん》年十九《としじふく》。世《よ》を保《たも》たせ給《たま》ふこと、二年《ふたとせ》。そののち、二十二年《にじふにねん》はおはしましき。

## ◆天皇《てんのう》を出家《しゆつけ》させる巧妙《こうみよう》な罠《わな》

まことに胸《むね》の痛《いた》む事件《じけん》でした。出家《しゆつけ》して御退位《ごたいい》なさったあの夜《よ》は、藤壺《ふじつぼ》の上《うえ》の御局《みつぼね》の小《ちい》さな戸口《とぐち》から忍《しの》び出《で》られました。ちょうど有明《ありあけ》の月《つき》がとても明《あか》るい晩《ばん》でしたので、天皇《てんのう》は、「こうも丸見《まるみ》えだと、邪魔《じやま》が入《はい》らないか心配《しんぱい》だなあ。どうしたらよいだろう」と尋《たず》ねられました。すると、粟田殿《あわたどの》道兼公《みちかねこう》は、「そうかといって、今《いま》さら計画《けいかく》を中止《ちゆうし》なさるわけには参《まい》りません。もはや、神璽《しんじ》も宝剣《ほうけん》も皇太子《こうたいし》の方《ほう》にお移《うつ》りになってしまった以上《いじよう》は」と、天皇《てんのう》をおせきたて申《もう》し上《あ》げなさったのです。その本心《ほんしん》は、まだ天皇《てんのう》が宮中《きゆうちゆう》をお出《で》ましにならない前《まえ》に、道兼公《みちかねこう》が自身《じしん》で神璽《しんじ》・宝剣《ほうけん》を皇太子《こうたいし》の方《ほう》にお移《うつ》し申《もう》し上《あ》げてしまったので、天皇《てんのう》が宮中《きゆうちゆう》にお戻《もど》りになられるような事態《じたい》になっては一大事《いちだいじ》と、機先《きせん》を制《せい》してこのように申《もう》し上《あ》げたということです。

皓々《こうこう》たる月《つき》の光《ひかり》を、明《あか》るすぎて具合《ぐあい》が悪《わる》いと、天皇《てんのう》が心配《しんぱい》なさっているうちに、月《つき》の面《おもて》に群雲《むらくも》がかかって、辺《あた》りが少《すこ》し暗《くら》くなっていきました。そこで、「私《わたくし》の出家《しゅっけ》は成功間違《せいこうまちが》いなしだ」と安心《あんしん》して歩《ある》き出《だ》された時《とき》に、前《ぜん》年亡《ねんな》くなられた弘徽殿《こきでん》の女御祇子《にょうごしし》様《さま》（道兼《みちかね》のいとこ）のお手紙《てがみ》で、いつも破《やぶ》り捨《す》てずに、そればかり読《よ》みふけっていらしたのをお思《おも》い出《だ》しになって、「ちょっと待《ま》て」と、手紙《てがみ》を取《と》りに部屋《へや》にお戻《もど》りになった、その時《とき》ですよ。道兼公《みちかねこう》は、「どうしてそんな未練《みれん》がましいお気持《きも》ちになってしまわれるのですか。今《いま》この機会《きかい》を逃《のが》してしまわれたら、何《なに》か出家《しゅっけ》を妨《さまた》げるようなことが起《お》きるに違《ちが》いありません」と、うそ泣《な》きなさったんですって。

◆あはれなることは、下《お》りおはしましける夜《よ》は、藤壺《ふぢつぼ》の上《うへ》の御局《みつぼね》の小戸《こど》より出《い》でさせ給《たま》ひけるに、有明《ありあけ》の月《つき》のいみじくあかかりければ、（花山《くわさん》）「顕証《けそう》にこそありけれ。いかがすべからむ」と仰《おほ》せられけるを、（道兼《みちかね》）「さりとて、止《と》まらせ給《たま》ふべきやう侍《はべ》らず。神璽《しんし》・宝剣《ほうけん》わたり給《たま》ひぬるには」と、粟田殿《あはたどの》（道兼《みちかね》）の騒《さわ》がし申《まう》し給《たま》ひけるは、まだ、帝《みかど》（花山《くわさん》）出《い》でさせおはしまさざりける先《さき》に、手《て》づからとりて、春宮《とうぐう》（一条《いちでう》）の御方《おほんかた》に渡《わた》し奉《たてまつ》り給《たま》ひてければ、帰《かへ》り入《い》らせ給《たま》はむことはあるまじくおぼして、しか申《まう》させ給《たま》ひけるとぞ。

さやけき影《かげ》をまばゆくおぼしめしつるほどに、月《つき》のおもてにむら雲《くも》のかかりて、少《すこ》しくらがりゆきければ、（花山《くわさん》）「我《わ》が出家《すけ》は成就《じやうじゆ》するなりけり」とおぼされて、歩《あゆ》み出《い》でさせ給《たま》ふほどに、弘徽殿《こきでん》の女御《にようご》の御文《おほんふみ》の、日《ひ》ごろ破《や》り残《のこ》して、御目《おほんめ》もえはなたず御覧《ごらん》じけるをおぼし出《い》でて、（花山《くわさん》）「しばし」とて、取《と》りに入《い》らせおはしましかし。粟田殿《あはたどの》の、「いかにかくおぼしめしならせおはしましぬるぞ。ただ今過《います》ぎさせ給《たま》はば、おのづから障《さは》りも出《い》でまうで来《き》なむ」と、そら泣《な》きし給《たま》ひけるは。

✻道兼が空泣《そらな》き（うそ泣き）して天皇をだましたと、世継は徹底的にたたいた。この道兼、宮中随一《きゅうちゅうずいいち》の嫌《きら》われ者である。醜男《ぶおとこ》で冷血漢《れいけつかん》だから、後宮でも女房連《にょうぼうれん》から総すかんだ。しかも子どものできまで悪いとくれば、救いようがない（道兼伝）。美男《びなん》の兄道隆《みちたか》と天下取りの弟道長の間に挟《はさ》まって、悪玉役《あくだまやく》を振られた。

## ◆出家《しゅっけ》を予知《よち》した晴明《せいめい》、式神《しきがみ》を使《つか》う

こうして、道兼公《みちかねこう》が天皇《てんのう》を、土御門通《つちみかどどおり》を東《ひがし》に向《む》かってお連《つ》れ出《だ》しになった時《とき》、安倍晴明《あべのせいめい》の家《いえ》の前《まえ》をお通《とお》りになりました。すると、晴明自身《せいめいじしん》の声《こえ》がして、手《て》を烈《はげ》しくパチパチと叩《たた》いて、誰《だれ》かを呼《よ》びつけるようすが聞《き》こえてきました。

「天皇《てんのう》の御退位《ごたいい》を思《おも》わせる異常気象《いじょうきしょう》が現《あらわ》れたが、もはや現実《げんじつ》となってしまったように見《み》えるなあ。直《ただ》ちに参《さん》内《だい》して、天皇《てんのう》に御報告《ごほうこく》しなくては。牛車《ぎっしゃ》の支度《したく》を急《いそ》げ」と命《めい》ずる晴明《せいめい》の声《こえ》をお聞《き》きになって、天皇《てんのう》は、覚《かく》

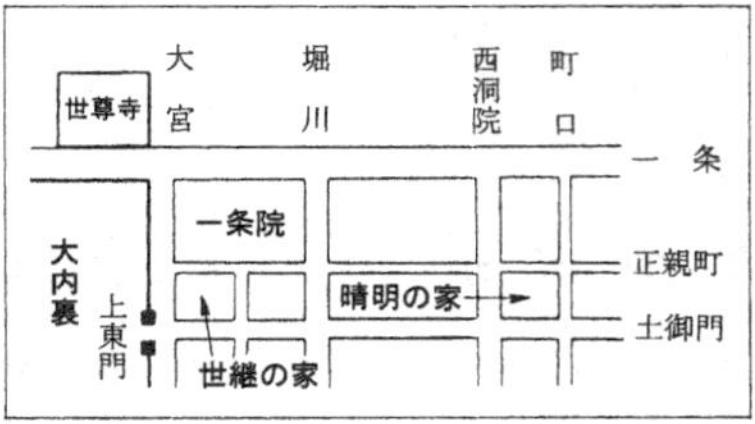

式神と一条戻り橋の模型（晴明神社境内）

悟《ご》の上《うえ》の出家《しゅつけ》といっても、ずしりと胸《むね》に響《ひび》くものがおありになったことでしょう。晴明《せいめい》が「取《と》り急《いそ》ぎ、式神《しきがみ》一人《ひとり》、参内《さんだい》して、状況《じょうきょう》を見《み》て参《まい》れ」と命《めい》ずると、目《め》に見《み》えない何《なに》かが、家《いえ》の扉《とびら》を押《お》し開《あ》けて、通《とお》り過《す》ぎて行《い》かれる天《てん》皇《のう》のお姿《すがた》を拝見《はいけん》したのでしょう。「ただ今《いま》、ここを御通過《ごつうか》になられるようでございます」と返事《へんじ》したとかいうことです。晴明《せいめい》の家《いえ》は土《つち》御門通《みかどどおり》と町口通《まちぐちどおり》の交差点《こうさてん》ですから、まさに天《てん》皇《のう》がお通《とお》りになった道筋《みちすじ》に当《あ》たっていました。

❖さて土御門《つちみかど》より東《ひんがし》ざまに率《ゐ》て出《い》だしまゐらせ給《たま》ふに、晴明《せいめい》が家《いへ》の前《まへ》をわたらせ給《たま》へば、みづからの声《こゑ》にて、手《て》をおびただしく、はたはたと打《う》つなる。

(晴明《せいめい》)「帝《みかど》おりさせ給《たま》ふと見《み》ゆる天変《てんぺん》ありつるが、すでになりにけりと見《み》ゆるかな。参《まゐ》りて奏《そう》せむ。車《くるま》に装束《さうぞく》せよ」と言《い》ふ声《こゑ》を聞《き》かせ給《たま》ひけむ、さりともあはれにおぼしめしけむかし。

(晴明《せいめい》)「かつがつ、式神一人《しきじんひとり》、内裏《だいり》へ参《まゐ》れ」と申《まう》しければ、目《め》には見《み》えぬ物《もの》の、戸《と》を押《お》し開《あ》けて、御後《おほんうし》ろをや見《み》まるらせけむ、

(式神《しきじん》)「ただ今《いま》これより過《す》ぎさせおはしますめり」と答《いら》へけるとかや。その家《いへ》、土《つち》御門町口《みかどまちぐち》なれば、御道《おほんみち》なりけり。

✽安倍晴明《あべのせいめい》(九二一〜一〇〇五)は平安朝きっての大陰陽師《だいおんみようじ》である。未来を予知し、闇《やみ》を透視《とうし》し、呪力《じゆりよく》をもって式神を自在に操ったという。花山天皇や道長の絶大な信頼を得て、政界にも隠然《いんぜん》たる力を有した。式神は目に見えない精霊《せいれい》の一種。なお、晴明の邸の位置については、付録・史跡案内「晴明神社」を参照のこと。

## ◆兼家父子《かねいえふし》の謀略《ぼうりゃく》と源氏武者《げんじむしゃ》の護衛《ごえい》

さて、天皇《てんのう》が花山寺《かざんじ》にお着《つ》きになられ、落髪《らくはつ》・出家《しゅつけ》なさった直後《ちょくご》のことでございました。道兼公《みちかねこう》は、「ちょっと、この場《ば》を失礼《しつれい》いたしまして、父《ちち》大臣《だいじん》（兼家《かねいえ》）にも、出家前《しゅつけまえ》のこの姿《すがた》をもう一度《いちど》見《み》せ、このようにと、天皇《てんのう》とごいっしょに出家《しゅつけ》する事情《じじょう》をお話《はな》しした上《うえ》で、必《かなら》ず戻《もど》って参《まい》りましょう」と申《もう》し上《あ》げました。すると、天皇《てんのう》は、「それじゃ、この私《わたくし》をだましたのだな」とおっしゃって、お泣《な》きになりました。なんともおいたわしく、悲《かな》しいことですねえ。いつも口癖《くちぐせ》のように、道兼公《みちかねこう》は、天皇《てんのう》が出家《しゅつけ》なさったら自分《じぶん》も出家《しゅつけ》して、お弟子《でし》となっておそばにお仕《つか》えいたしますとお約束《やくそく》して、すっかり信頼《しんらい》させた上《うえ》で、だまし申《もう》しあげたそうですが、そのやり口《くち》はぞっとしますな。

父君《ちちぎみ》の東三条殿兼家公《とうさんじょうどのかねいえこう》は、「もしかして道兼公《みちかねこう》が天皇《てんのう》といっしょに出家《しゅつけ》なさるのでは」と心配《しんぱい》でたまりません。そこで、名立《なだ》たる大物《おおもの》たちで、なんのだれそれというすごい源氏《げんじ》の武士《ぶし》たちを警護役《けいごやく》につけられたのでした。彼《かれ》らは、京《きょう》の町中《まちなか》では姿《すがた》を隠《かく》し、町《まち》を外《はず》れた賀茂川《かもがわ》の堤《つつみ》あたりから、堂々《どうどう》と姿《すがた》を現《あらわ》して護衛《ごえい》仕《つかまつ》ったそうです。花《か》山寺《ざんじ》などでは、もしも強引《ごういん》に道兼公《みちかねこう》を出家《しゅっけ》させ申《もう》すようなことがないかと用心《ようじん》して、一尺《いっしゃく》（約三十《やくさんじっ》センチ）ばかりの短刀《たんとう》を手《て》に手《て》に抜《ぬ》き掛《か》けて、道兼公《みちかねこう》をお守《まも》り申《もう》し上《あ》げたという話《はなし》です。

花山天皇「御落飾道場」の碑（元慶寺境内）

❖花山寺《くわさんじ》におはしまし着《つ》きて、御髪《みぐし》おろさせ給《たま》ひて後《のち》にぞ、粟田殿《あはたどの》は、「罷《まか》り出《い》でて、おとど（兼家《かねいへ》）にも、変《か》はらぬ姿《すがた》、今一度《いまひとたび》見え、かくと案内《あない》申《まう》して、必《かなら》ず参《まゐ》り侍《はべ》らむ」と申《まう》し給《たま》ひければ、（花山《くわさん》）「朕《われ》をば、謀《はか》るなりけり」とてこそ泣《な》かせ給《たま》ひけれ。あはれに悲《かな》しきことなりな。日《ひ》ごろ、よく御弟子《みでし》にてさぶらはむと契《ちぎ》りすかし申《まう》し給《たま》ひけむがおそろしさよ。東三条殿《とうさんでうどの》（兼家《かねいへ》）は、「もしさることやし給《たま》ふ」と、あやふさに、さるべくおとなしき人々《ひとびと》、何某《なにがし》かがしといふいみじき源氏《げんじ》の武者《むさ》たちをぞ、送《おく》りに添《そ》へられたりける。京《きやう》のほどは隠《かく》れて、堤《つつみ》の辺《わた》りよりぞうち出《い》で参《まゐ》りける。寺《てら》などにては、若《も》し押《お》して人《ひと》などやなし奉《たてまつ》るとて、一尺《いつしやく》ばかりの刀《かたな》どもを抜《ぬ》きかけてぞ守《まも》り申《まう》しけるとぞ。

花山院（時代不同歌合絵）東京国立博物館蔵

✻摂関政治をえぐるスキャンダルとして極《きわ》め付きである。父子が一心同体で演出するのだから迫力満点だ。だが、この苦労が報われない道兼は後日、父兼家の供養《くよう》を蹴《け》ってしまう（一六三頁）。

護衛した源氏の武者《むしゃ》は源《みなもとの》頼光《らいこう》・頼信《よりのぶ》という。清和源氏《せいわげんじ》の猛者連《もされん》が権力の中枢《ちゅうすう》ににじり寄っている。兼家は、この獅子身中《しししんちゅう》の虫《むし》に、まだ気づいていないようだ。

## ★花山寺《かざんじ》こと元慶寺《がんぎょうじ》――花山天皇《かざんてんのう》の出家《しゅっけ》

貞観《じょうがん》十年（八六八）、清和《せいわ》天皇《てんのう》の后《きさき》藤原高子《ふじわらのたかいこ》が遍照《へんじょう》（僧正《そうじょう》。六歌仙《ろっかせん》の一人）に安産祈《あんざんき》願《がん》させて、無事皇子《おうじ》（のちの陽成天皇《ようぜいてんのう》）が誕生したのを機に創建された。当初、花山寺《かざんじ》と呼ばれたが、元慶《がんぎょう》元年（八七七）、国が保護する官寺《かんじ》に昇格すると、その年号をとって元慶寺《がんぎょうじ》（現在は「がんけいじ」と訓《よ》む）と命名《めいめい》された。

この元慶寺こそ、本書「花山天皇の出家」の舞台となった花山寺なのである。花山寺という寺名は花山天皇の贈り名（諡《おくりな》）と直接の関係はない。天皇の出家した時分は、正式名称を元慶寺、通称で花山寺と呼ばれていたが、花山は寺のある地名から来ている。天皇の贈り名「花山」は、退位後に住んだ花山院（花々の咲き誇る宮殿の意）に因《ちな》むものだ。もっとも、花山院の命名に花山寺が反映している可能性が、まったくないとは言えない。

（付録・史跡案内「花山寺」参照）

## ◆見《み》えない御髪《おぐし》を撫《な》でる天皇《てんのう》――三条天皇《さんじようてんのう》

　上皇《じようこう》に退《しりぞ》かれて後《のち》、視力《しりよく》を無《な》くされたことは、なんともおいたわしいことでした。お側《そば》から拝見《はいけん》したかぎりでは、まったく変《か》わった御様子《ごようす》もございませんでしたので、目《め》が御不自由《ごふじゆう》なことはうそのようでいらっしゃいました。瞳《ひとみ》などもとてもきれいに澄《す》んでいらっしゃいました。どんな折《おり》にか、時々《ときどき》、目《め》がお見《み》えになる時《とき》もありました。「御簾《みす》の編《あ》み糸《いと》が見《み》えるよ」などとおっしゃって、一品《いっぽん》の宮禎子内親王様《みやていしないしんのうさま》が参内《さんだい》なさった折《おり》のこと、弁《べん》の乳母《めのと》が宮《みや》のお供《とも》におつき申《もう》し上《あ》げていたのですが、彼女《かのじよ》が飾《かざ》り櫛《ぐし》を、通例《つうれい》とは反対《はんたい》の左《ひだり》に差《さ》しておりました。それを見《み》とがめて、「お前《まえ》、どうして櫛《くし》を変《へん》に差《さ》しているのか」と、はっきり注意《ちゆうい》なさったそうです。

　この宮《みや》を特別《とくべつ》かわいがりなさって、とてもきれいでいらっしゃった御髪《おぐし》を手探《てさぐ》りに撫《な》でなさいまして、「こんなにかわいくていらっしゃる御髪《おぐし》を、目《め》に見《み》ることができないのが、つらく残念《ざんねん》でならない」とおっしゃって、はらはらと涙《なみだ》をおこぼしになったというのは、実《じつ》に胸《むね》の痛《いた》むお話《はなし》でした。

❖院《ゐん》にならせ給《たま》ひて、御目《おほんめ》を御覧《ごらん》ぜざりしこそ、いといみじかりしか。こと人《ひと》の見奉《みたてまつ》るには、いささか変《か》はらせ給《たま》ふことおはしまさざりければ、そらごとのやうにぞおはしましける。御《おほん》まなこなども、いと清《きよ》らかにおはしましける。いかなる折《をり》か、時々《ときどき》は御覧《ごらん》ずる時《とき》もありけり。（三条《さんでう》）「御簾《みす》の編《あ》み緒《を》の見《み》ゆる」なども仰《おほ》せられて、一品宮《いっぽんのみや》（禎子《ていし》）ののぼらせ給《たま》ひけるに、弁《べん》の乳母《めのと》の、御供《おほんとも》にさぶらふが、さし櫛《ぐし》を左《ひだり》にさされたりければ、（三条《さんでう》）「あゆよ、など櫛《くし》は悪《あ》しくさしたるぞ」とこそ仰《おほ》せられけれ。この宮《みや》を、ことのほかにかなしうし奉《たてまつ》らせ給《たま》ひて、御髪《みぐし》のいとをかしげにおはしますを、さぐり申《まう》させ給《たま》ひて、（三条《さんでう》）「かく美《うつく》しくおはする御髪《みぐし》を、え見《み》ぬこそ、心憂《こころう》く口惜《くちを》しけれ」とて、ほろほろと泣《な》かせ給《たま》ひけるこそ、あはれに侍《はべ》れ。

✻目の不自由な三条天皇の哀話《あいわ》は、聞く者の涙を誘う。しかし、世継の紹介するねらいは、禎子内親王にありそうだ。その御誕生を夢に見て、三条天皇の皇統を引き継ぐお方だと確信している（二四〇頁）。『大鏡』制作スタッフの背後に、この禎子内親王がいるらしい。

★「摂政《せっしょう》」と「関白《かんぱく》」――政権獲得《せいけんかくとく》の手段

「摂関《せっかん》政治」とは、摂政と関白が行う政治のことだが、ほんらい天皇が自ら政治をとる「親政《しんせい》」の反対語だ。摂政も関白も天皇の代行職であり、天皇幼少時には摂政を、成人後には関白を置いた。要するに、摂関とは天皇親政を封ずるための、藤原一族の政略の道具なのである。事の実現には、まず娘を入内《じゅだい》させ、ついで受《じゅ》胎《たい》させて、男子を出産させ、それを幼少時に天皇に即位させる。その外祖父《がいそふ》となり、摂政・関白に就《つ》いて政権を奪取するという順序を踏むわけである。ただし、『大鏡』は、摂関政治そのものよりも、同族間の骨肉相食《こつにくあいは》む摂関争奪戦を描いている。

## ◈政治《せいじ》の真実《しんじつ》を伝《つた》える――『大鏡《おおかがみ》』の構想《こうそう》

### ◆道長《みちなが》の繁栄《はんえい》の基盤《きばん》

世継《よつぎ》が、「天皇《てんのう》の御系譜《ごけいふ》については、ほんらいお話《はな》しする必要《ひつよう》もないのですが、入道殿下道長公《にゅうどうでんかみちながこう》の御繁栄《ごはんえい》が何《なに》によって開《ひら》かれたかを考《かんが》える場合《ばあい》、何《なん》と言《い》っても天皇《てんのう》・皇后《こうごう》との御関係《ごかんけい》を説明《せつめい》する必要《ひつよう》があります。例《たと》えますと、新《あたら》しい土《つち》に植《う》えた木《き》は、根《ね》をたくさん生《は》えさせて、手入《てい》れを十分《じゅうぶん》に育《そだ》て上《あ》げてこそ、枝《えだ》も茂《しげ》り、実《み》も結《むす》ぶものなんですよ。そこでまず、天皇《てんのう》の御系統《ごけいとう》をお伝《つた》えして、その後《あと》で大臣《だいじん》の系統《けいとう》を明《あき》らかにしようというわけです」と段取《だんど》りを述《の》べますと、あの大犬丸《おおいぬまろ》さんこと繁樹《しげき》が、

「いやもう、おみごとというほかありませんね。たくさんの天皇《てんのう》との御関《ごかん》係《けい》さえ、まるで鏡《かがみ》に映《うつ》すように真実《しんじつ》をお話《はな》しくださいました。その上《うえ》、大《だい》臣方《じんがた》の内情《ないじょう》については、長年《ながねん》、闇《やみ》と向《む》かい合《あ》っているようでしたのに、お

話《はなし》をうかがって、うららかな朝日《あさひ》の光《ひかり》に出会《であ》ったような気分《きぶん》ですよ。あるいは、こんなふうにも例《たと》えられるでしょう。私《わたし》の家内《かない》が持《も》っている化粧箱《けしようばこ》の鏡《かがみ》は、曇《くも》ってはっきり映《うつ》らないのに、研《と》ごうという頭《あたま》もなくて、化粧箱《けしようばこ》に挟《はさ》みっぱなしにしてあるんです。そんな鏡《かがみ》に慣《な》れっこになって、たまたま、ぴかぴかに磨《みが》いた鏡《かがみ》に向《む》かって、自分《じぶん》の顔《かお》を映《うつ》してみますと、おのれの醜貌《しゆうぼう》を恥《は》ずかしく思《おも》うと同時《どうじ》に、妙《みよう》に新鮮《しんせん》に感《かん》じられることがありますが、世継様《よつぎさま》のお話《はなし》はそれと似《に》ていらっしゃいますねえ。何《なん》とも興味《きようみ》津々《しんしん》のお話《はなし》ですなあ。おかげさまで、私《わたし》はこの先《さき》もう十年《じゆうねん》か二十年《にじゆうねん》、寿《じゆ》命《みよう》が今日《きよう》一日《いちにち》で延《の》びた気持《きも》ちがいたします」と、えらくはしゃぐ繁樹《しげき》を、周《まわ》りの聴衆《ちようしゆう》は、ばかばかしく滑稽《こつけい》に思《おも》っていました。けれども、世継《よつぎ》の繰《く》り出《だ》す政界《せいかい》の裏話《うらばなし》は、いいかげんなものではなく、衝撃的《しようげきてき》な内容《ないよう》でしたから、人々《ひとびと》は皆《みな》、しんと耳《みみ》を澄《す》まして聴《き》き入《い》っておりました。

❖(世継《よつぎ》)「帝王《みかど》の御次第《おほんしだい》は、申《まう》さでもありぬべけれど、入道殿下《にふだうでんか》の御栄花《おほんえいぐわ》も、何《なに》よりひらけ給《たま》ふぞと思《おも》へば、先《ま》づ帝《みかど》・后《きさき》の御有様《おほんありさま》を申《まう》すべきなり。植木《うゑき》は、根《ね》を生《お》ほしてつくろひ生《お》ほしたてつればこそ、枝《えだ》も茂《しげ》りて、木《こ》の実《み》をもむすべや。しかれば先《ま》づ帝王《みかど》の御《おほん》つづきをおぼえ、次《つぎ》に大臣《だいじん》のつづきはあかさむとなり」と言《い》へば、大犬丸《おほいぬまろ》をとこ(繁樹《しげき》)、

「いでいで、いといみじうめでたしや。ここらのすべらぎの御有様《おほんありさま》をだに鏡《かがみ》にかけ給《たま》へるに、まして大臣《だいじん》などの御《おほん》ことをば、年《とし》ごろ闇《やみ》に向《む》かひたるに、朝日《あさひ》のうららかにさし出《い》でたるに会《あ》へらむ心地《ここち》もするかな。また、翁《おきな》が家《いへ》の女《をんな》どものもとなる、櫛笥《くしげ》の鏡《かがみ》の、影見《かげみ》えがたく、とぐわきも知《し》らず、うちはさめて置《お》きたるにならひて、あかく磨《みが》ける鏡《かがみ》に向《む》かひて我《わ》が身《み》のかたちうつるに、かつは影恥《かげは》づかしく、またいと珍《めづら》しきにも似給《にたま》へりや。いで、興《きよう》ありのわざや。さらに翁今十二十年《おきないまとをとせはたとせ》の命《いのち》は今日《けふ》延《の》びぬる心地《ここち》し侍《はべ》り」と、いたくゆげするを、見聞《みき》く人々《ひとびと》、おこがましくおかしけれども、言《い》ひ続《つづ》くることどもおろかならず、おそろしければ、ものも言《い》はで皆聞《みなき》きゐたり。

## ◆私《わたし》の話《はなし》は古代《こだい》の明鏡《めいきょう》

大犬丸《おおいぬまろ》さんこと繁樹《しげき》が、「さあ、お聞《き》きくださいますかな。歌《うた》を一首作《いっしゅつく》りました」と合《あ》いの手《て》を入《い》れますと、世継《よつぎ》は「こりゃあ、おもしろい」と喜《よろこ》んで、「ぜひお聞《き》きしたい」と、けしかけました。繁樹《しげき》は、大《おお》いに照《て》れながら、歌《うた》を詠《よ》み出《だ》しました。

「あきらけき　鏡《かがみ》にあへば　過《す》ぎにしも　今《いま》ゆくすゑ《エ》の　ことも見《み》えけり
(明《あか》るく澄《す》んだ鏡《かがみ》のようなお話《はなし》をうかがえば、この世《よ》の過去《かこ》も未来《みらい》も、はるばると見通《みとお》すことができますよ)」

と、意《い》を込《こ》めて詠《よ》み上《あ》げますと、世継《よつぎ》は深《ふか》く感動《かんどう》して、繰《く》り返《かえ》し口《くち》ずさみ、苦心惨憺《くしんさんたん》したあげく、こう返歌《へんか》しました。

「すべらぎの　あともつぎつぎ　かくれなく　あらたに見《み》ゆる　古鏡《ふるかがみ》かも
(私《わたし》の話《はなし》は、歴代《れきだい》の天皇《てんのう》の御政道《ごせいどう》を明《あき》らかに映《うつ》す古《ふる》い鏡《かがみ》なんですよ)」

と詠《よ》み上《あ》げた後《あと》で、「自分《じぶん》の話《はなし》を明鏡《めいきょう》にたとえましたが、葵《あおい》の八弁《はちべん》の花形《はながた》をした現代《げんだい》ふうで、螺鈿《らでん》の鏡箱《かがみばこ》に入《はい》っているような鏡《かがみ》に向《む》かい合《あ》ったような気持《きも》ちがなさいますか。いやいや、そうした今《いま》ふうの鏡《かがみ》は、見《み》かけはきらきら輝《かがや》いていますが、曇《くも》りやすいものですよ。それに比《くら》べると、何《なん》と、私《わたし》の話《はなし》は、はるか古代《こだい》に作《つく》られた鏡《かがみ》は、地金《じがね》が白《しろ》くて、人手《ひとで》をかけて磨《みが》かなくても、こんなに明《あか》るいんですよ」などと、得意顔《とくいがお》して笑《わら》う表情《ひょうじょう》は、絵《え》心《ごころ》をそそるような魅力《みりょく》がありました。二人《ふたり》の会話《かいわ》は、常識離《じょうしきば》なれしているけれど、古老《ころう》らしい風格《ふうかく》を漂《ただよ》わせて、人々《ひとびと》を惹《ひ》きつけ、見《み》たこともない新《あたら》しい場《ば》を生《う》み出《だ》しました。

❖大犬丸《おほいぬまろ》をとこ（繁樹《しげき》）、

「いで、聞《き》き給《たま》ふや。歌一首《うたひとつ》作《つく》りて侍《はべ》り」と言《い》ふめれば、世継《よつぎ》、「いと興《きょう》あることなり」とて、（世継《よつぎ》）「承《うけたまは》らむ」と言《い》へば、繁樹《しげき》、いとやさしげに言《い》ひ出《い》づ。

「あきらけきかがみにあへば過《す》ぎにしも今《いま》ゆくすゑのことも見《み》えけり」

と言《い》ふめれば、世継《よつぎ》いたく感《かん》じて、あまたたび誦《ず》して、うめきて返《かへ》し、

(世継《よつぎ》)「すべらぎのあともつぎつぎかくれなくあらたに見《み》ゆるふる鏡《かがみ》かも」

今様《いまやう》の葵八花型《あふひやつはながた》の鏡《かがみ》、螺鈿《らでん》の箱《はこ》に入《い》れたるに向《む》かひたる心地《ここち》し給《たま》ふや。いでや、それは、さきらめけど、曇《くも》りやすくぞあるや。いかに、いにしへの古代《こだい》の鏡《かがみ》は、かね白《しろ》くて、人手《ひとで》ふれねど、かくぞあかき」など、したり顔《がほ》に笑《わら》ふ顔《かほ》つき、絵《ゑ》に描《か》かまほしく見《み》ゆ。あやしながら、さすがなるけつきて、をかしく、まことに珍《めづ》らかになむ。

＊明鏡のたとえは、いささか古くさい。しかし、見てくれのいい新製品は持ちが悪く、地味《じみ》な昔物のほうが長持ちすると言って、巧みに老齢を誇示《こじ》する機知《きち》は、とても新しい。

鏡（表）

鏡（裏）

鏡箱

## ◆私《わたし》の話《はなし》は政治《せいじ》の歴史《れきし》

世継《よつぎ》は、ふと表情《ひょうじょう》を改《あらた》めると、

「つまらない私《わたくし》ごとは止《や》めて、元《もと》のまじめな話《はなし》に戻《もど》って、最後《さいご》まで続《つづ》けることにいたしましょう。しっかりと皆《みな》さん、お聴《き》きになっていただきたい。本日《ほんじつ》の菩提講《ぼだいこう》の講師《こうし》の説法《せっぽう》は、悟《さと》りの境地《きょうち》を開《ひら》くためとお思《おも》いになり、一方《いっぽう》、この年寄《としよ》りの話《はなし》は、我《わ》が国《くに》の歴史《れきし》を聞《き》くのだと思《おも》ってくだされば、それで十分《じゅうぶん》なんですよ」と、話《はなし》の目的《もくてき》を打《う》ち明《あ》けました。

すると、聴衆《ちょうしゅう》の全員《ぜんいん》、僧侶《そうりょ》も俗人《ぞくじん》も、

「ほんに、お寺《てら》で説教《せっきょう》・説法《せっぽう》はたくさん聞《き》いてきたが、こんな耳新《みみあたら》しいことをおっしゃる方《かた》は、まったく初《はじ》めてです」と、深《ふか》く感心《かんしん》して、年取《としと》った尼《あま》や法師《ほうし》たちなどは、まるで神仏《しんぶつ》を拝《おが》むように額《ひたい》に手《て》を当《あ》てて、信心深《しんじんぶか》い態度《たいど》で耳《みみ》を澄《す》ましておりました。

❖世継《よつぎ》、
「よしなしごとよりは、まめやかなることを申《まう》しはてむ。よりよりたれもたれも聞《き》こしめせ。今日《けふ》の講師《かうし》の説法《せつぽふ》は、菩提《ぼだい》のためとおぼし、また翁《おきな》が説《と》くことをば、日《に》本紀《ほんぎ》を聞《き》くとおぼすばかりぞかし」と言《い》へば、僧俗《そうぞく》、「げに説法《せつぽふ》・説経《せきやう》多《おほ》く承《うけたまは》れど、かく珍《めづ》らしきことのたまふ人《ひと》は、さらにおはせぬなり」とて、年老《としお》いたる尼《あま》・法師《ほふし》ども、額《ひたひ》に手《て》を当《あ》てて、信《しん》をなしつつ聞《き》きゐたり。

✻宗教と歴史とを分別する考え方が、じつに合理的である。両者をごちゃまぜにする説法《せつぽう》がはびこる時代にあって、説法は坊さんに任せ、歴史は私に任せなさいと言い切る世継の頭脳は、十分現代に通用する。だが、それ以上に、世継の革新的な話に感動する聴衆がすばらしい——脚色《きやくしよく》のおそれはあるけれど。

## ◆世継《よつぎ》は歴史《れきし》の講師《こうし》

「この世継《よつぎ》は、真実《しんじつ》を映《うつ》す鏡《かがみ》を持《も》ったこわい老人《ろうじん》でございますぞ。心《こころ》に曇《くも》りのないお方《かた》なら、必《かなら》ずや私《わたし》の超能力《ちようのうりよく》をお認《みと》めくださるに違《ちが》いありません。私《わたし》は、世《よ》の中《なか》の出来事《できごと》を観察《かんさつ》し、その本質《ほんしつ》を理解《りかい》し、それらのすべてを完《かん》全《ぜん》に記憶《きおく》し保持《ほじ》している老人《ろうじん》なのです。

ところで、実際《じつさい》にこの目《め》この耳《みみ》で収集《しゆうしゆう》いたしておりますあらゆる出来事《できごと》の中《なか》でも、現在《げんざい》の入道殿下道長公《にゆうどうでんかみちながこう》の御繁栄《ごはんえい》のすばらしさは、古今《ここん》に先例《せんれい》を求《もと》めましても、まったく比《くら》べるものがなく、計《はか》り知《し》れないものがございます。『法華経《ほけきよう》』（方便品《ほうべんぼん》）の中《なか》に、法華経《ほけきよう》のことを、人間《にんげん》を悟《さと》りの世界《せかい》に導《みちび》く第一《だいいち》の乗《の》り物《もの》にたとえて、「一乗《いちじよう》の法《ほう》」と呼《よ》んで、「二《に》もなく三《さん》もなく」と、並《なら》ぶもののないすばらしさを讃《たた》えた箇所《かしよ》がございます。道長公《みちながこう》の御繁《ごはん》栄《えい》ぶりは、ちょうどその一乗《いちじよう》の法《ほう》つまり『法華経《ほけきよう》』のようでございます。思《おも》えば思《おも》うほどすばらしいの一語《いちご》に尽《つ》きます。

この世《よ》で太政大臣《だいじょうだいじん》・摂政《せっしょう》・関白《かんぱく》と呼《よ》ばれ、位《くらい》が頂点《ちょうてん》を極《きわ》めたような方々《かたがた》でも、人生《じんせい》の始《はじ》めから終《お》わりまですばらしい運勢《うんせい》を保《たも》つことは、容易《ようい》ではないのです。お経《きょう》やお釈迦様《しゃかさま》の教《おし》え（『涅槃経《ねはんぎょう》』）の中《なか》にも、たとえとして引《ひ》かれてあるそうでございますが、『魚《さかな》は子《こ》がたくさん生《う》まれるけれども、一人前《いちにんまえ》の魚《さかな》に育《そだ》つのはむずかしい。菴羅《あんら》（マンゴー）という木《き》があるが、花《はな》はたくさん咲《さ》いても果実《かじつ》を結《むす》ぶことはめったにない』と、お説《と》きになっているということです。

天下《てんか》の大臣《だいじん》や公卿《くぎょう》の中《なか》で、この尊《とうと》い宝《たから》のようなお方《かた》——道長公《みちながこう》だけは、世《よ》にもまれなお方《かた》とお見受《みう》けいたします。未来永劫《みらいえいごう》に、これほどまでも繁栄《はんえい》を極《きわ》められるお方《かた》は、けっして現《あらわ》れることはないはずです。ほんとうに貴重《きちょう》でございますよ。皆《みな》さん、どなたも心《こころ》を澄《す》ませて私《わたし》の話《はなし》をお聞《き》きください。私《わたし》は世間《せけん》に起《お》こった出来事《できごと》で、見聞《けんぶん》し残《のこ》したことは一《ひと》つもございません。隅《すみ》から隅《すみ》まで知《し》っております。ですから、この世継《よつぎ》がこれから申《もう》し上《あ》げるもろもろの出来事《できごと》、これらについては御存《ごぞん》じない方《かた》がたくさんいらっしゃるだろうと、そう思《おも》います」と、少《すこ》し威厳《いげん》をこめた調子《ちょうし》で言《い》い切《き》りました。すると人々《ひとびと》は、「何《なに》もかもおっしゃるとおりです。とやかく申《もう》すべきことは一言《ひとこと》もございません」と口《くち》を揃《そろ》えて、みんな神妙《しんみょう》に耳傾《みみかたむ》けるのでした。

❖（世継《よつぎ》）「世継《よつぎ》は、いとおそろしき翁《おきな》に侍《はべ》り。真実《しんじち》の心《こころ》おはせむ人《ひと》は、などか恥《は》づかしとおぼさざらむ。世《よ》の中《なか》を見知《みし》り、うかべたてて持《も》ちて侍《はべ》る翁《おきな》なり。目《め》にも見《み》、耳《みみ》にも聞《き》き集《あつ》めて侍《はべ》るよろづのことの中《なか》に、ただ今《いま》の入道殿下《にふだうでんか》の御有様《おほんありさま》、いにしへを聞《き》き、今《いま》を見侍《みはべ》るに、二《に》もなく三《さん》もなく、ならびなく、はかりなくおはします。たとへば一乗《いちじよう》の法《ほふ》のごとし。御有様《おほんありさま》の返《かへ》す返《がへ》すもめでたきなり。世《よ》の中《なか》の太政大臣《だいじやうだいじん》・摂政《せつしやう》・関白《くわんぱく》と申《まう》せど、始《はじ》め終《を》はりめでたきことはえおはしまさぬことなり。法文《ほふもん》・聖教《しやうげう》の中《なか》にものたまへたるは、『魚《うを》の子《こ》多《おほ》かれど、まことの魚《うを》となることかたし。菴羅《あんら》といふ植木《うゑき》あれど、木《こ》の実《み》をむすぶことかたし』とこそは説《と》き給《たま》ふなれ。

天下《てんか》の大臣《だいじん》・公卿《くぎやう》の御中《おほんなか》に、この宝《たから》の君《きみ》のみこそ、世《よ》に珍《めづ》らかにおはすめれ。今《いま》ゆくするゑも、たれの人《ひと》かはかばかりはおはせむ。いとありがたくこそ侍《はべ》れや。たれもたれも心《こころ》をとなへてきこしめせ。世《よ》にあることをば、何《なに》ごとをか見残《みのこ》し、聞《き》き残《のこ》し侍《はべ》らむ。この世継《よつぎ》が申《まう》すことごとはしも、知《し》り給《たま》はぬ人々多《ひとびとおほ》くおはすらむとなむ思《おも》ひ侍《はべ》る」と言《い》ふめれば、(人々《ひとびと》)「すべてすべて申《まう》すべきにも侍《はべ》らず」とて、聞《き》き合《あ》へり。

＊いよいよ講釈《こうしやく》を始めるにあたって、世継は聴衆にしっかりと念を入れた。自分の言うことは絶対正しい、道長さまは法華経のような人物だ、と。これは説法の達人がよくやる手である。ひょっとしたら『大鏡』の作者が我々読者に念を入れたのか。

## ◈光孝天皇即位《こうこうてんのうそくい》の秘話《ひわ》——太政大臣基経《だいじょうだいじんもとつね》

小松《こまつ》の帝光孝天皇《みかどこうこうてんのう》の御母君沢子様《おんははぎみたくしさま》と、基経公《もとつねこう》の御母君乙春様《おんははぎみおとはるさま》とは御姉妹《ごしまい》でいらっしゃいます。そんなわけで、基経公《もとつねこう》は御自分《ごじぶん》が幼《おさな》いころから、まだ時康親王《ときやすしんのう》と呼《よ》ばれておられた光孝天皇《こうこうてんのう》を、お近《ちか》くで拝顔《はいがん》なさる機会《きかい》が多《おお》うございまして「何《なに》をなさっても聡明《そうめい》でいらっしゃる、ああすばらしいお方《かた》だなあ」と感心《かんしん》なさっておりました。

あれは良房公《よしふさこう》が大臣《だいじん》になられた大饗《たいきょう》の祝宴《しゅくえん》の時《とき》でしたでしょうか。その当時《とうじ》、大饗《たいきょう》には、必《かなら》ず親王《しんのう》が列席《れっせき》なさるきまりで、時康親王《ときやすしんのう》も御臨席《ごりんせき》になりました。その席上《せきじょう》のことです。大饗《たいきょう》の献立《こんだて》には雉足《きじあし》の焼《や》き物《もの》が必《かなら》ず膳《ぜん》に盛《も》られるのですが、どうしたことか、主賓《しゅひん》のお膳《ぜん》に付《つ》け落《お》としてしまったのです。配膳係《はいぜんがかり》は慌《あわ》てふためいて、時康親王《ときやすしんのう》のお膳《ぜん》から雉足《きじあし》を取《と》って、主《しゅ》賓《ひん》のお膳《ぜん》に移《うつ》しました。すると、親王《しんのう》はどうお思《おも》いになられたのか、目《め》の前《まえ》の灯火《ともしび》をそっとお消《け》しになったのです。基経公《もとつねこう》はその当時《とうじ》まだ官位《かんい》が低《ひく》かったので、末席《まっせき》の方《ほう》から一部始終《いちぶしじゅう》を御覧《ごらん》になっていましたが、「みごとなお振《ふ》る舞《ま》いだなあ」と、ますます感心《かんしん》なさり、見《み》とれておられたのでございます。

基経公《もとつねこう》はその時《とき》の感銘《かんめい》を深《ふか》く心《こころ》に刻《きざ》んでおりました。後年《こうねん》、陽成院《ようぜいいん》の御《ご》退位《たいい》について公卿《くぎょう》たちが陣《じん》の座《ざ》で評定《ひょうじょう》する最高会議《さいこうかいぎ》に、今《いま》や摂政《せっしょう》として臨《のぞ》んでいた時《とき》のことです。源融公《みなもとのとおるこう》は、当時《とうじ》左大臣《さだいじん》で権威《けんい》を振《ふ》るっておられ、皇位《こうい》にお就《つ》きになろうという野心《やしん》が強《つよ》うございましたので、「どうして議論《ぎろん》の必要《ひつよう》があるのか。天皇《てんのう》に近《ちか》いお血筋《ちすじ》をたどれば、この融《とおる》などもいるじゃないか」と、自薦《じせん》なさり始《はじ》めたのです。それを、この基経公《もとつねこう》は、「公《こう》は天皇《てんのう》に近《ちか》いお血筋《ちすじ》であるが、現在《げんざい》、源氏《げんじ》の姓《せい》を賜《たまわ》って臣下《しんか》として朝《ちょう》廷《てい》にお仕《つか》えしておられる。その後《ご》になって皇位《こうい》に就《つ》かれたという前例《ぜんれい》は、いまだありませんよ」と主張《しゅちょう》なさいました。融大臣《とおるだいじん》の言《い》い分《ぶん》も一理《いちり》あるけれど、結局《けっきょく》、基経公《もとつねこう》の裁定《さいてい》によって、光孝天皇《こうこうてんのう》は即位《そくい》なさったのです。

この帝《みかど》の御子孫《ごしそん》は、はるかのちの今《いま》に至《いた》るまで続《つづ》いており、それに合《あ》わせて基経公《もとつねこう》の子孫《しそん》も長《なが》く続《つづ》いて、天皇家《てんのうけ》の後見役《こうけんやく》をお務《つと》めになっています。お二人《ふたり》は、こうなる運命《うんめい》を前世《ぜんせ》で約束《やくそく》なさった御仲《おんなか》ではなかったか、とつくづく思《おも》われるしだいです。

❖小松《こまつ》の帝《みかど》（光孝《くわうかう》）の御母《おほんはは》（沢子《たくし》）、この殿《との》の御母《おほんはは》のはらからにおはします。さて稚児《ちご》より小松《こまつ》の帝《みかど》をば親《した》しく見奉《みたてまつ》らせ給《たま》ひて、「ことに触《ふ》れ警策《きやうざく》におはします。あはれ君《きみ》かな」と、見奉《みたてまつ》らせ給《たま》ひけるが、良房《よしふさ》のおとどの大饗《たいきやう》にや、昔《むかし》は親王《みこ》たち必《かなら》ず大饗《たいきやう》につかせ給《たま》ふことにて、わたらせ給《たま》へるに、雉《きじ》の足《あし》は必《かなら》ず大饗《たいきやう》に盛《も》る物《もの》にて侍《はべ》るを、いかがしけむ、尊者《そんざ》の御前《おまへ》にとり落《お》としてけり。陪膳《はいぜん》の、親王《みこ》（光孝《くわうかう》）の御前《おまへ》のを取《と》りて、惑《まど》ひて尊者《そんざ》の御前《おまへ》に据《す》ふるを、いかがおぼしめしけむ、御前《おまへ》の御《おほ》殿油《となぶら》をやをらかい消《け》たせ給《たま》ふ。このおとどはその折《をり》は下臈《げらふ》にて、座《ざ》の末《すゑ》にて見奉《みたてまつ》らせ給《たま》ふに、「いみじうせさせ給《たま》ふものかな」と、いよいよ見《み》めで奉《たてまつ》らせ給《たま》ひて、陽成院《やうぜいゐん》おりさせ給《たま》ふべき陣《ぢん》の定《さだ》めにさぶらはせ給《たま》ふ。融《とほる》のおとど、左大臣《さだいじん》にてやむごとなくて、位《くらゐ》に即《つ》かせ給《たま》はむ御心深《みこころふか》くて、（融《とほる》）「いかがは。近《ちか》き皇胤《わういん》をたづねば、融《とほる》らも侍《はべ》るは」と言《い》ひ出《い》で給《たま》へるを、このおとどこそ、（基経《もとつね》）「皇胤《わういん》なれど、姓《しやう》たまはりて、ただ人《びと》にて仕《つか》へて、位《くらゐ》に即《つ》きたる例《ためし》やある」と申《まう》し出《い》で給《たま》へれば、さもあることなれど、このおとどの定《さだ》めによりて、小松《こまつ》の帝《みかど》は位《くらゐ》に即《つ》かせ給《たま》へるなり。帝《みかど》の御末《おほんすゑ》も遥《はる》かに伝《つた》はり、おとどの末《すゑ》もともに伝《つた》はりつつ後見申《うしろみまう》し給《たま》ふ。さるべく契《ちぎ》りおかせ給《たま》へる御中《おほんなか》にや、とぞ、おぼえ侍《はべ》る。

✻光孝天皇のお人柄に感心するよりも、それを見抜いて巧妙《こうみよう》に操る基経の話である。宴会場《えんかいじよう》の隅《すみ》からじっと皇族の品定めをした若き御曹司《おんぞうし》の基経は、実に二十年の歳月を待った。その野《や》心《しん》と執念《しゆうねん》はすさまじい。だが、皇位に就《つ》くというより、就けさせられた天皇はわずか四年たらずでお隠れになる。ストレスの過剰《かじよう》か。

## ◆菅原道真公《すがわらのみちざねこう》の悲劇《ひげき》――左大臣時平《さだいじんときひら》

### ◇時平公《ときひらこう》の略歴《りやくれき》および道真公《みちざねこう》との確執《かくしつ》

――左大臣藤原時平《さだいじんふじわらのときひら》は基経《もとつね》の長男《ちようなん》で、母《はは》は仁明天皇《にんみようてんのう》の第四皇子《だいよんおうじ》人康親王《さねやすしんのう》（四《し》品弾正尹《ほんだんじようのいん》）の娘《むすめ》である。醍醐天皇《だいごてんのう》の御代《みよ》、若《わか》くして左大臣《さだいじん》となったが、右《う》大臣《だいじん》は菅原道真《すがわらのみちざね》であった。当時《とうじ》、天皇《てんのう》はまだ十五《じゆうご》、六歳《ろくさい》だったので、左右《さゆう》の大臣《だいじん》に執政《しつせい》を委《ゆだ》ねた。左大臣時平《さだいじんときひら》は二十八《にじゆうはち》、九歳《きゆうさい》、右大臣道真《うだいじんみちざね》は五十四《ごじゆうし》、五歳《ごさい》と、世代《せだい》の差《さ》はあったが、二人《ふたり》は共同《きようどう》で国政《こくせい》の運営《うんえい》に当《あ》たった。道真《みちざね》は外国《がいこく》（中国《ちゆうごく》）の学問《がくもん》に精通《せいつう》していた上《うえ》、政治家《せいじか》としての心構《こころがま》えも万全《ばんぜん》であった。時平《ときひら》のほうは年若《としわか》く経験不足《けいけんぶそく》の上《うえ》、学問《がくもん》も未熟《みじゆく》だったから、いきおい、天皇《てんのう》は道真《みちざね》を重用《ちようよう》するようになった。時平《ときひら》はそれに不満《ふまん》を抱《いだ》いていたが、やはりそうなる運命《うんめい》だったのか、道真《みちざね》に悲運《ひうん》が襲《おそ》いかかり、昌泰四年《しようたいよねん》（九〇一）一《いち》月二十五日《がつにじゆうごにち》、大宰《だざい》の権帥《ごんのそち》に左遷《させん》されて流罪《るざい》となった。――

## ◆一家《いっか》の離散《りさん》と道真《みちざね》の苦衷《くちゅう》

この大臣道真公《だいじんみちざねこう》はたくさんの子宝《こだから》に恵《めぐ》まれまして、成人《せいじん》された姫君《ひめぎみ》たちは結婚《けっこん》し、男君《おとこぎみ》たちも皆《みな》、それ相応《そうおう》の官位《かんい》に就《つ》いていらっしゃいましたが、皆《みな》さん、あちこち遠方《えんぽう》に流《なが》されておしまいになりました。

それだけでも悲《かな》しいのに、まだお小《ちい》さい姫君《ひめぎみ》や男君《おとこぎみ》たちは、父君《ちちぎみ》の道真《みちざね》公《こう》を慕《した》って泣《な》いていらっしゃるばかりなので、「幼《おさな》い子《こ》どもは差《さ》し支《つか》えないだろう」と、父君《ちちぎみ》といっしょに筑紫《つくし》に下《くだ》ることを、天皇《てんのう》はお許《ゆる》しになられたんですよ。天皇《てんのう》の御処置《ごしょち》はとても厳《きび》しいものでしたから、成人《せいじん》されたお子《こ》さんたちを、父君《ちちぎみ》と同《おな》じ方角《ほうがく》に流《なが》さなかったのです。

道真公《みちざねこう》は、あれこれ考《かんが》えても、悲《かな》しみが募《つの》るばかりで、お庭《にわ》に咲《さ》いている梅《うめ》の花《はな》を御覧《ごらん》になり、こんな歌《うた》をお詠《よ》みになりました。

東風《こち》吹《ふ》かば　にほひおこせよ　梅《むめ》の花《はな》　あるじなしとて　春《はる》を忘《わす》るな

（梅《うめ》の花《はな》よ。来春《らいしゅん》、東風《ひがしかぜ》が吹《ふ》いたら、大宰府《だざいふ》に流《なが》された私《わたし》のもとに梅《うめ》の香《か》を送《おく》り届《とど》けるんだよ。ここに主人《しゆじん》の私《わたし》がいなくなったからといって、春《はる》に香《か》を愛《め》でてもらうきまりを忘《わす》れることなく、いつもどおり花《はな》を咲《さ》かせるんだよ)

また、亭子《ていじ》の帝《みかど》(宇多天皇《うだてんのう》)に差《さ》し上《あ》げた歌《うた》は、

流《なが》れゆく　われは水屑《みくず》と　なりはてぬ　君《きみ》しがらみと　なりてとどめよ

(大宰府《だざいふ》に流《なが》される私《わたし》は、まるで川中《かわなか》を流《なが》れるごみのような身《み》の上《うえ》になりはてました。どうか、我《わ》が君《きみ》よ。このごみを堰《せ》き止《と》める柵《さく》となって私《わたし》を守《まも》り、今《いま》までのように京《きよう》で仕事《しごと》をさせてください)

❖このおとど(道真《みちざね》)、子《こ》ども数多《あまた》おはせしに、女君《をんなぎみ》たちは聟《むこ》どり、男君《をとこぎみ》たちは、皆《みな》ほどほどにつけて位《くらゐ》どもおはせしを、それも皆《みな》、方々《かたがた》に流《なが》され給《たま》ひて悲《かな》しきに、幼《をさな》くおはしける男君《をとこぎみ》・女君《をんなぎみ》たち、慕《した》ひ泣《な》きておはしければ、「小《ち》さきはあへなむ」と、おほやけも許《ゆる》さしめ給《たま》ひしぞかし。帝《みかど》の御《おほん》おきて、極《きは》めてあやにくにおはしま

せば、この御子《みこ》どもを、同《おな》じ方《かた》に遣《つか》はさざりけり。かたがたに、いと悲《かな》しくおぼしめして、御前《おまへ》の梅《うめ》の花《はな》を御覧《ごらん》じて、

東風《こち》吹《ふ》かばにほひおこせよ梅《むめ》の花《はな》あるじなしとて春《はる》を忘《わす》るな

また、亭子《ていじ》の帝《みかど》（宇多《うだ》）に聞《き》こえさせ給《たま》ふ、

流《なが》れゆくわれは水屑《みくづ》となりはてぬ君《きみ》しがらみとなりてとどめよ

✱学問の神様と崇《あが》められた道真を、痩《や》せ枯《が》れた学者タイプと見損《みそこ》なってはいけない。二十三人ともいわれる子宝《こだから》に恵まれた道真は、精力家《せいりよくか》でもあり自信家でもあったに違いない。まして中央政界から追われるには、それに見合った政治的野心がまったくないとは言えまい。むしろ、そうしたバイタリティーが彼を天神の座に押し上げたとさえ言えるではないか。二首の歌にある命令表現「忘るな」「とどめよ」は、そんな道真の激しい気性《きしよう》を物語るようだ。

## ◆大宰府《だざいふ》までの悲嘆《ひたん》の道中《どうちゅう》

道真公《みちざねこう》は、無実《むじつ》の罪《つみ》で天皇《てんのう》からお咎《とが》めをお受《う》けになったことで、すっかり人生《じんせい》に絶望《ぜつぼう》なさいました。そこで、京《きょう》を出《で》た最初《さいしょ》の宿駅《しゅくえき》の山崎《やまざき》（京都府《きょうとふ》乙訓郡大山崎町《おとくにぐんおおやまざきちょう》）で、そのまま出家《しゅっけ》なさったのです。都《みやこ》から遠《とお》く離《はな》れるにつれて、再《ふたた》び帰京《ききょう》できない境涯《きょうがい》を、しみじみとはかなくお思《おも》いになり、奥《おく》方様《がたさま》にあてて歌《うた》を詠《よ》まれました。

君《きみ》が住《す》む　宿《やど》のこずゑ《エ》を　ゆくゆくも　隠《かく》るるまでも　かへ《エ》り見《み》しかな

（あなたのいる家《いえ》の木立《こだち》の高《たか》い梢《こずえ》を、大宰府《だざいふ》に流《なが》される道《みち》をたどりながら、まったく見《み》えなくなるまで、何度《なんど》も何度《なんど》も振《ふ》り返《かえ》ってみましたよ）

また、播磨《はりま》の国《くに》（兵庫県《ひょうごけん》）にお着《つ》きになり、明石《あかし》の宿駅《しゅくえき》（明石市大蔵谷《あかししおおくらだに》、一説《いっせつ》に太寺付近《たいでらふきん》）にお泊《と》まりになりましたが、そこの駅長《えきちょう》が道真公《みちざねこう》の左遷《させん》をひどく嘆《なげ》き悲《かな》しんでいるようすを御覧《ごらん》になって、お作《つく》りになった漢詩《かんし》は、悲壮感《ひそうかん》のあふれるものでした。

駅長《えきちょう》、驚《おどろ》くこと莫《な》かれ、時《とき》の変改《へんがい》を　一栄一落《いつえいいつらく》、是《こ》れ春秋《しゅんじゅう》
(駅長《えきちょう》よ、そんなに驚《おどろ》き嘆《なげ》かないでもらいたい。時《とき》の流《なが》れが変《か》わって、大臣《だいじん》だった私《わたし》が、今《いま》は流刑《るけい》の身《み》となってしまったことを。草木《そうもく》が春《はる》に花《はな》咲《さ》き、秋《あき》に枯《か》れるのは自然《しぜん》の法則《ほうそく》であるが、それと同《おな》じように、人間《にんげん》の世界《せかい》にも栄枯盛衰《えいこせいすい》というものがあるのだから)

❖無《な》き事《こと》によりてかく罪《つみ》せられ給《たま》ふを、かしこくおぼし嘆《なげ》きて、やがて山崎《やまざき》にて出家《すけ》せしめ給《たま》ひて、都遠《みやことほ》くなるままに、あはれに心細《こころぼそ》くおぼされて、

君《きみ》が住《す》む宿《やど》のこずゑをゆくゆくも隠《かく》るるまでもかへり見《み》しかな

また、播磨国《はりまのくに》におはしまし着《つ》きて、明石《あかし》の駅《むまや》といふ所《ところ》に御宿《おほんやど》りせしめ給《たま》ひて、駅《むまや》の長《をさ》のいみじう思《おも》へる気色《けしき》を御覧《ごらん》じて作《つく》らせ給《たま》ふ詩《し》、いと悲《かな》し。

駅長《えきちやう》莫《なカレ》レ驚《おどろクコト》　時《ときノ》変改《へんがいヲ》　一栄一落《いつえいいつらく》是《こレ》春秋《しゆんじう》

✽左遷《させん》されて配所《はいしょ》に向かう道行文《みちゆきぶん》の模範例《もはんれい》である。文才は、多く逆境《ぎゃっきょう》の上に花開く。

### ◆大宰府《だざいふ》からはるか君恩《くんおん》をしのぶ

＊＊＊長旅《ながたび》を終《お》えて道真《みちざね》は大宰府《だざいふ》（福岡県太宰府市《ふくおかけんだざいふし》）に着《つ》いた。しかし、何《なに》もかもが孤独《こどく》と憂愁《ゆうしゅう》の淵《ふち》に沈《しず》んだ日々《ひび》が続《つづ》いた。＊＊＊

道真公《みちざねこう》は、ここでお住《す》まいになった官舎《かんしゃ》（現《げん》、榎社《えのきしゃ》）の御門《ごもん》も、堅《かた》く閉《と》じて謹慎《きんしん》いたしました。大弐《だいに》（次官《じかん》）のいる大宰府《だざいふ》の役所《やくしょ》は、はるか遠《とお》く離《はな》れているものの、その高《たか》い庁舎《ちょうしゃ》の屋根瓦《やねがわら》などが、見《み》るともなく自然《しぜん》にお目《め》にとまるのでした。また、すぐ近《ちか》くに観音寺《かんのんじ》という天智天皇《てんじてんのう》の勅願寺《ちょくがんじ》がありまして、その鐘《かね》の音《ね》をお聴《き》きになって作《つく》られた詩《し》が、これなんですよ。

都府楼《とふろう》は纔《わず》かに瓦《かわら》の色《いろ》を看《み》る　観音寺《かんのんじ》は只鐘《ただかね》の声《こえ》を聴《き》く

（大宰府庁《だざいふちょう》の高《たか》い建物《たてもの》は空《むな》しく碧色《みどりいろ》の屋《や》根瓦《ねがわら》を眺《なが》めやるにすぎないし、勅願寺《ちょくがんじ》である観音寺《かんのんじ》は参詣《さんけい》を遠慮《えんりょ》して、ただ鐘《かね》の音《ね》に耳傾《みみかたむ》けるだけにすぎない。大宰《だざい》の権帥《ごんのそち》を拝命《はいめい》したとはいっても、流罪《るざい》の身《み》なれば、外出《がいしゅつ》を慎《つつし》むしかないのだ）

これは、唐《とう》の白居易《はくきょい》の『白氏文集《はくしもんじゅう》』にある「遺愛寺《いあいじ》の鐘《かね》は枕《まくら》を欹《そばだ》てて聴《き》き、香炉峰《こうろほう》の雪《ゆき》は簾《すだれ》を撥《かか》げて看《み》る」（自分《じぶん》は都《みやこ》から遠《とお》くこの地《ち》に左遷《させん》された身《み》であるが、ここでは俗事《ぞくじ》に煩《わずら》わされることのない自由《じゆう》な生活《せいかつ》を楽《たの》しむことができる。夕《ゆう》べには遺愛寺《いあいじ》の鐘《かね》の鳴《な》り響《ひび》く音《おと》に、頭《あたま》を枕《まくら》にもたせたままで耳傾《みみかたむ》け、朝《あさ》には香炉峰《こうろほう》に雪《ゆき》の積《つ》もった景色《けしき》を、簾《すだれ》を捲《まく》り上《あ》げて眺《なが》めるのだ）という詩《し》に比《くら》べて、一段《いちだん》と勝《まさ》るほどのすぐれたお作《さく》だと、昔《むかし》の学者《がくしゃ》たちは賞讃《しょうさん》したそうですよ。

また、この地《ち》で九月九日《くがつここのか》に菊《きく》の花《はな》を御《ご》覧《らん》になったのに合《あ》わせ、まだ京《きょう》にいらっしゃった一年前《いちねんまえ》の九月《くがつ》の今夜《こんや》を思《おも》い出《だ》されました。その夜《よ》は宮中《きゅうちゅう》で観菊《かんぎく》の宴《うたげ》が催《もよお》され、道真公《みちざねこう》がお作《つく》りになった漢詩《かんし》に、

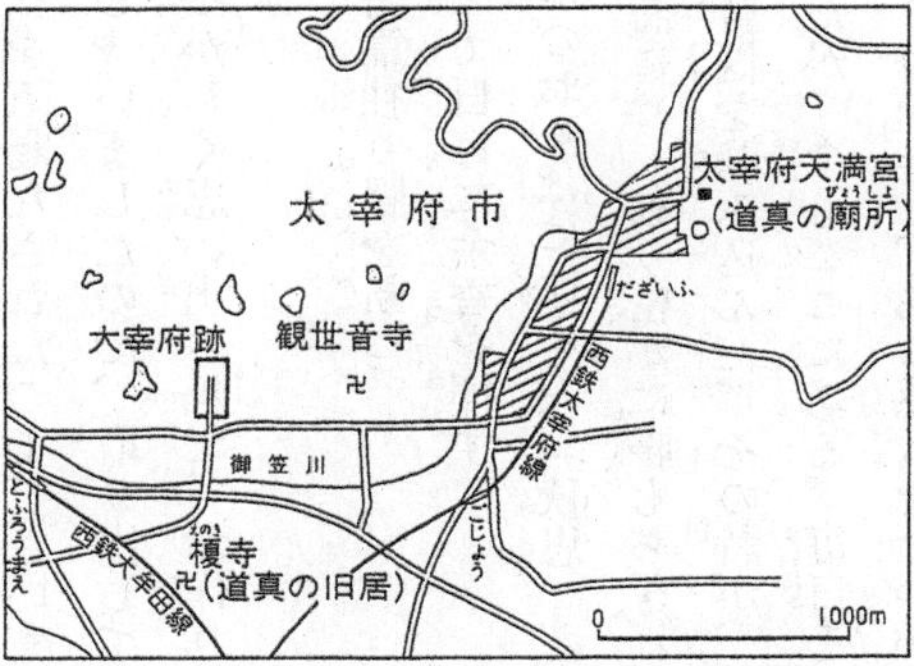

醍醐《だいご》天皇《てんのう》はとても感動《かんどう》なさって、褒美《ほうび》に御衣《ぎょい》を下賜《かし》なされたのでございます。それを大宰府《だざいふ》に持《も》って下《くだ》られていらっしゃいましたので、取《と》り出《だ》して御覧《ごらん》になりますと、ますます当時《とうじ》のことが懐《なつ》かしく思《おも》い出《だ》されて、お作《つく》りなさったのが、この詩《し》ですよ。

去年《こぞ》の今夜《こよい》は清涼《せいりょう》に侍《はべ》りき　秋思《しゅうし》の詩篇《しへん》独《ひと》り腸《はらわた》を断《た》つ
恩賜《おんし》の御衣《ぎょい》は今此《いまここ》に在《あ》り　捧《ささ》げ持《も》ちて日毎《ひごと》に余香《よこう》を拝《はい》す

(去年《きょねん》の今夜《こんや》は、清涼殿《せいりょうでん》の観菊《かんぎく》の宴《うたげ》で天皇《てんのう》のおそばに仕《つか》えて、「秋思《しゅうし》」という御題《おだい》を賜《たまわ》って詩一編《しいっぺん》を作《つく》った。その詩《し》には、独《ひと》り密《ひそ》かに腸《はらわた》もちぎれるほどの苦《くる》しい心境《しんきょう》——右大臣《うだいじん》としての苦悩《くのう》を詠《よ》み込《こ》んだ。その詩《し》が、天皇《てんのう》のお褒《ほ》めにあずかり、御衣《ぎょい》を拝領《はいりょう》したが、今《いま》もここにある。毎日《まいにち》その御衣《ぎょい》を捧《ささ》げ持《も》って、薫《た》きしめられた残《のこ》り香《が》を拝《はい》し、あの感激《かんげき》をなつかしんでいる)

この漢詩《かんし》は、当時《とうじ》、人々《ひとびと》の絶讃《ぜっさん》を博《はく》したものでした。

❖「筑紫《つくし》におはしますところの御門《おほんかど》、かためておはします。大弐《だいに》の居所《ゐどころ》は遥《はる》かなれども、楼《ろう》の上《うへ》の瓦《かはら》などの、心《こころ》にもあらず御覧《ごらん》じやられけるに、また、いと近《ちか》く観音寺《くわんおんじ》といふ寺《てら》のありければ、鐘《かね》の声《こゑ》を聞《き》こしめして、作《つく》らせ給《たま》へる詩《し》ぞかし。

都府《とふ》楼《ろうハ》纔《わづカニ》看《みル》二瓦《かはらノ》色《いろヲ》一
観音寺《くわんおんじハ》只《ただ》聴《きク》二鐘《かねノ》声《こゑヲ》一

これは文集《もんじふ》の白居易《はくきよい》の『遺《ゐ》愛寺《あいじノ》鐘《かねハ》欹《そばだテテ》レ枕《まくらヲ》聴《きキ》、香炉《かうろ》峰《ほうノ》雪《ゆきハ》撥《かかゲテ》レ簾《すだれヲ》看《みル》』といふ詩《し》に、まさざまに作《つく》らしめ給《たま》へりとこそ、昔《むかし》の博士《はかせ》ども申《まう》しけれ。

大宰府の道真、恩賜の御衣（北野天神縁起絵巻）北野天満宮蔵

また、かの筑紫《つくし》にて、九月九日菊《ながつきここぬかきく》の花《はな》を御覧《ごらん》じけるついでに、いまだ京《きやう》におはしましし時《とき》、九月《ながつき》の今宵《こよひ》、内裏《だいり》にて菊《きく》の宴《うたげ》ありしに、このおとどの作《つく》らしめ給《たま》へりける詩《し》を帝《みかど》（醍醐《だいご》）かしこく感《かん》じ給《たま》ひて、御衣《おんぞ》を賜《たま》へりしを、筑紫《つくし》に持《も》て下《くだ》らしめ給《たま》へりければ、御覧《ごらん》ずるに、いとどその折《をり》おぼしめし出《い》でて、作《つく》らしめ給《たま》ひける、

去《こ》年《ぞノ》今夜《こよひハ》侍《はべリキ》ニ　清涼《せいりやうニ》一　秋思《しうしノ》詩篇《しへん》独《ひとリ》　断《たツ》レ腸《はらわたヲ》
恩賜《おんしノ》御衣《ぎよいハ》今《いま》在《あり》レ此《ここニ》　捧《ささゲ》持《もチテ》　毎《ごとニ》レ日《ひ》拝《はいス》ニ余香《よかうヲ》一

この詩《し》、いとかしこく人々感《ひとびとかん》じ申《まう》されき。

✼白居易《はくきよい》の詩文集『白氏文集《はくしもんじゆう》』は、知らぬ者とてない平安貴族の必読書の一つ。その詩と道真の詩と、優劣を競わせている。だが、事はそれで終わらない。確かに、白居易も道真も、左遷され異郷《いきよう》にある点では同じだ。しかし、白居易は恬淡《てんたん》として自由を謳歌《おうか》し、道真は君恩に謝して涙する。清濁を併せ飲む中華魂《ちゆうかだましい》に対して、至誠《しせい》を貫く大和魂の新しい息吹《いぶき》を感じさせる。

## ◆御霊《みたま》、天神《てんじん》となって帰京《ききょう》する

道真公《みちざねこう》は、流罪《るざい》を許《ゆる》されないまま、かの大宰府《だざいふ》で亡《な》くなられました。そしてその夜《よ》のうちに、道真公《みちざねこう》の御霊《みたま》は、この北野《きたの》（京都市上京区馬喰町《きょうとしかみぎょうくばくろちょう》）の地《ち》にたくさんの松《まつ》をお生《は》やしになって、大宰府《だざいふ》からお移《うつ》りになったのです。そこを現在《げんざい》は北野天満宮《きたのてんまんぐう》と申《もう》しております。御祭神《ごさいじん》は霊験《れいげん》あらたかな神様《かみさま》でいらっしゃるので、天皇《てんのう》もお出《で》かけになられ、厚《あつ》く崇拝《すうはい》なさっておられます。一方《いっぽう》、道真公《みちざねこう》が大宰府《だざいふ》で祭《まつ》られている墓所《ぼしょ》は安楽寺天満宮《あんらくじてんまんぐう》（現《げん》、太宰府天満宮《だざいふてんまんぐう》）と言《い》います。寺《てら》を統括《とうかつ》する別当《べっとう》や寺務《じむ》をとる所司《しょし》などを、朝廷《ちょうてい》が任命《にんめい》なさいまして、たいそう格式《かくしき》の高《たか》いお寺《てら》です。

また、こんなことがございました。皇居《こうきょ》が火災《かさい》で焼《や》けて、何度《なんど》か御造営《ごぞうえい》なさいましたが、円融天皇《えんゆうてんのう》の御代《みよ》のこと、大工《だいく》たちが、宮殿《きゅうでん》の屋根裏《やねうら》に張《は》る板《いた》をたいそうきれいに鉋《かんな》がけして退出《たいしゅつ》し、翌朝参上《よくちょうさんじょう》しますと、昨日《きのう》鉋《かんな》をかけた裏板《うらいた》に何《なに》やら煤《すす》けたものが見《み》えました。そこで梯子《はしご》に登《のぼ》って調《しら》べる

91 『大鏡』 上 左大臣時平

と、一夜《いちや》のうちに虫《むし》が食《く》った跡《あと》だったのです。虫食《むしく》いは文字《もじ》の形《かたち》をして、

つくるとも　また焼《や》けなむ《ン》　すがは《ワ》らや　むねのいたまの　あは《ワ》ぬ

かぎりは

（何度《なんど》造営《ぞうえい》しても、また必《かなら》ず焼《や》け落《お》ちるぞ。無実《むじつ》の罪《つみ》に落《お》とされたこの

菅原《すがわら》の胸《むね》〈＝棟《むね》〉の痛《いた》み〈＝板間《いたま》〉がきちんと治《おさ》まらない〈＝合《あ》わぬ〉

かぎりは）

と読《よ》むことができました。それもこの北野《きたの》天神《てんじん》、道真公《みちざねこう》のお詠《よ》みになった歌《うた》だろうと、もっぱらの噂《うわさ》でした。

こうしてこの道真公《みちざねこう》は大宰府《だざいふ》にいらっしゃって、延喜《えんぎ》三年《さんねん》（九〇三）癸《みずのと》亥《い》の年《とし》の二月二十五日《にがつにじゅうごにち》にお亡《な》くなりになったのですよ、享年五十九歳《きょうねんごじゅうきゅうさい》で。

❖やがてかしこにてうせ給《たま》へる、夜《よ》のうちに、この北野《きたの》にそこらの松《まつ》を生《お》ほし給《たま》ひて、わたり住《す》み給《たま》ふをこそは、ただ今《いま》の北野《きたの》の宮《みや》と申《まう》して、荒人神《あらひとがみ》におはします

めれば、おほやけも行幸《ぎやうかう》せしめさせ給《たま》ふ。いとかしこく崇《あが》め奉《たてまつ》り給《たま》ふめり。筑紫《つくし》のおはしまし所《どころ》は安楽寺《あんらくじ》といひて、おほやけより別当《べたう》・所司《しよし》などなさせ給《たま》ひて、いとやむごとなし。

内裏《だいり》焼《や》けて、たびたび造《つく》らしめ給《たま》ひしに、円融院《ゑんゆうゐん》の御時《おほんとき》の事《こと》なり、工匠《たくみ》ども、裏《うら》板《いた》どもをいとうるはしく鉋《かな》かきてまかり出《い》でつつ、またのあしたに参《まゐ》りて見《み》るに、昨日《きのふ》の裏板《うらいた》に、物《もの》のすすけて見《み》ゆる所《ところ》のありければ、梯《はし》にのぼりて見《み》るに、夜《よ》のうちに虫《むし》の食《は》めるなりけり。その文字《もじ》は、

つくるともまたも焼《や》けなむすがはらやむねのいたまのあはぬかぎりは

とこそはありけれ。それもこの北野《きたの》のあそばしたるとこそは申《まう》すめりしか。

かくてこのおとどは、筑紫《つくし》におはしまして、延喜《えんぎ》三年《さんねん》癸亥《みづのとゐ》二月《きさらぎ》二十五日《はつかあまりいつか》にうせ給《たま》ひしぞかし。御年《おんとし》五十九《ごじふく》にて。

✻道真は配所にあって、わずか二年で無念の死を迎えた。しかし、燃えたぎる心を詠んだ詩歌が、時空を超えて帰京した。これが人々の胸に道真コンプレックスを刻み込んでいく。やがて御霊信仰《ごりようしんこう》の火が点《とも》された。

## ◈天皇《てんのう》の御威光《ごいこう》を政治利用《せいじりよう》する大和魂《やまとだましい》——左大臣時平《さだいじんときひら》

道真公《みちざねこう》を陥《おとしい》れるような言語道断《ごんごどうだん》のことを、天皇《てんのう》に告《つ》げ口《ぐち》なさった罪《つみ》によって、この大臣時平公《だいじんときひらこう》の御子孫《ごしそん》はいらっしゃらないのです。とはいっても、時平公《ときひらこう》はすぐれた大和魂《やまとだましい》（対処能力《たいしょのうりょく》）の持《も》ち主《ぬし》でいらっしゃいましたがなあ。

時《とき》の醍醐天皇《だいごてんのう》は、世《よ》の中《なか》の悪《あ》しき生活習慣《せいかつしゅうかん》を正《ただ》そうとお努《つと》めになられましたが、とりわけ貴族《きぞく》たちの身《み》の程《ほど》をわきまえない贅沢《ぜいたく》を、どうしても規《き》制《せい》なさることがおできになれませんでした。そんなある日《ひ》のこと、時平公《ときひらこう》が、御禁制《ごきんせい》を破《やぶ》って、度《ど》はずれた豪華《ごうか》な衣装《いしょう》を身《み》にまとって、宮中《きゅうちゅう》に参《さん》上《じょう》なさいました。天皇《てんのう》は、清涼殿《せいりょうでん》の殿上《てんじょう》の間《ま》にお控《ひか》え申《もう》し上《あ》げている時平《ときひら》公《こう》の姿《すがた》を、蔀《しとみ》の小窓《こまど》から御覧《ごらん》になるや、ひどく御機嫌《ごきげん》がお悪《わる》くなられて、当番《とうばん》の蔵人《くろうど》（秘書官《ひしょかん》）をお呼《よ》びになり、「世《よ》の中《なか》の度《ど》を超《こ》えた贅沢《ぜいたく》に対《たい》する禁制《きんせい》を強化《きょうか》している折《おり》から、左大臣《さだいじん》が、たとえ臣下《しんか》で第一《だいいち》の人《ひと》とはいっても、あまりに華美《かび》な服装《ふくそう》で参内《さんだい》するというのは、不都合千万《ふつごうせんばん》である。即刻退出《そっこくたいしゅつ》するよう命《めい》じよ」とおっしゃられました。

天皇《てんのう》の御命令《ごめいれい》をお受《う》けした蔵人《くろうど》は、左大臣《さだいじん》にお伝《つた》えしたら、どんなことになるだろうかと、こわくなりましたけれど、さっそく時平公《ときひらこう》のところへ参《まい》り、ぶるぶる震《ふる》えながら、これこれとの仰《おお》せ言《ごと》ですと、お伝《つた》えしました。すると、時平公《ときひらこう》は非常《ひじょう》に驚《おどろ》き、恐縮《きょうしゅく》して、仰《おお》せ言《ごと》を拝聴《はいちょう》するや、御随身《みずいじん》(護衛官《ごえいかん》)の先導《せんどう》もお止《や》めになって、すぐさま退出《たいしゅつ》いたしました。御随身《みずいじん》たちは、ただ呆然《ぼうぜん》と見守《みまも》るほかありません。

こうしてお帰《かえ》りになった後《のち》、時平公《ときひらこう》はお邸《やしき》である本院《ほんいん》の御門《ごもん》を一《いっ》か月《げつ》ほど閉《と》じさせて、御簾《みす》の外《そと》にもお出《で》にならず、客人《きゃくじん》が見《み》えても、「天皇《てんのう》のお咎《とが》めが厳《きび》しいので」と詫《わ》びて、お会《あ》いなさいませんでした。この謹慎《きんしん》ぶりによって、初《はじ》めて、度《ど》を超《こ》えた贅沢《ぜいたく》に走《はし》る世《よ》の中《なか》の傾向《けいこう》は収《おさ》まったのです。

私《わたし》が内密《ないみつ》にうかがったところでは、最高指導者《さいこうしどうしゃ》たる時平公《ときひらこう》がみずから範《はん》を示《しめ》して初《はじ》めて、世《よ》の中《なか》の悪《あ》しき贅沢《ぜいたく》の習慣《しゅうかん》は止《や》むだろうという判断《はんだん》のもと、時平公《ときひらこう》と天皇《てんのう》とが心《こころ》をお合《あ》わせになって、仕組《しく》んだお芝居《しばい》だったとかいうことですよ。

❖かくあさましき悪事《あくじ》を申《まう》し行《おこな》ひ給《たま》へりし罪《つみ》により、このおとど（時平《ときひら》）の御末《おほんすゑ》はおはせぬなり。さるは、大和魂《やまとだましひ》などは、いみじくおはしましたるものを。

延喜《えんぎ》（醍醐《だいご》）の世間《よのなか》の作法《さはふ》したためさせ給《たま》ひしかども、過差《くわさ》をばえしづめさせ給《たま》はざりしに、この殿《との》、制《せい》を破《やぶ》りたる御装束《ごさうぞく》の、ことのほかにめでたきをして、内裏《うち》に参《まゐ》り給《たま》ひて、殿上《てんじやう》にさぶらひ給《たま》ふを、帝《みかど》、小蔀《こじとみ》より御覧《ごらん》じて、御気色《みけしき》いと悪《あ》しくならせ給《たま》ひて、職事《しきじ》を召《め》して、

（醍醐《だいご》）「世間《せけん》の過差《くわさ》の制厳《せいきび》しきところに、左《ひだり》のおとどの、一《いち》の人《ひと》といひながら、美《び》麗《れい》ことのほかにて参《まゐ》れる、便《びん》なきことなり。すみやかに罷《まか》り出《い》づべきよし仰《おほ》せよ」

と仰《おほ》せられければ、承《うけたまは》る職事《しきじ》は、いかなることにかと、恐《おそ》れおぼえければ、参《まゐ》り

て、わななくわななく、しかじかと申《まう》しければ、いみじく驚《おどろ》き、かしこまり承《うけたまは》りて、御随身《みずいじん》の御先駆《みさき》参《まゐ》るも制《せい》し給《たま》ひて、急《いそ》ぎ罷《まか》り出《い》で給《たま》へば、御前《ごぜん》どもあやしと思《おも》ひけり。

さて、本院《ほんゐん》の御門《みかど》一月《ひとつき》ばかり鎖《さ》させて、御簾《みす》の外《と》にも出《い》で給《たま》はず、人《ひと》などの参《まゐ》るにも、「勘当《かだう》の重《おも》ければ」とて、会《あ》はせ給《たま》はざりしにこそ、世《よ》の過差《くわさ》は平《たひ》らぎたりしか。内々《うちうち》によく承《うけたまは》りしかば、さてばかりぞしづまらむとて、帝《みかど》と御心《みこころ》あはせさせ給《たま》へりけるとぞ。

✻君臣一体《くんしんいったい》の政治は無敵《むてき》である。ただし、計画の立案は天皇でも、実現は時平なくして不可能だ。摂関家の期待の星が、あざやかな手綱《たづな》さばきをみせる。

随身

## ◇時平《ときひら》、放屁《ほうひ》に笑《わら》いこけて道真《みちざね》に裁決《さいけつ》を一任《いちにん》する

——時平《ときひら》が道真《みちざね》と並《なら》んで、左右《さゆう》の大臣《だいじん》として国政《こくせい》を仕切《しき》っていた時《とき》のこと。道真《みちざね》は、経験《けいけん》も学問《がくもん》もない若造《わかぞう》の時平《ときひら》が、藤原氏《ふじわらし》出身《しゅっしん》を笠《かさ》に着《き》て、自分《じぶん》を差《さ》しおいて決裁《けっさい》するのを苦々《にがにが》しく思《おも》っていた。そんな道真《みちざね》の不満《ふまん》を知《し》った熟練《じゅくれん》の書記官《しょきかん》が、それなら話《はなし》は簡単《かんたん》、万事《ばんじ》私《わたし》にお任《まか》せください、と引《ひ》き受《う》けたが、道真《みちざね》の頭《あたま》ではまるで理解《りかい》できない。心配《しんぱい》する道真《みちざね》に、まあ黙《だま》って御覧《ごらん》なさいと言《い》うばかり。やがて閣僚会議《かくりょうかいぎ》が始《はじ》まると、例《れい》のごとく時平《ときひら》が大声《おおごえ》で独断《どくだん》の採決《さいけつ》を強行《きょうこう》していく。すると、時平《ときひら》のもとに、かの書記官《しょきかん》が、ことさらうやうやしい素振《そぶ》りで書類《しょるい》を捧《ささ》げ持《も》って現《あらわ》れ、まさに差《さ》し出《だ》すその瞬間《しゅんかん》、轟音《ごうおん》をたてておならをした（高《たか》く鳴《な》らして侍《はべ》りけり）。一瞬《いっしゅん》顔《かお》を引《ひ》きつらせた時平《ときひら》だが、次《つぎ》に笑《わら》い出《だ》したら、もう止《と》まらない。笑《わら》いをこらえる手《て》が震《ふる》えて、書類《しょるい》を受《う》け取《と》ることもできない。とうとう「今日《きょう》はもう仕事《しごと》にならない。右大《うだい》臣《じん》にお任《まか》せする」とさえ、ちゃんと言《い》い切《き》れずに退席《たいせき》してしまった。かくて

時平《ときひら》不在《ふざい》につき、道真《みちざね》は自分《じぶん》の思《おも》い通《どお》りに決裁《けっさい》できたという。――

＊ベテラン官僚をうまく操縦《そうじゅう》できるかが、政治のこつである。道真は逆に、官僚に操縦されているふしがある。

## ◆天皇《てんのう》と剣《つるぎ》の威光《いこう》によって雷神《らいじん》を退《しりぞ》けた大和魂《やまとだましい》

また、道真公《みちざねこう》が雷神《らいじん》となられてからのこと。すさまじい雷鳴《らいめい》が轟《とどろ》き、盛《さか》んに稲妻《いなずま》が閃《ひらめ》きわたって、天皇《てんのう》のおいでになる清涼殿《せいりようでん》に落雷《らくらい》したかと思《おも》うと、その時《とき》、居合《いあ》わせた本院《ほんいん》の大臣時平公《おとどときひらこう》は、太刀《たち》を抜《ぬ》き放《はな》って、「貴方《あなた》は、この世《よ》にあった時《とき》、私《わたし》の次《つぎ》の位《くらい》に留《とど》まっておられた。たとえ、今《いま》、雷神《らいじん》となられても、この世《よ》に現《あらわ》れた場合《ばあい》には、私《わたし》に対《たい》して敬意《けいい》を払《はら》うのが当然《とうぜん》だろう。どうして、そんな必要《ひつよう》がないと言《い》えるのか、言《い》えるはずがない」と、雷神《らいじん》をにらみつけ、大声《おおごえ》で叱《しか》りつけたそうです。すると、雷《らい》神《じん》もいったんお鎮《しず》まりになったと、世間《せけん》の人々《ひとびと》が申《もう》しておりました。しかし、それは、時平公《ときひらこう》の力量《りきりよう》が特別《とくべつ》すぐれていらっしゃったからではありません。あくまでも天皇《てんのう》の御威光《ごいこう》が絶対《ぜつたい》だからでございます。天皇《てんのう》がお認《みと》めになった官位《かんい》の順序《じゆんじよ》――この道理《どうり》を乱《みだ》してはならないという判断《はんだん》を、道真《みちざね》公《こう》がお示《しめ》しになったのであります。

❖また、北野《きたの》の、神《かみ》にならせ給《たま》ひて、いと恐《おそろ》しく雷《かみ》の鳴《な》りひらめき、清涼殿《せいりやうでん》に落《お》ちかかりぬと見《み》えけるに、本院《ほんゐん》のおとど、大刀《たち》を抜《ぬ》きさげて、(時平《ときひら》)「生《い》きても、我《わ》が次《つぎ》にこそものし給《たま》ひしか。今日《けふ》、神《かみ》となり給《たま》へりとも、この世《よ》には、我《われ》に所《ところ》おき給《たま》ふべし。いかでか、さらではあるべき」と、にらみやりてのたまひけるに、一度《いちど》はしづまらせ給《たま》へりけるとぞ、世人《せじん》申《まう》し侍《はべ》りし。されどこれは、かのおとどのいみじくおはするにはあらず、王威《わうゐ》の限《かぎ》りなくておはしますにより て、理非《りひ》を示《しめ》し給《たま》へるなり。

✻「王威《おうい》」の用例は「純友《すみとも》の乱《らん》」（一五六頁）にも出てくる。――「王威のおはしまさむかぎり」。天皇の威光の絶対性を説《と》いた文言《もんごん》で、個人の能力は二の次らしい。『大鏡』の作者が皇室寄りの貴族であろうと推理させるゆえんだ。

★**大和魂《やまとだましい》**
「漢才《からざえ》」（＝中国の学問・教養）に対する語。自国のあり方を、外国に対して鋭く意識したときに生まれた。当時、今日の西洋文化と同じく、中国文化は我が国の精神思想の中核に影響していたが、後天的に学習する知識が主であった。そこで、生まれつきの感受性や日常生活の中で自然にはぐくまれた精神能力は、日本固有の精神の発露《はつろ》とみなして、「大和魂」と呼んだ。外敵に挑《いど》む果敢《かかん》な闘争心《とうそうしん》や可憐《かれん》な花を愛《め》でる風流心《ふうりゅうしん》まで、広く日本人の精神の営みをさす。

## ◆能書《のうしょ》の佐理《すけまさ》、神託《しんたく》により額《がく》を書《か》いて奉納《ほうのう》する——太政大臣実頼《だいじょうだいじんさねより》

左近《さこん》の少将《しょうしょう》敦敏《あつとし》（父実頼《ちちさねより》）の子《こ》です、佐理《すけまさ》の大弐《だいに》（大宰府次官《だざいふじかん》）は。しかも天下《てんか》に名高《なだか》い書《しょ》の名人《めいじん》です。

この方《かた》が大宰《だざい》の大弐《だいに》の任期《にんき》（五年《ごねん》）を終《お》えて、上京《じょうきょう》なさった時《とき》に、伊予《いよ》の国《くに》（愛媛県《えひめけん》）に入《はい》る手前《てまえ》の港《みなと》で、天気《てんき》がひどく崩《くず》れて、海《うみ》が大荒《おおあ》れとなり、暴風《ぼうふう》にまで襲《おそ》われました。しかし、まもなく天気《てんき》が持《も》ち直《なお》したので、出帆《しゅっぱん》の準備《じゅんび》をなさると、また、前《まえ》と同《おな》じように悪天候《あくてんこう》に変《か》わってしまうのです。このように悪天候《あくてんこう》のために出帆《しゅっぱん》できない状態《じょうたい》が何日《なんにち》も続《つづ》きましたので、佐理様《すけまささま》は何《なに》か人知《じんち》を超《こ》えたものの働《はたら》きをお感《かん》じになりました。

そこで、占《うらな》い者《もの》に観《み》させてごらんになると、「神《かみ》の祟《たた》りでございます」と答《こた》えるだけで、神《かみ》の祟《たた》りを受《う》けるべきいわれなど、まったく思《おも》い当《あ》たりません。いったい何《なに》が原因《げんいん》なのだろうかと、あれこれ思《おも》い悩《なや》みながら、お

休《やす》みになりました。すると、その夜《よ》の夢《ゆめ》にこの世《よ》ならぬものが現《あらわ》れなさったのです。

とても気品《きひん》の高《たか》い風貌《ふうぼう》をした男性《だんせい》がいらっしゃって、「このところ天気《てんき》が荒《あ》れて、何日《なんにち》もここにお過《す》ごしなのは、この私《わたくし》のしわざなのです。そのわけというのは、どこの神社《じんじゃ》にも額《がく》が掛《か》かっているのに、私《わたくし》のところにだけないのは道理《どうり》に合《あ》わないので、額《がく》を掛《か》けようと思《おも》うのです。ただし、並《な》みの書《か》き手《て》に依頼《いらい》するのでは何《なん》の価値《かち》もありませんので、ぜひあなたにお願《ねが》いいたそうと考《かんが》えました。それで、この機会《きかい》を逃《のが》したら、いつ書《か》いてもらえようか、もらえないだろうと思《おも》って、ここにお留《とど》めいたしたのです」とおっしゃいました。そこで、佐理様《すけまささま》が「あなたの名前《なまえ》は何《なん》とおっしゃる翁《おきな》のか」とお尋《たず》ねなさると、「この海辺《うみべ》の三島《みしま》(大山祇神社《おおやまつみじんじゃ》)におります翁《おきな》です」と御返事《ごへんじ》なさったので、相手《あいて》が神様《かみさま》と知《し》って、夢《ゆめ》の中《なか》ながらも、心《こころ》の底《そこ》から畏《おそ》れ謹《つつし》んで御依頼《ごいらい》をお引《ひ》き受《う》けしたという思《おも》いが、はっきりと記《き》憶《おく》に残《のこ》りました。まして、お目覚《めざ》めになってからは、言《い》うまでもありません。いっそう畏《おそ》れ謹《つつし》んで、神意《しんい》をお受《う》け申《もう》し上《あ》げたのでした。

さて、この後《のち》、佐理様《すけまささま》が三島《みしま》のある伊予《いよ》の国《くに》に船出《ふなで》なさると、何日《なんにち》ものあいだ、荒《あ》れ続《つづ》けた天気《てんき》がうそのように、うららかな晴天《せいてん》となったのです。しかも伊予《いよ》の国《くに》の方角《ほうがく》に追《お》い風《かぜ》まで吹《ふ》いて、まるで飛《と》ぶような速《はや》さで、順風満帆《じゅんぷうまんぱん》のうちに到着《とうちゃく》なさいました。そして、神様《かみさま》とのお約束《やくそく》を果《は》たすために、佐理様《すけまささま》は湯《ゆ》を何度《なんど》も浴《あ》び、念入《ねんい》りに潔斎《けっさい》して心身《しんしん》を清《きよ》め、正装《せいそう》の束帯《そくたい》を着《つ》けて、さっそく三島《みしま》の神《かみ》の御前《ごぜん》で額《がく》をお書《か》きになりました。ついで、神官《しんかん》たちをお呼《よ》び出《だ》しになり、額《がく》を社殿《しゃでん》に掲《かか》げさせるなど、神意《しんい》に適《かな》うように作法《さほう》どおりにしてお帰《かえ》りなさいました。今度《こんど》は、何《なん》の心配《しんぱい》ごともなく、佐理様《すけまささま》はもちろん下々《しもじも》の従者《じゅうしゃ》の船《ふね》にいたるまで、無事《ぶじ》に京《きょう》にお上《のぼ》りになりました。

自分《じぶん》のすることが、世間《せけん》で評判《ひょうばん》になるだけでも、気分《きぶん》はいいものです。まして神《かみ》の御心《みこころ》に適《かな》い、それほどまでに自分《じぶん》の書《しょ》が欲《ほ》しいとお望《のぞ》みになったというのですから、佐理様《すけまささま》としては、どんなにか内心得意《ないしんとくい》になられたことでしょう。また、何《なん》といってもこの額《がく》を書《か》いた一件《いっけん》によって、佐理様《すけまささま》は日本第一《にほんだいいち》の書《しょ》の名人《めいじん》という評価《ひょうか》が、この後《あと》で定《さだ》まったのでした。

❖敦敏《あつとし》の少将《せうしやう》の子《こ》なり、佐理《すけまさ》の大弐《だいに》、世《よ》の手書《てか》きの上手《じやうず》。任果《にんは》てて上《のぼ》られけるに、伊与国《いよのくに》の前《まへ》なる泊《とま》りにて、日《ひ》いみじう荒《あ》れ、海《うみ》のおもて悪《あ》しくて、風恐《かぜおそ》ろしく吹《ふ》きなどするを、少《すこ》しなほりて出《い》でむとし給《たま》へば、また同《おな》じやうになりぬ。かくのみしつつ日《ひ》ごろ過《す》ぐれば、いと怪《あや》しくおぼして、物問《ものと》ひ給《たま》へば、「神《かみ》の御祟《おほんたた》り」とのみ言《い》ふに、さるべき事《こと》もなし。いかなる事《こと》にかと、恐《おそ》れ給《たま》ひける夢《ゆめ》に見《み》え給《たま》ひけるやう、いみじう気高《けだか》きさましたる男《をとこ》のおはして、（明神《みやうじん》）「この日《ひ》の荒《あ》れて、日《ひ》ごろここに経給《へたま》ふは、おのがし侍《はべ》ることなり。それは、よろづの社《やしろ》に額《がく》の懸《か》かりたるに、おのがもとにしも無《な》きが悪《あ》しければ、懸《か》けむと思《おも》ふに、なべての手《て》して書《か》かせむが悪《わろ》く侍《はべ》れば、われに書《か》かせ奉《たてまつ》らむと思《おも》ふによりて、この折《をり》ならでいつかはとて、とどめ奉《たてまつ》りたるなり」とのたまふに、（佐理《すけまさ》）「誰《たれ》とか申《まう》す」と問《と》ひ給《たま》へば、（明神《みやうじん》）「この浦《うら》の三島《みしま》に侍《はべ》る翁《おきな》なり」とのたまふに、夢《ゆめ》のうちにもいみじうかしこまり申《まう》すとおぼすに、おどろき給《たま》ひて、またさらにも言《い》はず。

さて伊与《いよ》へ渡《わた》り給《たま》ふに、多《おほ》くの日荒《ひあ》れつる日《ひ》ともなく、うらうらとなりて、そなたざまに追《お》ひ風吹《かぜふ》きて、飛《と》ぶがごとく参《まう》で着《つ》き給《たま》ひぬ。湯《ゆ》たびたび浴《あ》み、いみじう潔斎《けさい》して清《きよ》まはりて、日《ひ》の装束《さうぞく》して、やがて神《かみ》の御前《おまへ》にて書《か》き給《たま》ふ。司《つかさ》ども召《め》し出《い》だして打《う》たせなど、よく法《はふ》のごとくして帰《かへ》り給《たま》ふに、つゆ恐《おそ》るることなくて、末々《すゑずゑ》の船《ふね》に至《いた》るまで、平《たひ》らかに上《のぼ》り給《たま》ひにき。我《わ》がすることを、人間《にんげん》のほめ崇《あが》むるだに、興《きよう》あることにてこそあれ。まして、神《かみ》の御心《みこころ》に、さまでほしくおぼしけむこそ、いかに御心《みこころ》おごりし給《たま》ひけむ。また、おほかたこれにぞ、日本第一《にほんだいいち》の御手《おほんて》のおぼえはこの後《のち》ぞとり給《たま》へりし。

✽神頼みではなく、神に頼まれたという自慢話《じまんばなし》にみえる。神は佐理に敬語を使っている。だが、実際は逆で、佐理に書かせた神の氏子《うじこ》たちの自慢話であろう。佐理の背後にある朝廷の権威を獲得した手柄話《てがらばなし》と考えたい。なお佐理《すけまさ》《さり》は、小野道風《おののみちかぜ》《とうふう》・藤原行成《ふじわらのゆきなり》《こうぜい》と並んで「三蹟《さんせき》」（三大能書家）の一人。

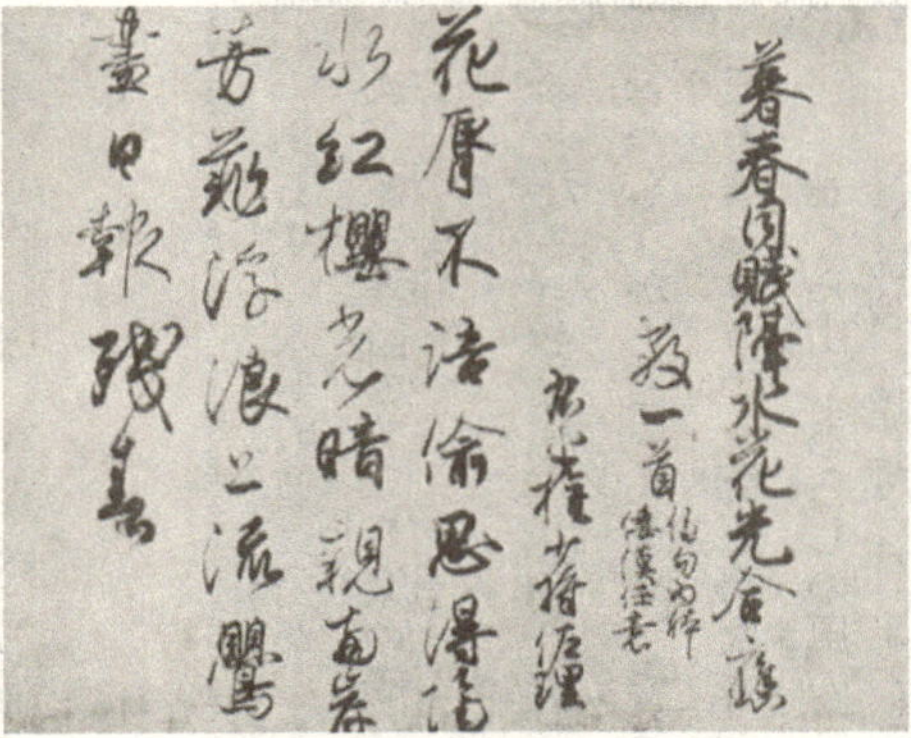

藤原佐理筆「詩懐紙」
香川県立歴史博物館蔵

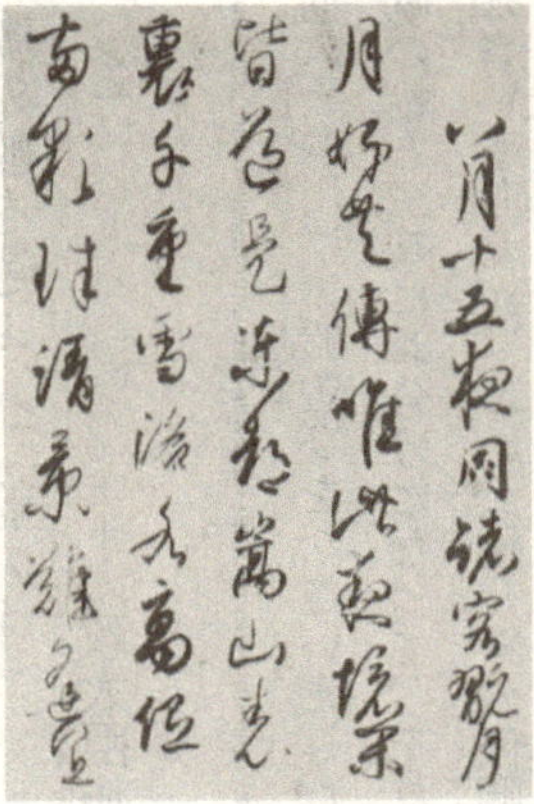

藤原行成筆「白氏詩巻」
東京国立博物館蔵

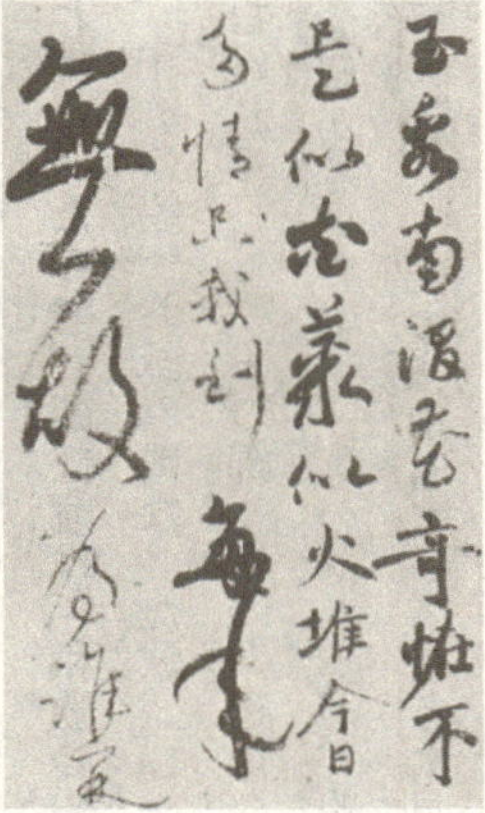

小野道風筆「玉泉帖」
宮内庁三の丸尚蔵館蔵

## ◈才人《さいじん》の公任《きんとう》、大井河《おおいがわ》逍遥《しょうよう》で和歌《わか》の船《ふね》を選《えら》ぶ《三船《さんせん》の才《さい》》

——太政大臣頼忠《だいじょうだいじんよりただ》

ある年《とし》、入道殿道長公《にゅうどうどのみちながこう》が、大井河《おおいがわ》（大堰川《おおいがわ》）で船遊《ふなあそ》びをなさいました時《とき》に、船《ふね》を漢詩《かんし》の船《ふね》、音楽《おんがく》の船《ふね》、和歌《わか》の船《ふね》と三艘《さんそう》にお分《わ》けになって、それぞれその道《みち》にすぐれた人々《ひとびと》をお乗《の》せなさいましたが、この大納言殿公任卿《だいなごんどのきんとうきょう》が参上《さんじょう》なさいました。道長公《みちながこう》が、「そこの大納言《だいなごん》は、どの船《ふね》にお乗《の》りになるおつもりか」と、人《ひと》をやってお尋《たず》ねになったので、公任卿《きんとうきょう》は「和歌《わか》の船《ふね》に乗《の》りましょう」と御返事《おへんじ》なさって、和歌《わか》の船《ふね》でお詠《よ》みになった歌《うた》、

を《オ》ぐら山《やま》　あらしの風《かぜ》の　さむければ　もみぢ《ジ》の錦《にしき》　きぬ人《ひと》ぞなき

（小倉山《おぐらやま》と嵐山《あらしやま》から吹《ふ》き下《お》ろす山風《やまかぜ》が寒《さむ》いので、紅葉《もみじ》の落《お》ち葉《ば》が、船遊《ふなあそ》びしている人々《ひとびと》に降《ふ》りそそいで、皆《みな》さん、錦《にしき》の衣《ころも》を着《き》ているように見《み》えますよ）

御自分《ごじぶん》から願《ねが》い出《で》てお乗《の》りになっただけのことはあって、さすがみごとにお詠《よ》みになったものですなあ。御自身《ごじしん》でおっしゃったという話《はなし》ですが、「漢詩《かんし》の船《ふね》に乗《の》ればよかったよ。そうして、この歌程度《うたていど》の詩《し》を作《つく》っていたら、名声《めいせい》も一段《いちだん》と上《あ》がっていただろうに。残念《ざんねん》なことをしたなあ。それにしても入道殿道長公《にゅうどうどのみちながこう》が『どの船《ふね》に乗《の》ろうと思《おも》うか』とお尋《たず》ねになったのには、自分《じぶん》のことながら得意《とくい》にならずにいられませんでしたなあ」と、おっしゃったそうです。一《ひと》つの事《こと》にすぐれていることさえなかなか難《むずか》しいのに、ましてや、このようにどの道《みち》にもすぐれていらっしゃったというのは、古《こ》今《こん》に例《れい》がありません。

❖ひととせ、入道殿《にふだうどの》（道長《みちなが》）の、大井河《おほゐがは》に逍遥《せうえう》せさせ給《たま》ひしに、作文《さくもん》の船《ふね》、管絃《くわんげん》の船《ふね》、和歌《わか》の船《ふね》と分《わ》かたせ給《たま》ひて、その道《みち》にたへなる人々《ひとびと》を乗《の》せさせ給《たま》ひしに、この大納言殿《だいなごんどの》の参《まゐ》り給《たま》へるを、入道殿《にふだうどの》、「かの大納言《だいなごん》、いづれの船《ふね》にか乗《の》らるべき」

とのたまへれば、(公任《きんたう》)「和歌《わか》の船《ふね》に乗《の》り侍《はべ》らむ」とのたまひて、詠《よ》み給《たま》へるぞかし。

をぐら山《やま》あらしの風《かぜ》のさむければもみぢの錦《にしき》きぬ人《ひと》ぞなき

申《まう》しうけ給《たま》へるかひありてあそばしたりな。御《おほん》みづからものたまふなるは、(公任《きんたう》)「作文《さくもん》の船《ふね》にぞ乗《の》るべかりける。さて、かばかりの詩《し》を作《つく》りたらましかば、名《な》のあがらむこともまさりなまし。口惜《くちを》しかりけるわざかな。さても殿《との》(道長《みちなが》)の、『いづれにと思《おも》ふ』とのたまはせしになむ、我《われ》ながら心《こころ》おごりせられし」とのたまふなる。一事《ひとこと》のすぐるるだにあるに、かくいづれの道《みち》にも抜《ぬ》け出《い》で給《たま》ひけむは、古《いにしへ》も侍《はべ》らぬことなり。

✱仮名《かな》はしょせん仮の文字。真名《まな》―真の文字は漢字だ。仮名書きの和歌よりも、漢詩のほうが格上とする評価は、ひとり公任の偏見《へんけん》にあらず、王朝貴族の通念だった。近代の欧化《おうか》主義《しゅぎ》が思い浮かんで、ほろ苦い。寄らば大樹《たいじゅ》ならぬ大国の陰《かげ》か。

## ◆美貌《びぼう》と美髪《びはつ》の女御芳子《にょうごほうし》の華《はな》やかな御寵愛《ごちょうあい》――左大臣師尹《さだいじんもろただ》

左大臣師尹公《さだいじんもろただこう》の姫君芳子様《ひめぎみほうしさま》は、村上天皇《むらかみてんのう》の御代《みよ》の宣耀殿《せんようでん》の女御《にょうご》で、お顔《かお》が美《うつく》しくかわいらしくていらっしゃいました。参内《さんだい》なさろうとして、お車《くるま》にお乗《の》りになったところ、御自身《ごじしん》のお体《からだ》はお車《くるま》の内《うち》にありながら、御髪《おぐし》の端《はし》は、まだ母屋《おもや》の柱《はしら》のもとにおありだったということです。また、この芳子様《ほうしさま》の御髪《おぐし》の一筋《ひとすじ》を、丸《まる》くわがねて檀紙《だんし》の上《うえ》に置《お》いたところ、少《すこ》しも白《しろ》い隙間《すきま》が見《み》えなかったと申《もう》し伝《つた》えております。目尻《めじり》の少《すこ》し下《さ》がっておいでなのが、とってもかわいらしくていらっしゃる。そこを天皇《てんのう》はお気《き》に召《め》して、すこぶる御寵愛《ごちょうあい》なさって、こんな歌《うた》を詠《よ》まれたとか。

生《い》きての世《よ》　死《し》にてののちの　のちの世《よ》も　はねを交《か》は《ワ》せる　鳥《とり》となりなむ《ン》

（生《い》きているこの現世《げんせ》でも、死《し》んだ後《のち》の来世《らいせ》でも、いつも羽《はね》をくっつけ

て一体《いったい》となって飛《と》ぶという比翼《ひよく》の鳥《とり》になって、いつまでも離《はな》れずに愛《あい》し合《あ》っていこうよ）

これに御返歌《ごへんか》として、芳子様《ほうしさま》がお詠《よ》みになった歌《うた》は、

秋《あき》になる　ことの葉《は》だにも　かは《ワ》らずば　われもかは《ワ》せる　枝《えだ》となりなむ《ン》

（秋《あき》になると木《こ》の葉《は》の色《いろ》は変《か》わるものですが、帝《みかど》のお気持《きも》ちに秋《あき》〈＝飽《あ》き〉が来《こ》ないで、言《こと》の葉《は》も変《か》わらないのでしたら、私《わたくし》もあの連理《れんり》の枝《えだ》のように、いつまでもおそばを離《はな》れるつもりはございませんわ）

❖御女《おほんむすめ》、村上《むらかみ》の御時《おほんとき》の宣耀殿《せんえうでん》の女御《にようご》（芳子《はうし》）、かたちをかしげに美《うつく》しうおはしけり。内《うち》へ参《まゐ》り給《たま》ふとて、御車《みくるま》に奉《たてまつ》り給《たま》ひければ、我《わ》が御身《おほんみ》は乗《の》り給《たま》ひけれど、御髪《みぐし》のすそは、母屋《もや》の柱《はしら》のもとにぞおはしける。一《ひと》すぢを陸奥紙《みちのくにがみ》に置《お》きたるに、いかにもすきま見《み》え給《たま》はずとぞ、申《まう》し伝《つた》へためる。御目《おほんめ》のしりの少《すこ》しさがり給《たま》へるが、いとど

らうたくおはするを、帝《みかど》いとかしこく時《とき》めかさせ給《たま》ひて、かく仰《おほ》せられけるとか。

　生《い》きての世《よ》死《し》にてののちののちの世《よ》もはねを交《か》はせる鳥《とり》となりなむ

御返《おほんかへ》し、女御《にょうご》、

　秋《あき》になることの葉《は》だにもかはらずはわれもかはせる枝《えだ》となりなむ

＊王朝の男性貴族は髪フェチなのか。芳子ばかりか彰子《しょうし》の妹妍子《けんし》も、髪が長くて地面に引かれていた（藤原氏の物語）。いや高貴な女性はみんな髪が長い。そもそも「かみ」は「上・神」に通じ、「みぐし」の「くし」は「奇《く》し」で霊力を発する。やはり髪は女の命なのだ。髪フェチは早とちりだろう。「比翼の鳥」も「連理の枝」も、玄宗皇帝《げんそうこうてい》と楊貴妃《ようきひ》の熱愛ぶりをたとえる詩語として、白居易《はくきょい》は『長恨歌《ちょうごんか》』に用いた。それを紫式部《むらさきしきぶ》は『源氏物語』（桐壺《きりつぼ》）に引用している。

「連理の枝」と「比翼の鳥」

## ◆『古今集《こきんしゅう》』全巻《ぜんかん》を暗誦《あんしょう》した女御芳子《にょうごほうし》の衰運《すいうん》――左大臣師尹《さだいじんもろただ》

この女御芳子様《にょうごほうしさま》が『古今和歌集《こきんわかしゅう》』を全部《ぜんぶ》そらんじていらっしゃるとお聞《き》きになって、村上天皇《むらかみてんのう》がお試《ため》しになりました。『古今和歌集《こきんわかしゅう》』の本《ほん》を隠《かく》し、芳子様《ほうしさま》にはお見《み》せにならないで、「やまとうたは」とある『古今和歌集《こきんわかしゅう》』の序文《じょぶん》を始《はじ》めとして、歌《うた》の上《かみ》の句《く》の言葉《ことば》をおっしゃっては、その下《しも》の句《く》をお尋《たず》ねになりましたところ、言《い》い間違《まちが》いは、詞書《ことばが》きでも歌《うた》でも、まったくなかったそうです。いっぽう、天皇《てんのう》が『古今和歌集《こきんわかしゅう》』で芳子様《ほうしさま》の暗記力《あんきりょく》を試験《しけん》なさっているという知《し》らせが父大臣師尹公《ちちだいじんもろただこう》のお耳《みみ》に届《とど》きますと、正式《せいしき》の礼装《れいそう》をつけ、手《て》を洗《あら》い清《きよ》めなどして、あちこちの寺《てら》に祈願《きがん》の読経《どきょう》を依頼《いらい》し、御自分《ごじぶん》でも難関突破《なんかんとっぱ》を一心《いっしん》にお祈《いの》りなさいました。

また、天皇《てんのう》は箏《そう》の琴《こと》がとてもお上手《じょうず》でしたが、芳子様《ほうしさま》にも熱心《ねっしん》に手《て》ほどきなさるなど、この上《うえ》ない御寵愛《ごちょうあい》ぶりでした。それが、冷泉天皇《れいぜいてんのう》の御母君《おんははぎみ》であられるお后《きさき》の安子《あんし》様《さま》がお亡《な》くなりになられてから、かえってひどく御《ご》寵愛《ちょうあい》が衰《おとろ》えてしまわれたというお噂《うわさ》が流《なが》れました。天皇《てんのう》は、「亡《な》くなった中宮《ちゅうぐう》（安子《あんし》）が女御《にょうご》（芳子《ほうし》）のことを許《ゆる》しがたい敵《かたき》と憎《にく》んでいたことを思《おも》い起《お》こすと、中宮《ちゅうぐう》がかわいそうで、あれほどまで女御《にょうご》を寵愛《ちょうあい》したことが悔《く》やまれるんだよ」と、胸中《きょうちゅう》をお漏《も》らしになったそうです。

❖古今《こきん》うかべ給《たま》へりと聞《き》かせ給《たま》ひて、帝《みかど》、試《こころ》みに本《ほん》を隠《かく》して、女御《にょうご》には見《み》せさせ給《たま》はで、「やまとうたは」とあるをはじめにて、前《まへ》の句《く》のことばを仰《おほ》せられつつ、問《と》はせ給《たま》ひけるに、言《い》ひ違《たが》へ給《たま》ふこと、詞《ことば》にても歌《うた》にてもなかりけり。かかることなむと、父《ちち》おとど（師尹《もろただ》）は聞《き》き給《たま》ひて、御装束《ごさうぞく》し、御手洗《みたら》ひなどして、所々《ところどころ》に誦《ず》経《きやう》などし、念《ねん》じ入《い》りてぞおはしける。帝《みかど》、御箏《おほんさう》の琴《こと》をめでたくあそばしけるも、御《みこ》心《ころ》に入《い》れて教《をし》へなど、かぎりなく時《とき》めき給《たま》ふに、冷泉院《れいぜいゐん》の御母后《おほんははきさき》（安子《あんし》）うせたまうてこそ、なかなかこよなくおぼえ劣《おと》り給《たま》へりとは聞《き》こえ給《たま》ひしか。（村上《むらかみ》）「故宮《こみや》

（安子《あんし》）のいみじくめざましく、やすからぬものにおぼしたりしかば、思《おも》ひ出《い》づるに、いとほしく悔《くや》しきなり」とぞ仰《おほ》せられける。

✽この『古今和歌集』の暗誦テストについては、『枕草子《まくらのそうし》』（清涼殿《せいりようでん》の丑寅《うしとら》の隅《すみ》…）で中宮定子《ちゆうぐうていし》が何倍も詳しく紹介している。相手は、一条天皇をはじめ兄伊周《これちか》、清少納言《せいしようなごん》、その他の女房連である。聞き終えて、満座が驚嘆《きようたん》の声を上げた。当時、すでに昔話だったのである。才色兼備《さいしよくけんび》で満点女御芳子の寵愛《ちようあい》が急落するのは、皇后安子の死を悼《いた》むからだけではない。芳子には皇位継承《こういけいしよう》に適格《てきかく》な皇子《おうじ》がいないこと、また次章で登場する安子の兄弟（伊尹《これまき》・兼通《かねみち》・兼家《かねいえ》）の権勢《けんせい》に遠慮《えんりよ》したせいもある。

★古文《こぶん》の読み方――歴史的仮名遣いの発音

○語中・語尾の「はひふへほ」は、「ワイウエオ」と発音する。

例　にほひ（匂ひ）↓ニオイ　　おほん（御）↓オオン

ただし、語頭はそのまま…はひ（灰）↓ハイまた、ワ行の「ゐ・ゑ」は「イ・エ」と発音する。
　ゐなか（田舎）↓イナカ　こゑ（声）↓コエ

○母音「アイエオ」＋ウ＝長音「ー」
・アウ↓オー…さぶらふ（候ふ）↓サブラウ↓サブロウ↓サブロー
　　さうらふ（候ふ）↓サウラウ↓ソウロウ↓ソーロー
　　あふぎ（扇）↓アウギ↓オーギ　やう（様・益）↓ヨー
・イウ↓ユー…いう（優）↓ユー　いふ（言ふ）↓ユー
・エウ↓ヨー…えう（要）↓ヨー　けふ（今日）↓ケウ↓キョー
・オウ↓オー…きのふ（昨日）↓キノウ↓キノー　しろう（白う）↓シロー

○きう・きふ↓キュー　しう・しふ↓シュー　ちう・ちふ↓チュー
にう・にふ↓ニュー　きやう・けう・けふ↓キョー
しやう・せう・せふ↓ショー　ちやう・てう・てふ↓チョー
ねう↓ニョー　ひやう・へう↓ヒョー　みやう・めう↓ミョー
りやう・れう・れふ↓リョー

○くわ／ぐわ↓カ／ガ…くわんげん（管弦）↓カンゲン

### ★「☆子さん」は、もと宮廷女性の名前

今もふつうに使われる「☆子」型の女性の命名だが、実は平安時代の宮廷女性のものだった。九世紀の初め、嵯峨天皇《さがてんのう》が自分の皇女に「☆子」型の名を付けてから、急速に広がり、平安時代を通じて根付いていった。室町《むろまち》時代・江戸《えど》時代には、仮名《かな》の名前も流行したが、貴族女性の正式な実名《じつめい》（諱《いみな》）は「☆子」型として続いてきた。明治時代には、一般庶民の間にも定着、現在に至っている。

この名前の読みだが、史料に残る例は全部訓読みである。だから「彰子」「定子」を「しょうし」「ていし」と音読みするのは、訓がわからないための暫定措置《ざんていそち》にすぎず、明治以降に行われた学者間の慣例が一般化したものという。すなわち『古今和歌集』に「慧子」を「あきらけいこ」と読む例があり、それにならって、形容詞ふうに「明子」「高子」をそれぞれ「あきらけいこ」「たかいこ」と読むのが正しい。現在のように「あきこ」「たかこ」と読む一字二音節型に統一されるのは、平安中期（摂関期《せっかんき》）ごろからだ。かくして、☆子さんの命名の伝統は、はるか平安時代にまで遡《さかのぼ》るというお話。——ただし本書は音読の慣例に従った。

# 『大鏡』中

## ◆村上天皇《むらかみてんのう》の皇后安子《こうごうあんし》の悋気《りんき》と兄弟思《きょうだいおも》い——右大臣師輔《うだいじんもろすけ》

清涼殿《せいりょうでん》にある藤壺《ふじつぼ》の上《うえ》の御局《みつぼね》と弘徽殿《こきでん》の上《うえ》の御局《みつぼね》とは、お后《きさき》の特別《とくべつ》な控《ひかえ》室《しつ》で、ごく近《ちか》くに隣《とな》り合《あ》っております。その藤壺《ふじつぼ》のほうには小一条《こいちじょう》の女御《にょうご》（宣耀殿《せんようでん》の女御《にょうご》）芳子《ほうし》様《さま》が、弘徽殿《こきでん》にはこの皇后安子《こうごうあんし》様《さま》が同時《どうじ》に上《あ》がっていらっしゃったことがございました。皇后《こうごう》としては心穏《こころおだ》やかではありません。とても我慢《がまん》がおできにならなかったのでしょう。間《あいだ》を隔《へだ》てる壁《かべ》に穴《あな》を開《あ》けて、おのぞきになったのです。すると、とてもかわいらしく美《うつく》しい顔《かお》立《だ》ちをした芳子《ほうし》様《さま》のお姿《すがた》が見《み》えましたので、なるほど、御寵愛《ごちょうあい》の盛《さか》んなわけがわかったと、御覧《ごらん》になっているうちに、だんだんといらいらが激《はげ》しくおなりになりました。そこで、女房《にょうぼう》に命《めい》じて、壁《かべ》に開《あ》けた穴《あな》から、そこを通《とお》り抜《ぬ》けるほどの小《ちい》さな素焼《すや》きの破片《はへん》を、芳子《ほうし》様《さま》に向《む》かって投《な》げつけさせなさったのです。

ところが、あいにく村上天皇《むらかみてんのう》が来合《きあ》わせていらっしゃった時《とき》なので、天《てん》皇《のう》もこればかりは我慢《がまん》がおできにならず、不機嫌《ふきげん》におなりになって、「これほどのいやがらせは、女房《にょうぼう》だけでやれるわけがない。皇后《こうごう》の兄弟《きょうだい》の伊《これ》尹《まさ》・兼通《かねみち》・兼家《かねいえ》などが、そそのかしてさせたのに違《ちが》いない」とおっしゃって、ちょうど兄弟全員《きょうだいぜんいん》が殿上《てんじょう》の間《ま》にお控《ひか》えしていられたので、お三人《さんにん》とも勅勘《ちょつかん》を蒙《こうむ》り、謹慎《きんしん》を命《めい》じられなさったのでした。

その時《とき》のこと、皇后《こうごう》はすさまじい剣幕《けんまく》で御立腹《ごりっぷく》になり、天皇《てんのう》に「こちらにおいでください」と申《もう》し入《い》れなさったのです。天皇《てんのう》は、きっと三人《さんにん》を処《しょ》分《ぶん》したことだろうと予測《よそく》なさって、皇后《こうごう》のもとにお出《で》かけにならないでいると、何度《なんど》も、ぜひにとお申《もう》し入《い》れが続《つづ》きました。そこで、行《い》かないと、お怒《いか》りが倍増《ばいぞう》するだろうと、恐《おそ》ろしくもあり、またかわいそうにもお思《おも》いになって、皇后《こうごう》のもとにお出《で》かけになりました。

すると、案《あん》の定《じょう》、皇后《こうごう》は「どうしてこんなひどい事《こと》をなさいますの。悪《あく》逆《ぎゃく》の大罪《たいざい》があったとしても、この人《ひと》たちだけは、私《わたくし》に免《めん》じてお許《ゆる》しなさるのが当然《とうぜん》ですわ。まして、私《わたくし》のやきもちが原因《げんいん》で、こんな厳《きび》しい御処分《ごしょぶん》をなさるとは、とんでもないこと、つくづく情《なさ》けないです。今《いま》すぐにお呼《よ》び返《かえ》しなさって」と詰《つ》め寄《よ》られたのです。天皇《てんのう》は、「処分《しょぶん》を命《めい》じたばかりで、どうして今《いま》すぐに許《ゆる》せよう。外聞《がいぶん》が悪《わる》いじゃないか」と押《お》しとどめなさったところ、「まったく、とんでもないですわ」と、天皇《てんのう》をお責《せ》めになるので、「それじゃ、これで」とお帰《かえ》りになるのを、「お帰《かえ》りになってしまえば、今《いま》すぐにはお許《ゆる》しいただけなくなりましょう。今《いま》ここで、お呼《よ》び返《かえ》しなさってよ」と訴《うった》えて、天皇《てんのう》のお袖《そで》をしっかり捉《とら》えて、立《た》たせようとなさいません。天皇《てんのう》は、こうなってはどうしようもない、と観念《かんねん》なさって、弘徽殿《こきでん》の控室《ひかえしつ》に蔵人《くろうど》（秘書官《ひしょかん》）をお呼《よ》びになり、三人《さんにん》の勅勘《ちょっかん》を解《と》いて、帰参《きさん》するようにとの御命令《ごめいれい》をお下《くだ》しになりました。皇后様《こうごうさま》については、この一件《いっけん》だけにとどまらず、似《に》たような話《はなし》が何《なん》ともたくさん世間《せけん》の噂《うわさ》にのぼりましたなあ。

❖藤壺《ふぢつぼ》、弘徽殿《こきでん》、上《うへ》の御局《みつぼね》は、ほどもなく近《ちか》きに、藤壺《ふぢつぼ》の方《かた》には小一条女御《こいちでうのにようご》（芳子《はうし》）、弘徽殿《こきでん》にはこの后《きさき》（安子《あんし》）上《のぼ》りておはしましあへるを、いとやすからずおぼしめして、えやしづめがたくおはしましけむ、中隔《なかへだ》ての壁《かべ》に穴《あな》をあけて、のぞかせ給《たま》ひけるに、女御《にようご》の御容貌《おほんかたち》の、いと美《うつく》しうめでたうおはしましければ、むべ時《とき》めくにこそありけれと御覧《ごらん》ずるに、いとど心《こころ》やましくならせ給《たま》ひて、穴《あな》よりとほるばかりの土器《かはらけ》の割《わ》れして、打《う》たせ給《たま》へりければ、帝《みかど》のおはしますほどにて、こればかりには、え堪《た》へさせ給《たま》はず、むづかりおはしまして、（村上《むらかみ》）「かやうのことは、女房《にようばう》はえせじ。伊尹《これまさ》・兼通《かねみち》・兼家《かねいへ》などが、言《い》ひもよほしてせさするならむ」と仰《おほ》せられて、皆殿上《みなてんじやう》にさぶらはせ給《たま》ふほどなりければ、三所《みところ》ながら、かしこまらせ給《たま》へりしかば、その折《をり》に、后《きさき》いとど大《おほ》きに腹立《はらだ》たせ給《たま》ひて、（安子《あんし》）「渡《わた》らせ給《たま》へ」と申《まう》させ給《たま》へば、思《おも》ふにこのことならむ、とおぼしめして、渡《わた》らせ給《たま》はぬを、たびたび、なほも御消息《ごせうそこ》ありければ、渡《わた》らずばいとどこそはむづからめと、恐《おそ》ろしう、いとほしくおぼしめして、おはしましたるに、（安子《あんし》）「いかで、かかることはせさせ給《たま》ひたるぞ。いみじからむさかさまの罪《つみ》ありとも、この人々《ひとびと》をばおぼしめし免《ゆる》すべきなり。

いはむや、まろが意《こころ》ざまにて、かくせさせ給《たま》ふは、いとあるまじく心憂《こころう》きことなり。ただ今召《いまめ》し返《かへ》せ」と申《まう》させ給《たま》ひければ、（村上《むらかみ》）「いかでか、ただ今《いま》は免《ゆる》さむ。音聞《おとぎ》き見苦《みぐる》しきことなり」と聞《き》こえさせ給《たま》ひけるを、（安子《あんし》）「さらにあるべきことならず」と、責《せ》め給《たま》ひければ、（村上《むらかみ》）「さらば」とて、帰《かへ》り渡《わた》らせ給《たま》ふを、（安子《あんし》）「おはしましなば、ただ今《いま》しも免《ゆる》させ給《たま》はじ。ただこなたにてを召《め》せ」とて、御衣《おんぞ》をとらへ奉《たてまつ》りて、立《た》て奉《たてまつ》らせ給《たま》はざりければ、いかがはせむとおぼしめして、この御方《おほんかた》に職事召《しきじめ》してぞ、参《まゐ》るべきよしの宣旨《せんじ》を下《くだ》させ給《たま》ひける。これのみにもあらず、かやうなる事《こと》ども、いかに多《おほ》く聞《き》こえ侍《はべ》りしかは。

✻村上天皇の恐妻《きようさい》ぶり、安子の強妻ぶりは『大鏡』中の圧巻《あつかん》である。ここでも、二人のやりとりが目の前に浮かんで笑いを誘う。だが、現実は笑えない。この安子のお陰で、師輔流《もろすけりゆう》の摂関家《せつかんけ》が巨樹《きよじゆ》となって、朝廷に根を下ろしたのだから。まさに女の力が歴史を創《つく》る典型だといえよう。

もっとも安子にも人知れぬ苦労はあった。村上天皇はたいへんな色好みで、安子の妹登子《とうし》——なんと天皇の異母兄弟《いぼきょうだい》の妻——にひと目ぼれする。しかも、安子に拝み込んで登子と逢《あ》うのだから、その厚顔《こうがん》ぶりは半端《はんぱ》じゃない。見て見ぬふりする辛《つら》さを、安子は十二分に舐《な》めさせられた（師輔伝）。

なお、中隔ての壁からの投石は、清涼殿《せいりょうでん》の間取り構造からは無理である。藤壺《ふじつぼ》と弘《こ》徽殿《きでん》の二つの控室の間には、萩《はぎ》の戸《と》という一部屋があるからだ。しかし、話をおもしろくするために脚色《きゃくしょく》した可能性は十分ある。庶民感覚では、萩の戸なんか取っ払ってもいっこうにかまわない（当時、部屋ではなかったという説もあり、これによれば、二つの控室は隣接《りんせつ》している）。

話ついでに、もう一つ。ある夜、天皇が安子を訪ねたが、部屋をノックしても開かない。出入り口も一か所以外は閉め切られていた。使いをやって、そこから、戸を開けない理由を聞くと、返事の代わりに大爆笑《だいばくしょう》が返ってきた。天皇は、いつものことさ、と苦笑してお帰りになったという（師輔伝）。——『源氏物語』の桐壺更衣《きりつぼのこうい》に対するいじめ事件と合わせ読めば、女の嫉妬《しっと》の怖《こわ》さをたっぷり味わえる。

## ◈師輔《もろすけ》の吉夢《きちむ》、夢解《ゆめと》きを誤《あやま》って幸運《こううん》を逃《のが》す——右大臣師輔《うだいじんもろすけ》

だいたい、この九条殿《くじょうどの》の師輔公《もろすけこう》は、とても普通人《ふつうじん》とは思《おも》えないところがございました。いわゆる霊感《れいかん》の強《つよ》いお方《かた》で、心《こころ》に思《おも》い浮《う》かべた将来《しょうらい》の事《こと》なども、そのとおりにならないことは一度《いちど》もございませんでした。

ただ残念《ざんねん》だったことは、まだたいへんお若《わか》くていらっしゃった時分《じぶん》に、「夢《ゆめ》の中《なか》で、朱雀門《すざくもん》の前《まえ》で左右《さゆう》の足《あし》を東《ひがし》と西《にし》の大宮通《おおみやどおり》まで踏《ふ》んばり、北向《きたむ》きになって皇居《こうきょ》を抱《だ》きかかえて立《た》っている自分《じぶん》の姿《すがた》が見《み》えたよ」と、何気《なにげ》なくおっしゃったことがありました。ところが、殿《との》の御前《ごぜん》にこざかしい女《にょう》房《ぼう》が控《ひか》えておりまして、「それはまあ、どんなにお股《また》が痛《いた》くていらっしゃったことでしょうね」と、余計《よけい》な差《さ》し出口《でぐち》を利《き》いたのです。それが原因《げんいん》で、正夢《まさゆめ》がはずれてしまい、このように御子孫《ごしそん》がお栄《さか》えになっていらっしゃるのに、御本人《ごほんにん》の師輔公《もろすけこう》は、ついに摂政《せっしょう》・関白《かんぱく》をなさることなく終《お》わられた

のでした。
また、御子孫《ごしそん》が思《おも》いがけない御不幸《ごふこう》に見舞《みま》われたこともありまして、帥《そち》殿伊周公《どのこれちかこう》（師輔《もろすけ》の曾孫《ひまご》）の御配流《ごはいる》の事件《じけん》なども、この女房《にょうぼう》の夢解《ゆめと》きが誤《あやま》ったためと考《かんが》えられます。「すばらしく縁起《えんぎ》のよい夢《ゆめ》も、悪《わる》く夢判断《ゆめはんだん》してしまうと、幸運《こううん》が逃《に》げてしまう」と、昔《むかし》から注意《ちゅうい》されてきたことなのです。うっかりと、思慮《しりょ》・分別《ふんべつ》のない人《ひと》の前《まえ》で、夢《ゆめ》の話《はなし》をね、ここで私《わたし》の話《はなし》をお聞《き》きの皆《みな》さんがた、けっしてなさってはいけませんぞ。ま、それはそれとして、現在《げんざい》はもちろん将来《しょうらい》も、この師輔公《もろすけこう》の御一族《ごいちぞく》だけが、何《なに》かにつけて、ますます大《おお》きく御繁栄《ごはんえい》になられることでしょう。

❖おほかた、この九条殿《くでうどの》、いとただ人《びと》にはおはしまさぬにや。おぼしめしよる行《ゆ》く末《すゑ》のことなども、かなはぬはなくぞおはしましける。口惜《くちを》しかりけることは、まだいと若《わか》くおはしましける時《とき》、（師輔《もろすけ》）「夢《ゆめ》に朱雀門《すざくもん》の前《まへ》に、左右《さう》の足《あし》を西東《にしひんがし》の大宮《おほみや》にさしやりて、北向《きたむ》きにて、内裏《だいり》を抱《いだ》きて立《た》てりとなむ見《み》えつる」と仰《おほ》せられけるを、御前《おまへ》になまさかしき女房《にようばう》の候《さぶら》ひけるが、(女房《にようばう》)「いかに御股痛《おほんまたいた》くおはしましつらむ」と申《まう》したりけるが、御夢違《おほんゆめたが》ひて、かく御子孫《ごしそん》は栄《さか》えさせ給《たま》へど、摂政《せつしやう》・関白《くわんぱく》しおはしまさずなりにしなり。また、御末《おほんすゑ》も思《おも》はずなることのうちまじり、帥殿《そちどの》の御《おほん》ことなども、彼《か》れが違《たが》ひたる故《ゆゑ》に侍《はべ》めり。

「いみじき吉相《きつさう》の夢《ゆめ》も、あしざまに合《あ》はせつれば違《たが》ふ」と、昔《むかし》より申《まう》し伝《つた》へて侍《はべ》ることなり。荒涼《くわうりやう》して、心知《こころし》らざらむ人《ひと》の前《まへ》に、夢語《ゆめかた》りな、この聞《き》かせ給《たま》ふ人々《ひとびと》、しおはしまさざれ。今行《いまゆ》く末《すゑ》も、九条殿《くでうどの》の御族《おほんぞう》のみこそ、とにかくにつけて、広《ひろ》ごり栄《さか》えさせ給《たま》はめ。

✻この時代は「夢解き」という夢判断の専門家がいた。夢を、人々は自分のとるべき針路《しんろ》の決め手としていた。誤った夢判断は、人生の失敗につながりかねない。だから、慎重《しんちよう》を期《き》してプロに任せたのである。もし、夢を軽率《けいそつ》に扱ったらどうなるか。本話はその実例を示す。

――師輔は、自分が摂政・関白となる運勢を、誤った夢判断のために、むざむざ失った。――

よく似た話が『宇治拾遺物語《うじしゆういものがたり》』（巻一）にある。

――その男は、奈良《なら》の西大寺《さいだいじ》と東大寺《とうだいじ》をまたいで立った夢を見た。妻は、きっとあんたの股《また》が裂けちゃうのよ、と夢判断した。言わなきゃよかったと、男は後悔して、自分の仕える郡司《ぐんじ》（地方行政官）のところに駆け込んだ。この郡司は人相《にんそう》鑑定《かんてい》の達人《たつじん》だった。彼が言うには、男は非常な出世運を持っているが、思慮《しりょ》の浅い人間（男の妻）にうち明けたせいで、事件に遭《あ》って罪を蒙《こうむ》る、と占《うらな》った。後日、男は上京して大納言《だいなごん》に昇る大出世を遂《と》げたが、事変に遭って流罪《るざい》となった。この男は、応天門《おうてんもん》の変《へん》で失脚《しっきゃく》した大納言伴善男《とものよしお》である。――

ところで、師輔はただ人《びと》（普通人）じゃないと、冒頭《ぼうとう》で紹介している。確かに生まれつき霊感《れいかん》の鋭いタイプらしく、他人には見えない百鬼夜行《ひゃっきやぎょう》に遭遇《そうぐう》、呪文《じゅもん》（陀羅尼《だらに》）を唱《とな》えて難を逃《のが》れた。また、娘安子《あんし》の生んだ冷泉《れいぜい》天皇を、死後に守護霊《しゅごれい》となって側で介護《かいご》する姿が見えたともある。いずれも常人のなせるわざではない（師輔伝）。

## ◈多才《たさい》の行成《ゆきなり》、幼《おさな》い天皇《てんのう》に独楽《こま》を献上《けんじょう》、御心《みこころ》に適《かな》う

――太政大臣伊尹《だいじょうだいじんこれまさ》

伊尹公《これまさこう》の孫《まご》の行成卿《ゆきなりきょう》は、専門外《せんもんがい》のちょっとしたことにも、魂《たましい》（才覚《さいかく》）が深《ふか》くお働《はたら》きになり、とてもセンスのいい形《かたち》にしあげてしまう天性《てんせい》がおありでした。

まだ、後一条天皇《ごいちじょうてんのう》が御幼少《ごようしょう》でいらっしゃった時《とき》、側近《そっきん》の方々《かたがた》に、「玩具《おもちゃ》を持《も》ってまいれ」と、お命《めい》じになられましたので、いろいろと、贅沢《ぜいたく》に金《きん》・銀《ぎん》なども使《つか》い、苦心《くしん》して、何《なん》とかお喜《よろこ》びになりそうな物《もの》を作《つく》って差《さ》し上《あ》げたいものと、凝《こ》りに凝《こ》ったデザインの物《もの》をこしらえ、各自《かくじ》が持参《じさん》してきました。

その中《なか》で、この行成卿《ゆきなりきょう》は、独楽《こま》に、染《そ》め色《いろ》に濃淡《のうたん》のある斑濃《むらご》の紐《ひも》を添《そ》えて、差《さ》し上《あ》げられました。天皇《てんのう》は、「変《へん》なかっこうした物《もの》だね。これは何《なん》

なの」とお尋《たず》ねになりましたので、「これこれ（独楽《こま》）というものでございます。回《まわ》してごらんになってください」と御返事《おへんじ》なさいました。さっそく天皇《てんのう》は南殿《なでん》（紫宸殿《ししんでん》）にお出《で》ましになって、お回《まわ》しになったところ、独楽《こま》は、広大《こうだい》な御殿《ごてん》をいっぱいに使《つか》って余《あま》すところなく、くるくる回転《かいてん》しながら移動《いどう》して行《い》きます。天皇《てんのう》は大喜《おおよろこ》びなさって、いつも独楽《こま》ばかり見《み》て遊《あそ》ぶようになられたので、他《た》の献上品《けんじょうひん》はお蔵入《くらい》りになってしまいました。

❖少《すこ》しいたらぬことにも、御《おほん》たましひの深《ふか》くおはして、らうらうじくしなし給《たま》ひける御根性《ごこんじやう》にて、帝《みかど》（後一条《ごいちでう》）幼《おさな》くおはしまして、人々《ひとびと》に、（後一条《ごいちでう》）「遊《あそ》び物参《ものまゐ》らせよ」と仰《おほ》せられければ、さまざま、黄金《こがね》・銀《しろがね》など、心《こころ》を尽《つ》くして、いかなることをがなと、風流《ふりう》をし出《い》でて、持《も》て参《まゐ》りあひたるに、この殿《との》は、こまつぶりに、斑濃《むらご》の緒《を》つけて、奉《たてまつ》り給《たま》へりければ、（後一条《ごいちでう》）「あやしの物《もの》のさまや、こは何《なに》ぞ」と問《と》はせ給《たま》ひければ、（行成《ゆきなり》）「しかじかとなむ申《まう》す。回《まは》して御覧《ごらん》じおはしませ。興《きよう》ある物《もの》になむ」と申《まう》されければ、南殿《なでん》に出《い》でさせおはしまして、回《まは》させ給《たま》ふに、いと広《ひろ》き殿《との》のうちに、残《のこ》らずくるめき歩《あり》きければ、いみじう興《きよう》ぜさせ給《たま》ひて、これをのみ常《つね》に御覧《ごらん》じあそばせ給《たま》へば、こと物《もの》どもは籠《こ》められにけり。

✽行成はとてもセンスのいい能吏《のうり》である。官僚としての有能さは、「四納言《しなごん》」の一人たることで証明ずみだ。四納言とは、一条天皇の時代の「権大納言藤原公任《ごんだいなごんふじわらのきんとう》」「権中《ごんちゆう》納言藤原行成《なごんふじわらのゆきなり》」「権中納言藤原斉信《ごんちゆうなごんふじわらのただのぶ》」「権中納言 源 俊賢《ごんちゆうなごんみなもとのとしかた》」の四人である。彼らは実務能力に優れるばかりか人物評価が非常に高い。もちろん後宮の御婦人方の人気度は重要な査定資料である。行成は、天皇や道長から深く信頼され、後宮の御常連だった。清少納言《せいしようなごん》のお気に入りで、『枕草子』には彼の逸話《いつわ》がたくさん出てくる。

そんな彼のセンスのよさを伝えるのが本話である。誰《だれ》も気づかない幼い天皇の子供心を見抜く直観力がみごとだ。これが書にも反映して、佐理《すけまさ》・道風《とうふう》とともに「三蹟《さんせき》」の一人に選ばれた。天皇は行成の書をお宝扱いにしたという話が、本話の後に続く。

ところが、本話の前に、子供も知っている手習い歌「難波津《なにわづ》」の解釈を求められて返答に窮《きゆう》し、満座《まんざ》の嘲笑《ちようしよう》を浴《あ》びたという失敗談が載っている。ほんとうに知らないのだろうか。実は、わざと知らないふりして、逆に行成が彼らを嘲笑したのではないか。彼のクールでシニカルな一面をかいま見るように思うのだが。

### ★敗者の怨念《おんねん》尽きず——悪霊《あくりょう》と化《か》す

『大鏡』の時代、街灯《がいとう》のない平安京は闇《やみ》に包まれ、百鬼《ひゃっき》が夜行し、物《もの》の怪《け》が人々をおびやかした。だが、街の闇以上に恐ろしいのが心の闇である。激烈な政権抗争の果てに敗れた心の闇は、消えるどころか、無限に広がって人間性まで破壊してしまう。ついに敗者は怨霊《おんりょう》と化すのである。

話は道長の祖父師輔《もろすけ》の代。**藤原元方**《もとかた》は、藤原一族では傍流《ぼうりゅう》の南家《なんけ》出身。学問に励み地道に出世してきたが、村上天皇の更衣《こうい》である娘祐姫《すけひめ》が第一皇子の広平《ひろひら》親王を産んで、権勢欲《けんせいよく》に火がついた。あわよくば天皇の外祖父となり摂関《せっかん》の地位にと夢見たが、主流北家《ほっけ》の野心家師輔が許すはずもない。同じく村上天皇の女御《にょうご》だった娘安子《あんし》が懐妊《かいにん》するや、双六《すごろく》勝負で元方の夢を木《こ》っ端《ぱ》微塵《みじん》に粉砕《ふんさい》した。以来、食事も喉《のど》を通らず死に至ったが、後を追うように広平親王も祐姫も死ぬ。やがて一家揃《そろ》って、安子にはもちろん、その子憲平《のりひら》親王（冷泉《れいぜい》天皇）や村上天皇にまで祟《たた》ったという（師輔伝）。次は道長の代。道長の従兄弟《いとこ》の**藤原顕光**《あきみつ》は、宮中一の賢者実資《さねすけ》から宮中一の愚者《ぐしゃ》と罵《ののし》られたほど事務能力の乏《とぼ》しい男だった。が、権勢欲もまた宮中一だった。それが悪因となり「悪霊《あくりょう》の左大臣《さだいじん》」の異名《いみょう》をとるはめになった。――一条《いちじょう》天皇の女御となった娘元子《げんし》は皇子を産めず、天皇崩御《ほうぎょ》後は密通《みっつう》事件を起こすしまつ。もう一人の娘延子《えんし》は東宮妃《とうぐうひ》となったが、道長の圧力に屈し、東宮は退位してしまい、政権掌握《しょうあく》のチャンスは消滅した。深い挫折感《ざせつかん》から異常に怨念をつのらせ、死後、道長の娘寛子《かんし》・嬉子《きし》・妍子《けんし》に祟ったという（兼通伝）。

　さて、政権争いだけではなく、出世争いでも悪霊騒ぎはあった。藤原冬継《ふゆつぐ》から五代の孫にあたる**藤原朝成**《あきなり》は、道長からみれば遠い親戚《しんせき》である。だが、朝成の伯《お》母《ば》胤子《いんし》は宇多《うだ》天皇の女御で醍醐《だいご》天皇の母后《ははきさき》であり、侮《あなど》れない家筋であった。この朝成と道長の伯父伊尹《これまさ》とが、蔵人頭《くろうどのとう》（官房長官格）を争った。朝成が譲渡を望み、承諾《しょうだく》したはずの伊尹が蔵人頭に就いたから、両者の間に確執《かくしつ》が生じた。不穏《ふおん》な噂《うわさ》が流れたので、朝成が詫《わ》びを入れに伊尹邸を訪れると、夏の炎天下、座敷に通してもらえず、外で西日にあぶられた。怒りに震えるあまり、持った笏《しゃく》が折れた。死後、朝成は伊尹一族に末代まで祟る悪霊になったという（伊尹伝）。

## ◇兼通《かねみち》、死《し》に臨《のぞ》んで除目《じもく》を強行《きようこう》、兼家《かねいえ》を左遷《させん》する

――太政大臣兼通《だいじようだいじんかねみち》

――師輔《もろすけ》の子《こ》、伊尹《これまさ》・兼通《かねみち》・兼家《かねいえ》は同母《どうぼ》の三兄弟《さんきようだい》である。関白《かんぱく》だった伊尹《これまさ》は五十前《ごじゆうまえ》で倒《たお》れたが、その後継《こうけい》をめぐって兼通《かねみち》・兼家《かねいえ》の間《あいだ》に確執《かくしつ》が生《う》まれた。当時《とうじ》、弟《おとうと》兼家《かねいえ》は兄兼通《あにかねみち》より官位《かんい》が上《うえ》なので、関白《かんぱく》を継《つ》ぐ優先順位《ゆうせんじゆんい》も上《うえ》だった。

ところが、兼通《かねみち》は、天皇《てんのう》の母《はは》で自分《じぶん》の妹《いもうと》、安子《あんし》からもらった遺言書《ゆいごんしよ》を、お守《まも》り代《が》わりにいつも首《くび》に掛《か》けていた。その遺言書《ゆいごんしよ》は、関白《かんぱく》は兄弟順《きようだいじゆん》に任《にん》ずるように、という天皇《てんのう》あての書《か》き置《お》きだった。兼通《かねみち》は以前《いぜん》から、弟《おとうと》に関白《かんぱく》を奪《うば》われる事態《じたい》を想定《そうてい》していたのだ。孝心厚《こうしんあつ》い円融天皇《えんゆうてんのう》は母《はは》の遺言《ゆいごん》に逆《さか》らえず、関白《かんぱく》は兼通《かねみち》に移《うつ》った。

数年《すうねん》の月日《つきひ》が流《なが》れ、兼通《かねみち》は病床《びようしよう》に伏《ふ》した。再《ふたた》び関白《かんぱく》をめぐる確執《かくしつ》に火《ひ》が点《つ》いた。ある日《ひ》、自分《じぶん》の邸《やしき》の方《ほう》にやって来《く》る兼家《かねいえ》を、見舞《みま》いに来《き》たものと思《おも》っ

て喜《よろこ》んだ。しかし、それは誤解《ごかい》だった。激昂《げっこう》した兼通《かねみち》は、病《やまい》を押《お》して内裏《だいり》に駆《か》けつけた。案《あん》の定《じょう》、天皇《てんのう》と兼家《かねいえ》が関白《かんぱく》の譲位《じょうい》を密談《みつだん》していた。兼通《かねみち》は、天《てん》皇《のう》に除目《じもく》（人事《じんじ》会議《かいぎ》）の執行《しっこう》を奏上《そうじょう》し、兼家《かねいえ》の官位《かんい》を剝奪《はくだつ》した。——

✱兼通の評価は揺れる。弟に官位を超えられた恨《うら》みを、死ぬまで抱えた陰険《いんけん》な性格は、なかなか認めにくい。しかしまた、兄弟順という道理を守らない兼家に、まったく落ち度がないともいえない。

## ◆兼家《かねいえ》、占《うらな》いのよく当《あ》たる打《う》ち伏《ふ》しの巫女《みこ》に膝枕《ひざまくら》させる
——太政大臣兼家《だいじょうだいじんかねいえ》

その当時《とうじ》、よく当《あ》たると評判《ひょうばん》の巫女《みこ》（霊能者《れいのうしゃ》）がおりました。賀茂《かも》（上《かみ》賀茂神社《がもじんじゃ》）の若宮《わかみや》（祭神《さいじん》の子《こ》）が乗《の》り移《うつ》っておられるという話《はなし》で、うつ伏《ぶ》したままで託宣《たくせん》を申《もう》しましたので、「打《う》ち伏《ふ》しの巫女《みこ》」と世間《せけん》の人《ひと》は呼《よ》んでいました。この巫女《みこ》を大入道殿兼家公《だいにゅうどうどのかねいえこう》がお邸《やしき》にお召《め》しになり、あれこれ占《うらな》わせなさいましたところ、実《じつ》にみごとにお当《あ》て申《もう》しまして、現在《げんざい》のこと、過去《かこ》のことは、すべてこの巫女《みこ》の占《うらな》うとおりでしたから、殿《との》もそのとおりに信用《しんよう》なさいました。やがて、占《うらな》いが当《あ》たって念願《ねんがん》の成就《じょうじゅ》する例《ためし》が次々《つぎつぎ》と出《で》てくるにしたがい、最初《さいしょ》のころと待遇《たいぐう》が一変《いっぺん》して、殿《との》は正装《せいそう》（御束帯《ごそくたい》）をお召《め》しになり、冠《かんむり》をおつけになって、その巫女《みこ》に枕《まくら》の代《か》わりにお膝《ひざ》を貸《か》され、あれこれと占《うらな》わせなさいました。そうやって、一件《いっけん》も、将来《しょうらい》の予言《よげん》

が外《はず》れたためしはありませんでした。この巫女《みこ》は殿《との》がそのように側《そば》にお呼《よ》び寄《よ》せになるには、お話《はなし》にならないほどの身分賤《みぶんいや》しい者《もの》でもなくて、ちょっと、貴族《きぞく》に仕《つか》える女房《にょうぼう》といった程度《ていど》の身分《みぶん》でした。

❖またそのころ、いとかしこき巫女侍《かむなぎはべ》りき。賀茂《かも》の若宮《わかみや》のつかせ給《たま》ふとて、伏《ふ》してのみものを申《まう》ししかば、「うちふしのみこ」とこそ、世人申《よひとまう》しつけて侍《はべ》りし。大入道殿《おほにふだうどの》（兼家《かねいへ》）に召《め》してもの問《と》はせ給《たま》ひけるに、いとかしこく申《まう》ししは、さしあたりたること、過《す》ぎにしかたのことは、皆《みな》さ言《い》ふことなれば、しかおぼし召《め》しけるに、かなはせ給《たま》ふことどもの出《い》でくるままには、のちのちには、御装束奉《ごさうぞくたてまつ》り、御冠《おほんかぶり》せさせ給《たま》ひて、御膝《おほんひざ》に枕《まくら》せさせてぞ、ものは問《と》はせ給《たま》ひける。それに一事《ひとこと》として、のちのちのこと申《まう》しあやまたざりけり。さやうに近《ちか》く召《め》し寄《よ》するに、いふがひなきほどの者《もの》にもあらで、少《すこ》しおもとほどのきはにぞありける。

✽兼家は、父師輔《もろすけ》の失敗に懲《こ》りたか、夢解きや巫女《みこ》をだいじにした。この話の前には、夢解きによって凶《きょう》夢《む》を吉夢《きちむ》に変えた記事がある。

――兄の兼通《かねみち》に抑えられ不遇だったころ、兄の邸《やしき》から兼家の邸に矢《や》の束《たば》が飛んでくるのを夢見た男がいた。凶夢と感じて兼家に注進《ちゅうしん》したので、兼家はさっそく夢解きに判断を依頼した。すると夢解きは、すばらしい吉夢で、政権がこちらに移り、支持者が鞍替《くらが》えする吉兆《きっちょう》である、と判断した。それはずばり的中《てきちゅう》した。――

ただし、だいじにするにも程がある。巫女を神さま扱いするのは、行き過ぎだと世継は危《あぶ》ながっている。だから巫女の素性《すじょう》を弁解した。なにしろ占い師の巫女には、あやしげな女が多く、スキャンダルの種になりやすかった。

巫女（春日権現験記絵）東京国立博物館蔵／日の装束（年中行事絵巻）

## ◈兼家《かねいえ》、妻《つま》（道綱《みちつな》の母《はは》）に閉《し》め出《だ》されて歌《うた》を返《かえ》す

——太政大臣兼家《だいじょうだいじんかねいえ》

女院詮子《にょういんせんし》（一条天皇《いちじょうてんのう》の母后《ははきさき》）の父大臣兼家公《ちちだいじんかねいえこう》の御長男《ごちょうなん》は、この女院詮子《にょういんせんし》様《さま》と同《おな》じ母《はは》（時姫《ときひめ》）の道隆公《みちたかこう》で、内大臣《ないだいじん》の時《とき》に関白《かんぱく》に任《にん》ぜられました。御《ご》次男《じなん》は、陸奥守藤原倫寧殿《みちのくにのかみふじわらのともやすどの》の娘《むすめ》を母《はは》に生《う》まれました。道綱《みちつな》と名乗《なの》られ、大納言《だいなごん》までのぼり、右近衛大将《うこんえのたいしょう》を兼《か》ねていらっしゃいました。この大将《たいしょう》の母君《ははぎみ》（倫寧《ともやす》の娘《むすめ》）は、並《なら》ぶもののない和歌《わか》の名人《めいじん》でいらっしゃいましたので、この兼家公《かねいえこう》がお通《かよ》いになっていた時分《じぶん》のことや、和歌《わか》などを書《か》いておいたのをまとめて、『蜻蛉日記《かげろうにっき》』と名《な》づけて、世間《せけん》から高《たか》い評価《ひょうか》をお受《う》けになりました。

ある晩《ばん》、兼家公《かねいえこう》がおいでになられた時《とき》に、この女君《おんなぎみ》（道綱《みちつな》の母《はは》）はなかなか門《もん》を開《あ》けなかったので、兼家公《かねいえこう》は何度《なんど》も従者《じゅうしゃ》に来訪《らいほう》を告《つ》げさせなさい

ましたところ、女君《おんなぎみ》は、

嘆《なげ》きつつ　ひとり寝《ぬ》る夜《よ》の　あくるまは　いかに久《ひさ》しき　ものとかは知《し》る

（あなたは門《もん》を開《あ》けるのが遅《おそ》いといって、何度《なんど》も催促《さいそく》なさいます。でも、あなたが他《ほか》の女性《じょせい》のもとに通《かよ》うのを嘆《なげ》いては、独《ひと》り寝《ね》して冬《ふゆ》の夜《よ》の明《あ》けるのを待《ま》っている間《あいだ》は、どんなにつらく長《なが》いものかお分《わ》かりかしら、お分《わ》かりじゃありませんよね）

兼家公《かねいえこう》は、この女心《おんなごころ》を詠《よ》んだ歌《うた》に心動《こころうご》かされて、

げにやげに　冬《ふゆ》の夜《よ》ならぬ　まきの戸《と》も　おそくあくるは　苦《くる》しかりけり

（なるほど、あなたの言《い》うとおり、冬《ふゆ》の夜長《よなが》を独《ひと》り待《ま》つのはつらいよなあ。でも槙《まき》の戸《と》が開《あ》くのを待《ま》つのも実《じつ》につらいもんですよ）

と御返歌《ごへんか》なさいました。

❖この父《ちち》おとど（兼家《かねいへ》）の御太郎君《おほんたらうぎみ》、女院《にようゐん》（詮子《せんし》）の御一《おほんひと》つ腹《ばら》の道隆《みちたか》のおとど、内大臣《ないだいじん》にて関白《くわんぱく》せさせ給《たま》ひにき。二郎君《じらうぎみ》、陸奥守《みちのくにのかみ》倫寧《ともやす》のぬしの女《むすめ》の腹《はら》におはせし君《きみ》なり。道綱《みちつな》と聞《き》こえて、大納言《だいなごん》までなりて、右大将《うだいしやう》かけ給《たま》へりき。この母君《ははぎみ》（倫寧女《ともやすのむすめ》）は、きはめたる和歌《わか》の上手《じやうず》にておはしければ、この殿《との》（兼家《かねいへ》）の通《かよ》はせ給《たま》ひけるほどの事《こと》、歌《うた》など書《か》き集《あつ》めて、『かげろふの日記《にき》』と名《な》づけて世《よ》にひろめ給《たま》へり。殿《との》のおはしましたりけるに、門《かど》を遅《おそ》くあけたれば、たびたび御消息《ごせうそこ》言《い》ひ入れさせ給《たま》ふに、女君《をんなぎみ》、

　嘆《なげ》きつつひとり寝《ぬ》る夜《よ》のあくるまはいかに久《ひさ》しきものとかは知《し》る

いと興《きよう》ありとおぼしめして、

　げにやげに冬《ふゆ》の夜《よ》ならぬまきの戸《と》もおそくあくるは苦《くる》しかりけり

✿先に、村上天皇が皇后安子《あんし》に閉め出された話をした（一三五頁）。今度は、兼家が妻（道綱《みちつな》の母《はは》）に閉め出しを食らう番だ。和歌も上手《うま》かった上、「本朝三美人《ほんちようさんびじん》」の一人に数えられるほどだから、才色兼備《さいしよくけんび》の彼女は負けん気も人一倍だった。夫兼家が愛人

「町の小路《こうじ》の女」に通うのは許せないと、焼きもちの限りを『蜻蛉日記』に書き込んでいる。もっとも兼家のほうはいっこうに懲りないが。

★現《うつつ》を動かす夢の力——夢オンパレード

とにかく『大鏡』には夢の話が多い。そもそも主役の世継《よつぎ》が夢好きで、自分の見た夢をだいじそうに語っている。他にも師輔《もろすけ》（三六頁）、兼家《かねいえ》（一三九頁）、佐理《すけまさ》（一〇三頁）など、たくさん例がある。「夢《ゆめ》」の語源は、「寝目（いめ）」で、寝ている時に見えるものの意という。平安時代に入って「いめ」から「ゆめ」に転じた。ただ、この「い」には「寝《い》」以外に「斎《い》」—神聖・超常の意もこもるように思う。夢は、自分で確かに見た分、手相《てそう》・人相《にんそう》よりは現実感が深く、未来の針路を指示する力も強い。夢の判断を「夢合わせ」、専門の診断士を「夢解《ゆめと》き」、凶夢《きょうむ》を吉夢《きちむ》に変えることを「夢違《ゆめちが》え」、そして吉夢を診断士の手で秘密に買うことさえできた。知らぬ間に夢を取られた本人はたまらないが。——現代人は平安人を少し見習ったほうがよさそうだ。

## ◈上戸《じょうご》の道隆《みちたか》、酒友《しゅゆう》の名《な》を呼《よ》びながら酒害《しゅがい》に死《し》す――内大臣道隆《ないだいじんみちたか》

＊＊＊＊＊

道隆《みちたか》は道長《みちなが》の長兄《ちょうけい》で、かの清少納言《せいしょうなごん》が仕《つか》えた中宮定子《ちゅうぐうていし》の父《ちち》である。気品《きひん》のある美男子《びなんし》だったが、無類《むるい》の酒好《さけず》きが災《わざわ》いし、四十二歳《よんじゅうにさい》の若《わか》さで酒毒《しゅどく》に倒《たお》れた。

＊＊＊＊＊

ただし、この道隆公《みちたかこう》は御酩酊《ごめいてい》の割《わり》には、醒《さ》めるのが早《はや》い質《たち》でございました。賀茂社《かもしゃ》を参詣《さんけい》した日《ひ》は、まず下鴨神社《しもがもじんじゃ》の社頭《しゃとう》で三度《さんど》、素焼《すや》きの杯《さかずき》で御《お》神酒《みき》を差《さ》し上《あ》げるのが定例《ていれい》でした。しかも、道隆公《みちたかこう》の場合《ばあい》は、神主《かんぬし》・禰宜《ねぎ》も公《こう》の酒好《さけず》きを承知《しょうち》していて、特大《とくだい》の杯《さかずき》で差《さ》し上《あ》げましたら、三杯《さんばい》は言《い》うまでもなく、七《しち》、八杯《はちはい》ほども召《め》し上《あ》がって、上賀茂神社《かみがもじんじゃ》にお参《まい》りになる途《と》中《ちゅう》で、そのまま仰向《あおむ》けに倒《たお》れて、車《くるま》の後方《こうほう》に頭《あたま》を向《む》けて、前後不覚《ぜんごふかく》にお眠《ねむ》りになってしまいました。

その日《ひ》のお供《とも》の中《なか》に、第一位《だいいちい》の大納言《だいなごん》として、現在《げんざい》の御堂道長公《みどうみちながこう》がおい

で、前《まえ》を行《い》く道隆公《みちたかこう》の車《くるま》を御覧《ごらん》になりました。ところが、もう夜《よる》になったので、先導《せんどう》の従者《じゅうしゃ》の持《も》つ松明《たいまつ》の光《ひかり》で車中《しゃちゅう》が透《す》いて見《み》えるのに、簾越《すだれご》しに公《こう》のお姿《すがた》が見当《みあ》たりません。変《へん》だとお思《おも》いになっているうちに、上社《かみしゃ》へ御《ご》到着《とうちゃく》になり、車《くるま》の轅《ながえ》を下《お》ろして下車《げしゃ》の用意《ようい》をしましたが、道隆公《みちたかこう》は横《よこ》になったまま、全然《ぜんぜん》、お気《き》づきにならない。

どうすればいいかと気《き》がもめるものの、先導《せんどう》する従者《じゅうしゃ》たちも遠慮《えんりょ》があって、お目《め》を覚《さ》まさせることができず、ただ突《つ》っ立《た》って控《ひか》えているだけでした。道長公《みちながこう》は自分《じぶん》の車《くるま》から降《お》りられて、放《ほう》っておくわけにもいかないので、道隆公《みちたかこう》の車《くるま》の轅《ながえ》の外《そと》から、大《おお》きな声《こえ》で「もしもし」と呼《よ》びかけながら、扇《おうぎ》を打《う》ち鳴《な》らしたりして、起《お》こそうとなさるけれど、まったくお目覚《めざ》めにならない。そこで思《おも》い切《き》って、車《くるま》の中《なか》に手《て》を伸《の》ばして、道隆公《みちたかこう》の表袴《おもてばかま》の裾《すそ》を荒《あら》っぽく引《ひ》っぱりなさったその時《とき》に、やっとお目覚《めざ》めになったのです。

道隆公《みちたかこう》は、こうした場合《ばあい》の御用意《ごようい》は馴《な》れていらっしゃるので、櫛《くし》や笄《こうがい》をちゃんとお持《も》ちになっていました。それを取《と》り出《だ》し、髪《かみ》の乱《みだ》れを整《ととの》えたりしてから、車《くるま》を降《お》りられたのです。そのお姿《すがた》には酔《よ》いつぶれていた気配《けはい》など まったくなく、気品《きひん》のある男前《おとこまえ》の道隆公《みちたかこう》でいらっしゃいました。

いったい、あれほど泥酔《でいすい》した人《ひと》が、その晩《ばん》のうちに起《お》きあがれるものでしょうか、とても無理《むり》でしょうよ。その点《てん》、この道隆公《みちたかこう》のお酒好《さけず》きは品《ひん》よくていらっしゃいました。しかも、その愛酒《あいしゅ》の精神《せいしん》を、やはり人生《じんせい》の最後《さいご》まで貫《つらぬ》き通《とお》されたのではないでしょうか。御病気《ごびょうき》にかかってお亡《な》くなりになる間際《まぎわ》、お体《からだ》を浄土《じょうど》のある西《にし》にお向《む》けして差《さ》し上《あ》げて、「念仏《ねんぶつ》をお唱《とな》えなさいませ」と人々《ひとびと》がお勧《すす》めいたしましたところ、「済時《なりとき》（従兄弟小父《いとこおじ》）や朝光《あさてる》（従兄弟《いとこ》）なども極楽《ごくらく》に往生《おうじょう》してるだろうな」とおっしゃったのは、何《なん》ともしんみりさせられます。いつだって、仲《なか》のいい酒友三人《しゅゆうさんにん》で酒酌《さけく》み交《か》わすことをお心《こころ》にかけていらっしゃいましたから。死《し》んであの地獄《じごく》の釜《かま》にほうり込《こ》まれ、その縁《ふち》に頭《あたま》をぶつけてから、やっと三宝《さんぼう》（仏《ぶつ》・法《ぼう》・僧《そう》）の御名《みな》を思《おも》い出《だ》し、これを唱《とな》えて生《い》き返《かえ》ったとかいう人《ひと》のような話《はなし》ですよねえ。

❖ただしこの殿《との》の御酔《おほんゑひ》ひのほどよりは、とく醒《さ》むることをぞせさせ給《たま》ひし。御賀《おほんか》茂詣《もまう》での日《ひ》は、社頭《しやとう》にて三度《みたび》の御《おほん》かはらけ参《まゐ》らするわざなるを、その御時《おほんとき》には、禰《ね》宜《ぎ》・神主《かんぬし》も心得《こころえ》て、大《おほ》かはらけをぞ参《まゐ》らせし。三度《みたび》はさることにて、七八度《ななたびやたび》など召《め》して、上《かみ》の社《やしろ》に参《まゐ》らせ給《たま》ふ道《みち》にては、やがてのけざまに、しりの方《かた》を御枕《おほんまくら》にて、不《ふ》覚《かく》におほとのごもりぬ。一《いち》の大納言《だいなごん》にては、この御堂《みだう》（道長《みちなが》）ぞおはしましかば、御覧《ごらん》ずるに、夜《よ》に入《い》りぬれば、御前《ごぜん》の松《まつ》の光《ひかり》にとほりて御覧《ごらん》ずるに、御透影《おほんすきかげ》のおはしまさねば、あやしとおぼしめしけるに、参《まゐ》りつかせ給《たま》ひて、御車《みくるま》かきおろしたれど、え知《し》らせ給《たま》はず。いかにと思《おも》へど、御前《ごぜん》どももえおどろかし申《まう》さで、ただざぶらひなめるに、入道殿《にふだうどの》（道長《みちなが》）おりさせ給《たま》へるに、さてもあるべきことならねば、轅《ながえ》の外《と》ながら、高《たか》やかに、「やや」と御扇《みあふぎ》を鳴《な》らしなどせさせ給《たま》へど、さらにおどろかせ給《たま》はねば、近《ちか》く寄《よ》りて、表《うへ》の御袴《おほんはかま》の裾《すそ》を荒《あら》らかにひかせ給《たま》ふ折《をり》ぞ、おどろかせ給《たま》ひて、さる御用意《ごようい》はならはせ給《たま》へれば、御櫛《みくし》、笄具《かうがいぐ》し給《たま》へりける、取《と》り出《い》でて繕《つくろ》ひなどして、おりさせ給《たま》ひけるに、いささかさりげなく、清《きよ》らにておはしましし。されば、さばかり酔《ゑ》ひなむ人《ひと》は、その夜《よ》は、起《お》き上《あ》がるべきかは。それぞこの殿《との》の上戸《じやうご》はよくおはしましける。その御心《おほんこころ》のなほ終《を》はりまでも、忘《わす》れ給《たま》はざりけるにや、御病《みやまひ》づきてうせ給《たま》ひける時《とき》、西《にし》にかき向《む》け奉《たてまつ》りて、「念仏申《ねんぶつまう》させ給《たま》へ」と、人々《ひとびと》のすすめ奉《たてまつ》りければ、(道隆《みちたか》)「済時《なりとき》・朝光《あさてる》なども や、極楽《ごくらく》にはあらむずらむ」と、仰《おほ》せられけるこそあはれなれ。常《つね》に御心《おほんこころ》におぼしめしならひたることなれば。あの地獄《じごく》の鼎《かなへ》の蓋《ふた》に頭《かしら》打《う》ち当《あ》てて、三宝《さんぼう》の御名《な》思《おも》ひ出《い》でけむ人《ひと》のやうなることなりや。

✻人間は死ぬ際がだいじといわれる。そうとわかっていても、思うようにはいかないものだ。酒神《しゅしん》の申し子のような道隆は、死ぬ間際、念仏の代わりに酒友の名前を唱えたという話。愛酒の精神は信仰心に勝《まさ》る、か。

関白、賀茂詣で（年中行事絵巻）

## ◆老練《ろうれん》の道長《みちなが》、政敵《せいてき》伊周《これちか》を双六勝負《すごろくしょうぶ》で翻弄《ほんろう》する――内大臣道隆《ないだいじんみちたか》

*****

中《なか》の関白道隆《かんぱくみちたか》が亡《な》くなると、その嫡男《ちゃくなん》の伊周《これちか》と、政権《せいけん》の掌握《しょうあく》をめざす道長《みちなが》（伊周《これちか》の叔父《おじ》）との確執《かくしつ》がしだいに表面化《ひょうめんか》してきた。そんな状況下《じょうきょうか》での珍事《ちんじ》である。

*****

入道殿道長公《にゅうどうどのみちながこう》が御岳《みたけ》（奈良《なら》の金峯山《きんぷせん》）に参詣《さんけい》なさった途中《とちゅう》で、道長公《みちながこう》に対《たい》して帥殿伊周公《そちどのこれちかこう》の一派《いっぱ》の中《なか》に不穏《ふおん》な動《うご》きがあるとの情報《じょうほう》が入《はい》ってきました。そこで、道長公《みちながこう》は平常《へいじょう》よりも厳重《げんじゅう》に警戒《けいかい》なさり、無事《ぶじ》に御帰館《ごきかん》になりました。伊周公本人《これちかこうほんにん》にも、「こういう噂《うわさ》が道長公《みちながこう》のお耳《みみ》に入《はい》ってしまいました」と急報《きゅうほう》が入《はい》りましたので、みっともない噂《うわさ》が立《た》ったものだと、苦々《にがにが》しくお思《おも》いになりましたものの、そのまま放置《ほうち》してもおけませんので、釈《しゃく》明《めい》のために道長公《みちながこう》の邸《やしき》に参上《さんじょう》なさいました。

お迎《むか》えした道長公《みちながこう》は、例《れい》の噂《うわさ》には触《ふ》れず、御岳参《みたけまい》りの土産話《みやげばなし》などをなさ

いますと、伊周公《これちかこう》のひどくおどおどしていらっしゃるごようすがはっきりわかります。それがおかしくもあり、またそうはいっても気《き》の毒《どく》にもお思《おも》いになられた道長公《みちながこう》は、「ずいぶん長《なが》いこと双六《すごろく》のお相手《あいて》をしませんでしたね。強《つよ》い相手《あいて》がいなくて、張《は》り合《あ》いがありませんでしたよ。今日《きょう》はひとつ双六《すごろく》を、私《わたし》といっしょにどうぞ」とおっしゃって、双六《すごろく》の盤《ばん》を運《はこ》んで来《こ》させて、盤面《ばんめん》をお拭《ふ》きになりますと、伊周公《これちかこう》のお顔《かお》の色《いろ》がどんどん明《あか》るくよくなっていくのがわかりました。

そのごようすを、道長公《みちながこう》をはじめ、その場《ば》に居合《いあ》わせておられた方々《かたがた》は、伊周公《これちかこう》の胸中《きょうちゅう》を察《さっ》して、何《なん》とも言《い》えない気持《きも》ちでしみじみと拝見《はいけん》したことでした。伊周公《これちかこう》の一派《いっぱ》が自分《じぶん》を襲撃《しゅうげき》するという情報《じょうほう》が届《とど》いている以上《いじょう》、ちょっとは冷淡《れいたん》な態度《たいど》で迎《むか》えるのが普通《ふつう》でしょう。けれど、道長公《みちながこう》は、どこまでも思《おも》いやりの深《ふか》い御性格《ごせいかく》で、普通《ふつう》の人《ひと》なら、きっと悪《わる》い方《ほう》に解釈《かいしゃく》してしまうようなことでも、反対《はんたい》に善《よ》い方《ほう》に受《う》け取《と》って、心《こころ》うちとけたもてなしをなさるのです。

このお二方《ふたかた》の博打《ばくち》の双六《すごろく》は、いったん打《う》つのに夢中《むちゅう》になられますと、お二方《ふたかた》とも肌脱《はだぬ》ぎになり、着物《きもの》を腰《こし》の周《まわ》りにからませて、夜半《やはん》までも明《あ》け方《がた》までもお打《う》ちになります。道長公《みちながこう》の臣下《しんか》たちは、「伊周公《これちかこう》はお考《かんが》えが幼稚《ようち》なお方《かた》だから、勝負《しょうぶ》の結果《けっか》しだいでは何《なに》かきっと具合《ぐあい》の悪《わる》いことが起《お》きるかも知《し》れない」と心配《しんぱい》して、伊周公《これちかこう》との御勝負《ごしょうぶ》を喜《よろこ》びませんでした。

それにしても、この勝負《しょうぶ》には、すごく高価《こうか》な賭《か》け物《もの》がございました。伊《これ》周公《ちかこう》は古《ふる》い年代物《ねんだいもの》の何《なん》とも言《い》えない味《あじ》のある逸品《いっぴん》を、一方《いっぽう》の道長公《みちながこう》は斬新《ざんしん》で現代感覚《げんだいかんかく》にあふれた品《しな》を、それぞれ趣向《しゅこう》を凝《こ》らした形《かたち》の賭《か》け物《もの》に仕立《した》てられて、お互《たが》いに取《と》りつ取《と》られつなさいました。しかし、こういった政治《せいじ》と無縁《むえん》な遊興《ゆうきょう》においてまでも、伊周公《これちかこう》は負《ま》けっ放《ぱな》しになられて、道長邸《みちながてい》を出《で》られたのでした。

❖また、入道殿《にふだうどの》の御岳《みたけ》に参《まゐ》らせ給《たま》へりし道《みち》にて、帥殿《そちどの》の御方《おほんかた》より便《びん》なきことあるべしと聞《き》こえて、常《つね》よりも世《よ》をおそれさせ給《たま》ひて、たひらかに帰《かへ》らせ給《たま》へるに、かの殿《との》も、「かかること、聞《き》こえたりけり」と人《ひと》の申《まう》せば、いとかたはらいたくおぼされながら、さりとてあるべきならねば、参《まゐ》り給《たま》へり。道《みち》のほどの物語《ものがたり》などせさせ給《たま》ふに、帥殿《そちどの》いたく臆《おく》し給《たま》へる御気色《みけしき》のしるきを、をかしくも、またさすがにいとほしくもおぼされて、(道長《みちなが》)「久《ひさ》しく双六《すぐろく》つかうまつらで、いとさうざうしきに、今日《けふ》あそばせ」とて、双六《すぐろく》の盤《ばん》召《め》して、押《お》し拭《のご》はせ給《たま》ふに、御気色《みけしき》こよなうなほりて見《み》え給《たま》へば、殿《との》(道長《みちなが》)をはじめ奉《たてまつ》りて、参《まゐ》り給《たま》へる人々《ひとびと》、あはれになむ見奉《みたてまつ》りける。さばかりの事《こと》を聞《き》かせ給《たま》はむには、少《すこ》しすさまじくももてなさせ給《たま》ふべけれど、入道殿《にふだうどの》は、あくまで情《なさけ》おはします御本性《ごほんじやう》にて、必《かなら》ず人《ひと》のさ思《おも》ふらむことをば、おしかへし、なつかしうもてなさせ給《たま》ふなり。この御博奕《おほんばくやう》は、うちたたせ給《たま》ひぬれば、二所《ふたところ》ながら裸《はだか》に腰《こし》からませ給《たま》ひて、夜半《よなか》・暁《あかつき》まであそばす。心《こころ》をさなくおはする人《ひと》にて、便《びん》なきことどもこそ出《い》でくれ、と、人《ひと》は受《う》け申《まう》さざりけり。いみじき御《おほん》賭《か》け物《もの》どもこそ侍《はべ》りけれ。帥殿《そちどの》は、古《ふる》き物《もの》どもえもいはぬ、入道殿《にふだうどの》は新《あたら》しきが興《きよう》ある、をかしきさまにしなしつつぞ、かたみにとりかはさせ給《たま》ひけれど、かやうの事《こと》さへ、帥殿《そちどの》は常《つね》に負《ま》け奉《たてまつ》らせ給《たま》ひてぞ、まかでさせ給《たま》ひける。

✻賭《か》け碁《ご》、賭け将棋《しょうぎ》ならぬ賭け双六が出てくる。今では賭けマージャン、賭けゴルフと言ったほうがわかりやすいか。この種の賭け事が、営業や人事に及ぼす影響は大きく、宮仕えした、あるいはしている人間なら、誰《だれ》しも身に覚えがあろう。
道長は、難題《なんだい》を双六にすり替えて、伊周を手玉《てだま》にとっている。始めっから勝負にならないのだ。しかも道長は、けっして伊周を甘やかさず、徹底的にうち負かす。これぞ本物の政治家魂というものだ。

道長が双六に強いのは祖父の師輔譲《もろすけゆず》りかも知れない。師輔にこんな逸話がある。
――宮中で双六をしていた時のこと。政敵《せいてき》の元方《もとかた》と対局した師輔は、妊娠中《にんしんちゅう》の娘安子《あんし》に皇子《おうじ》が誕生するなら、重六（ぞろ目の六）が出ろ、と言って打つと、みごと一回で出た。相手の元方は顔色《がんしょく》を失い、それがトラウマとなって死後、怨霊《おんりょう》になったという（師輔伝）。――

競射《きょうしゃ》の話（一六八頁）そっくりだが、強運で政敵を威圧《いあつ》するには絶好《ぜっこう》の話題だった。
ちなみに、道長が金峯山《きんぷせん》の金峯神社に参詣《さんけい》したのは寛弘《かんこう》四年（一〇〇七）八月二日のことで、その際に自筆の写経を納めて埋めた銅の経筒《きょうづつ》が、元禄《げんろく》四年（一六九一）に発見されている。経筒（国宝）は京都国立博物館に寄託。

### ★男と女の王朝版スキャンダル

『大鏡』には、よくもこんな隠し事を暴露《ばくろ》できるものと、いささか驚きを隠せないような裏話が語られる。ここでは男女のスキャンダルを二つ紹介するが、どちらもまだ穏便《おんびん》な話に属するほうだ。

かの華やかな男性遍歴《へんれき》で京雀《きょうすずめ》をうならせた**和泉式部《いずみしきぶ》**のエピソード。娘の小式部《こしきぶ》（百人一首歌人）がいたが、橘道貞《たちばなのみちさだ》と離婚してまもなく、冷泉天皇皇子《れいぜいてんのうおうじ》の為尊親《ためたかしん》王《のう》と恋愛する。しかし親王が急逝《きゅうせい》すると、弟宮の**敦道《あつみち》親王**と熱愛関係に陥り、宮邸《やしき》に引き取られた。ために正妻（**道隆《みちたか》の三女《さんじょ》**）が邸を出ていく。この妻は、来客に御簾《みす》を上げて胸をはだけた姿をさらした異常性格で、夫婦愛はなかった（道隆伝）。兄ともどもイケメンで軽め（軽々）のタイプだった敦道親王は、式部と牛《ぎっ》車《しゃ》に同乗した際、御簾を縦割りに二分し、自分は御簾を上げて姿を見せ、式部は御簾の下から赤い物忌札《ものいみふだ》をつけた紅《くれない》の袴《はかま》を長々と出《いだ》し衣《きぬ》にして見せて、祭の見物人の目を釘付けにしたという（兼家伝）。これぞ改造カーならぬ改造牛車である。この恋も長くは続かず親王と死別する。結局、式部は兄弟宮を文字通り悩殺《のうさつ》したわけである。敦道親王との秘め事は『和泉式部日記』にくわしい。恋に恋した恋多き女である。

次にもう一代遡《さかのぼ》る。こちらは兼家《かねいえ》の娘だから、さっきの道隆の三女とは、系図上は叔母《おば》・姪《めい》の間柄になる。そして道長の妹にあたり、名は綏子《すいし》。美人で父兼家が溺愛《できあい》したが、三条天皇の東宮時に妃《きさき》となった。ある夏の猛暑のさかり、東宮が綏子の掌《てのひら》に氷の塊《かたまり》を載せて、私を愛しているなら、止《や》めよと言うまで持ってなさい、と命じた。彼女は、氷の跡が凍傷を起こして青黒くなっても、持ち続けたという。当然、東宮の愛情も凍りついた。どうやら、この叔母の血が姪に伝わったようだ。さて、事件はその後に起こった。好色漢の源頼定《みなもとのよりさだ》と不倫《ふりん》関係に落ちたのである。噂を聞いた道長は、事の真相を確かめに、妹のもとにやってきた。そして、胸元を引き開けて乳房をひねると、さっと乳がほとばしった。懐妊《かいにん》を確かめた道長は東宮に報告したが、綏子は道長の仕打ちに大泣きしたという（兼家伝）。――無理もない。

## ◆隆家《たかいえ》の大和魂《やまとだましい》、外敵《がいてき》を撃退《げきたい》、戦後《せんご》を円滑《えんかつ》に処理《しょり》する

——内大臣道隆《ないだいじんみちたか》

＊＊＊＊＊＊＊＊＊＊＊＊＊＊

隆家《たかいえ》は、眼病治療《がんびょうちりょう》のため、中国《ちゅうごく》の名医《めいい》が来朝《らいちょう》している九州《きゅうしゅう》に、大宰《だざい》の大弐《だいに》（次官《じかん》）として赴任《ふにん》した。その在任中《ざいにんちゅう》に、刀伊国《といこく》（中国東北部《ちゅうごくとうほくぶ》の女真族《じょしんぞく》）が来襲《らいしゅう》したが、隆家《たかいえ》は「大和心《やまとごころ》かしこくおはする人《ひと》」（抜群《ばつぐん》の対処能力《たいしょのうりょく》の持《も》ち主《ぬし》）だったので、すばやく九州全土《きゅうしゅうぜんど》に号令《ごうれい》を発《はっ》し、武士《ぶし》・官人《かんじん》は一致《いっち》団結《だんけつ》して敵《てき》を撃退《げきたい》した。事変後《じへんご》、隆家自身《たかいえじしん》は恩賞《おんしょう》を望《のぞ》まず、戦功《せんこう》のある武《ぶ》士《し》に譲《ゆず》った。大蔵種材《おおくらのたねき》は壱岐《いき》の守《かみ》に、その子《こ》は大宰《だざい》の少監《しょうげん》にそれぞれ昇《しょう》任《にん》した。

＊＊＊＊＊＊＊＊＊＊＊＊＊＊

この種材《たねき》の一族《いちぞく》は、瀬戸内海海賊《せとないかいかいぞく》の首領藤原純友《しゅりょうふじわらのすみとも》の軍《ぐん》を撃破《げきは》した大蔵春実《おおくらのはるざね》（種材《たねき》の父《ちち》）の血統《けっとう》です。この純友《すみとも》は関東《かんとう》の武将平将門《ぶしょうたいらのまさかど》と呼応《こおう》して、朝廷《ちょうてい》に反逆《はんぎゃく》を企《たくら》んだ者《もの》です。将門《まさかど》は「天皇《てんのう》を討《う》ち取《と》り申《もう》そう」と豪語《ごうご》し、

純友《すみとも》は「関白《かんぱく》になろう」と大言《たいげん》し、二人《ふたり》で共謀《きょうぼう》して、この天下《てんか》で、関白《かんぱく》となって思《おも》いのままの政治《せいじ》をし、新皇《しんのう》となって国《くに》を治《おさ》めようと、お互《たが》いに結託《けったく》しました。将門《まさかど》は東国《とうごく》で軍勢《ぐんぜい》を集《あつ》め、純友《すみとも》は西国《さいごく》の海《うみ》で、どこからともなく無数《むすう》の大筏《おおいかだ》を集《あつ》めて組《く》み上《あ》げ、その上《うえ》に土《つち》を盛《も》り、植樹《しょくじゅ》をし、大量《たいりょう》の田畑《たはた》を作《つく》って、そこに定住《ていじゅう》しました。およそ、並《な》みな編成《へんせい》の征伐軍《せいばつぐん》では、びくともしない堅固《けんご》な海《うみ》の要塞《ようさい》を築《きず》いていたのです。それを、巧妙《こうみょう》な作戦《さくせん》をめぐらして、朝廷《ちょうてい》のために征伐《せいばつ》して差《さ》し上《あ》げた春実《はるざね》らは、まったくたいしたお手柄《てがら》ですなあ。もっとも、それは春実《はるざね》らの軍略《ぐんりゃく》がすぐれていただけではありますまい。王威《おうい》（天皇《てんのう》の御威光《ごいこう》）の存続《そんぞく》する限《かぎ》り、どうしてそんな謀反《むほん》の成功《せいこう》するはずがあろうかと思《おも》いますがね、違《ちが》いますかな。

さて、刀伊《とい》が来襲《らいしゅう》した際《さい》、壱岐《いき》・対馬《つしま》（長崎県《ながさきけん》）の住民《じゅうみん》を大勢《おおぜい》の捕虜《ほりょ》として、刀伊国《といこく》へ連行《れんこう》して行《い》きました。その帰路《きろ》を待《ま》ち伏《ぶ》せて、新羅《しらぎ》（正《ただ》しくは高麗《こうらい》）の国王《こくおう》が軍勢《ぐんぜい》を発《はっ》し、捕虜《ほりょ》を全員奪還《ぜんいんだっかん》なさったのです。しかも、使者《ししゃ》をつけ、きちんと壱岐《いき》・対馬《つしま》に送還《そうかん》なさったので、大弐《だいに》隆家殿《たかいえどの》は、新《しら》羅《ぎ》の使者《しゃ》には謝礼金《しゃれいきん》の黄金《おうごん》三百両《さんびゃくりょう》を渡《わた》して、帰国《きこく》させなさいました。捕《ほ》虜《りょ》をめぐる問題《もんだい》も、このように円滑《えんかつ》に処理《しょり》なさったので、入道殿道長公《にゅうどうどのみちながこう》は、やはりこの帥殿《そちどの》の隆家殿《たかいえどの》を捨《す》てぬ者《もの》（使《つか》える奴《やつ》）と評価《ひょうか》なさっているのです。だからでしょうか、世間《せけん》からも、なかなかの信望《しんぼう》を得《え》ておられるようです。隆家殿《たかいえどの》のお邸《やしき》の門前《もんぜん》には、いつだって要人《ようじん》の馬《うま》や牛車《ぎっしゃ》の三《みっ》つや四《よっ》つ立《た》っていないことがありましょうか。時《とき》には、馬《うま》や牛車《ぎっしゃ》が、門前《もんぜん》の道《みち》を避《さ》けて通《とお》りようのないほど、ぎっしり立《た》っていることもありますよ。

❖この種材《たねき》が族《ぞう》は、純友《すみとも》討ちたりしものの筋《すぢ》なり。この純友《すみとも》は、将門同《まさかどおな》じ心《こころ》に語《かた》らひて、恐《おそ》ろしき事企《ことくはだ》てたる者《もの》なり。将門《まさかど》は、「帝《みかど》を討《う》ち取《と》り奉《たてまつ》らむ」と言《い》ひ、純《すみ》友《とも》は、「関白《くわんぱく》にならむ」と、同《おな》じく心《こころ》をあはせて、この世界《せかい》に我《われ》と政《まつりごと》をし、君《きみ》となりてすぎむ、といふことを契《ちぎ》りあはせて、一人《ひとり》は東国《ひんがしぐに》に軍《いくさ》をととのへ、一人《ひとり》は西《にし》国《ぐに》の海《うみ》に、いづこともなく、大筏《おほいかだ》を数知《かずし》らず集《あつ》めて、筏《いかだ》の上《うへ》に土《つち》を伏《ふ》せて、植木《うゑき》をおほし、よもやまの田《た》を作《つく》り、住《す》みつきて、大方《おほかた》おぼろけの軍《いくさ》に動《どう》ずべくもなくなりゆくを、かしこうかまへて、討《う》ちて奉《たてまつ》りたるは、いみじきことなりな。それはげに人《ひと》のかしこきのみにはあらじ、王威《わうゐ》のおはしまさむかぎりは、いかでかさることあるべきと思《おも》へど。

さて、壱岐《ゆき》・対馬国《つしまのくに》の人《ひと》を、いと多《おほ》く刀伊国《といこく》に取《と》りもていきたりければ、新羅《しらぎ》の帝《みかど》軍《いくさ》を起《お》こし給《たま》ひて、皆討《みなう》ち返《かへ》し給《たま》うてけり。さて使《つかひ》をつけて、たしかにこの島《しま》に送《おく》らしめ給《たま》へりければ、かの国《くに》の使《つかひ》には、大弐《だいに》、金《こがね》三百両《さんびやくりやう》取《と》らせて帰《かへ》させ給《たま》ひける。このほどの事《こと》も、かくいみじうしたため給《たま》へるに、入道殿《にふだうどの》、なほこの帥殿《そちどの》（隆家《たかいへ》）を捨《す》てぬ者《もの》に思《おも》ひきこえさせ給《たま》へるなり。さればにや、世《よ》にもいと振《ふ》り捨《す》てがたきおぼえにてこそおはすめれ。御門《おんかど》には、いつかは馬《うま》・車《くるま》の三《み》つ四《よ》つ絶《た》ゆる時《とき》のある。また、道《みち》もさりあへず立《た》つ折《をり》もあるぞかし。

✽ 摂関政治《せっかんせいじ》の崩壊《ほうかい》の兆《きざ》しが徐々に露《あら》わになってきた。内乱である「承平《じょうへい》・天慶《てんぎょう》の乱《らん》」は、台頭《たいとう》し始めた武士団の援護なしには鎮圧《ちんあつ》できなかった。まして外国からの来襲《らいしゅう》に対しては、正規の防衛軍の編成すらおぼつかなかった。拉致《らち》された自国民の救出もできず、外国（高麗《こうらい》）に頼るしまつである。王威のあるかぎりという文句も、虚勢《きょせい》を張った強がりにみえる。ちなみに、当時、新羅はすでに滅亡、高麗の時代であった。

なお、金三百両の円価格については、コラム「お金の話」を参照のこと。

## ★お金の話――赤ん坊の値段、拉致《らち》問題の解決金など

夏山繁樹は、赤ん坊の時に「銭十貫《ぜにとつら》」で買われた子だと、自己紹介している（三三頁）。では、その「銭十貫《じつかん》」は、現代の円換算ではいくらになるだろうか。

貨幣価値を計るにも、当時の資料が限られているので、仮定に推理を重ねるしかないが、やはり米価《べいか》が手がかりになる。それと現代の米価とを比較しながら、円換算する方法をとろう。ただし、結果は誤差の大きな概数になりかねないので、どうか茶話としてお楽しみいただきたい。

まず現代の平均米価を十キロ四千円とおく。一升《いっしょう》（一・五キロ）は六百円となる。次に、十世紀ごろの一升は、容量が今の半分以下なので、それを考慮して諸資料を漁《あさ》ると、当時の平均米価は一升＝十文《もん》～二十文といった範囲に落ち着くよ

うだ。そこで中間をとって十五文としよう。結果、一文＝四十円となる。

さて、一貫《いっかん》＝千文説《せんもん》に従うと、一貫は四万円である。この数値を適用すれば、繁樹赤ちゃんのお値段は、十貫＝四十万円とあいなる。人権も人命も今ほど尊重されない時代であることを思えば、この数字はそれなりに妥当かもしれない。なにしろ繁樹の養父はこつこつ貯《た》めた虎《とら》の子《こ》をはたいたのだから。

もう一つは、刀伊国《といこく》による拉致被害者を高麗《こうらい》から返還してもらった解決金である。隆家は黄金三百両を高麗の使者に渡した。一両＝十貫文説《じっかんもん》に従うと、一億二千万円となる。拉致被害者数二百五十九人という説で割り算すると、一人あたり四十六万円強となる。

なんと、赤ん坊と拉致被害者の引き取り価格が同じ四十万円台に並んだ。はたして妥当かどうかは、読者の皆さんの判断にお任せしたい。

おまけに、もう一つ。当時のベストセラー『源氏物語』（横笛《よこぶえ》）で、光源氏がかの柏木《かしわぎ》の一周忌に香典を贈る話がある。その額、黄金百両、実に四千万円。さすがというべきか、それとも……。

## ◆道兼《みちかね》、関白職《かんぱくしょく》を譲《ゆず》らなかった父兼家《ちちかねいえ》の供養《くよう》を拒《こば》む——右大臣道兼《うだいじんみちかね》

道兼公《みちかねこう》は、父大臣兼家公《ちちだいじんかねいえこう》の四十九日《しじゅうくにち》の服喪《ふくも》には、土殿《つちどの》（喪中《もちゅう》に籠《こ》もる仮《かり》屋《や》）にもお籠《こ》もりにならず、きつい残暑《ざんしょ》にかこつけて、下《お》ろすはずの部屋《へや》の御簾《みす》を全部《ぜんぶ》巻《ま》き上《あ》げて、読経《どきょう》も念仏《ねんぶつ》もお唱《とな》えになりませんでした。しかも、遊《あそ》び仲間《なかま》を呼《よ》び集《あつ》め、『後撰和歌集《ごせんわかしゅう》』や『古今和歌集《こきんわかしゅう》』を回覧《かいらん》して、即興《そっきょう》の冗談《じょうだん》や洒落《しゃれ》を飛《と》ばしては、ふざけ合《あ》って、ちっともお嘆《なげ》きになりませんでした。その原因《げんいん》は、「花山院《かざんいん》を上手《じょうず》にだまして、御退位《ごたいい》させたのはこの私《わたし》だ。だから、父上《ちちうえ》が亡《な》くなるとき、関白《かんぱく》の職《しょく》もこの私《わたし》にお譲《ゆず》りになるのが当然《とうぜん》なんだ。なのに、道隆殿《みちたかどの》に譲《ゆず》るとは」というお恨《うら》みだったのです。世間《せけん》じゃ通《とお》らない非常識《ひじょうしき》なお話《はなし》ですよ。ほかにも、いろいろとまずいお噂《うわさ》が流《なが》れていましたなあ。もっとも、傅《ふ》の殿道綱卿《とのみちつなきょう》と、現在《げんざい》の入道殿道《にゅうどうどのみち》長公《ながこう》のお二方《ふたかた》は、父君兼家公《ちちぎみかねいえこう》の追善供養《ついぜんくよう》を、きちんと仏式《ぶっしき》を守《まも》って営《いとな》まれ

なさったと、うかがっております。

❖この殿《との》（道兼《みちかね》）、父《ちち》おとどの御忌《おほんい》みには、土殿《つちどの》などにも居《ゐ》させ給《たま》はで、暑《あつ》きにことづけて、御簾《みす》どもあげ渡《わた》して、御念誦《ごねんず》などもし給《たま》はず。さるべき人々《ひとびと》呼び集《あつ》めて、後撰《ごせん》・古今《こきん》ひろげて、興言《きようげん》し遊《あそ》びて、つゆ嘆《なげ》かせ給《たま》はざりけり。そのゆゑは、花山院《くわさんゐん》をば我《われ》こそすかしおろし奉《たてまつ》りたれ、されば、関白《くわんぱく》をも譲《ゆづ》らせ給《たま》ふべきなり、といふ御恨《おほんうら》みなりけり。世《よ》づかぬ御事《おほんこと》なりや。さまざまよからぬ御事《おほんこと》ども聞《き》こえしを。傅殿《ふのとの》（道綱《みちつな》）、この入道殿《にふだうどの》（道長《みちなが》）二所《ふたところ》は、法《ほふ》の如《ごと》くに孝《けう》じたてまつらせ給《たま》ひきとぞ承《うけたまは》りし。

✻親父《おやじ》が約束を守らなかったから、その法事を蹴《け》ったという話。ここまでやるか、というほどの親不孝《おやふこう》である。『大鏡』の最低男として居直って見せた。そもそも、個人的感情に振り回される人間に、政治家の資格などあろうはずもない。

## ★一家を襲《おそ》う非運――七日《なぬか》関白道兼《かんぱくみちかね》

花山天皇の出家仕掛け人を演じて、宮中一の嫌われ者になった道兼（道長の兄）だが、出家を成功させた見返りがないのに憤り、父兼家の法事を蹴《け》った。その後、兄弟順という伯母《おば》安子《あんし》の遺訓《いくん》を守る妹詮子《せんし》の進言で、ようやく手に入れた関白職を、今度は流行病《はやりやまい》に罹《かか》り、たった七日でこの世の置き土産《みやげ》にしてしまった。享年《きょうねん》わずか三十五歳。だが、非運は尽きず一家に及ぶ。長男の福足君《ふくたりぎみ》は、宮中一の悪ガキという悪評だった。晴れの舞台で、突然切れて衣装を引き破り、父道兼を青ざめさせた。蛇《へび》をいじめた祟《たた》りで、腫《は》れ物《もの》ができて死んだそうな。次男兼隆《かねたか》も道長のゴマすりに終わり、三男兼綱《かねつな》もウダツの上がらない一生だった。一人娘の尊子《そんし》は一条天皇の女御《にょうご》だったが、内裏《だいり》焼失のため仮住まいした部屋が薄暗かったため、「暗部屋《くらべや》の女御」と、いじめられた。極めつきは道兼の未亡人の再婚だ。相手は、なんと「悪霊《あくりょう》の左府《さふ》」こと左大臣顕光《あきみつ》。しかも、未亡人も彼も、道兼の従兄弟《いとこ》だった。嗚呼《ああ》！

# 『大鏡』下

## ◈顕信《あきのぶ》の乳母《めのと》、出家《しゅつけ》の前触《まえぶ》れに気《き》づかず絶望《ぜつぼう》する

――太政大臣道長《だいじょうだいじんみちなが》

＊＊＊＊＊
顕信《あきのぶ》（道長《みちなが》の子《こ》）は、上着《うわぎ》と下着《したぎ》の間《あいだ》に重《かさ》ねる何枚《なんまい》もの袙《あこめ》の綿《わた》をほぐして、一枚《いちまい》に厚《あつ》くまとめてほしいと乳母《めのと》に注文《ちゅうもん》した。真冬《まふゆ》の防寒用《ぼうかんよう》だったが、それが出家《しゅつけ》の下準備《したじゅんび》だったとは、乳母《めのと》は気《き》づかなかった。
＊＊＊＊＊

ですから、乳母殿《めのとどの》は、「出家《しゅつけ》するおつもりで御注文《ごちゅうもん》なさったのに、なんだって袙《あこめ》なんかお作《つく》りして差《さ》し上《あ》げてしまったのかしら」と嘆《なげ》き、「いつもと違《ちが》って、変《へん》なことをおっしゃると思《おも》わなかった私《わたし》の勘《かん》の悪《わる》さったら、もう最低《さいてい》だわ」と悔やみ、取《と》り乱《みだ》して泣《な》かれたそうです。ほんとうに無理《むり》もないことで、お気《き》の毒《どく》でたまりません。御出家《ごしゅつけ》を、袙《あこめ》しだいで顕信様《あきのぶさま》が思《おも》いとどまりなさるかのような繰《く》り言《ごと》でした。御出家《ごしゅつけ》なさったと知《し》らされるや、乳母殿《めのとどの》は、そのまま気《き》を失《うしな》って、まるで死人《しにん》のようでいらっしゃい

ました。

周《まわ》りの人々《ひとびと》が、「あなたのこんな状態《じょうたい》を若様《わかさま》（顕信《あきのぶ》）がお聞《き》きになったら、かわいそうだと同情《どうじょう》なさって、せっかくの御道心《みどうしん》が乱《みだ》れておしまいになるわよ」と励《はげ》まし、「今《いま》さら嘆《なげ》いてもしかたのないこと。考《かんが》えてみれば、御出家《ごしゅっけ》って、すばらしいわよ。もし若様《わかさま》が悟《さと》りをお開《ひら》きになられたら、あなた自身《じしん》にとっても、来世《らいせ》が安楽《あんらく》になられるのですもの、最高《さいこう》じゃないの」と、口々《くちぐち》に慰《なぐさ》めました。

しかし、乳母殿《めのとどの》は、「私《わたし》は、若様《わかさま》が悟《さと》りをお開《ひら》きになっても、ちっとも嬉《うれ》しくないわ。来世《らいせ》の自分《じぶん》を救《すく》っていただこうとも思《おも》いません。今《いま》はただ悲《かな》しいだけで、他《ほか》のことなど考《かんが》えられないの。奥方様《おくがたさま》（顕信《あきのぶ》の実母《じつぼ》、明子《めいし》）は、他《ほか》にお子様《こさま》が大勢《おおぜい》いらっしゃいますから、ほんとうにいいわよねえ。若様《わかさま》を出家《しゅっけ》で失《うしな》った悲《かな》しみは、ただもう私一人《わたしひとり》だけのことなのよ」と言《い》って、体《からだ》を投《な》げ出《だ》し、身《み》をよじって泣《な》き惑《まど》いました。まことに、無理《むり》もないことですなあ。この乳母殿《めのとどの》のように、仏道《ぶつどう》を求《もと》める心《こころ》のない人《ひと》には、来世《らいせ》のことまで考《かんが》えが及《およ》ぶはずもないですからね。

＊＊＊＊＊

以前《いぜん》、母《はは》の明子《めいし》は、顕信《あきのぶ》の左《ひだり》の御髪《おぐし》が剃《そ》り落《お》とされる夢《ゆめ》を見《み》た。顕信《あきのぶ》が出家《しゅっけ》した後《のち》、それが夢《ゆめ》のお告《つ》げだったと気《き》づいて、夢解《ゆめと》きにその夢《ゆめ》を吉夢《きちむ》に変《か》えさせ、祈禱《きとう》しなかったことを悔《く》やんだ。

＊＊＊＊＊

❖されば、御乳母《おほんめのと》は、「かくて仰《おほ》せられけるものを、何《なに》しにして参《まゐ》らせけむ」と、「例《れい》ならずあやしと思《おも》はざりけむ心《こころ》の、いたりのなさよ」と、泣《な》き惑《まど》ひけむこそ、いとことわりにあはれなれ。ことしもそれにさはらせ給《たま》はむやうに。かくと聞《き》きつけ給《たま》ひては、やがて絶《た》え入《い》りて、なき人《ひと》のやうにておはしけるを、「かく聞《き》かせ給《たま》はば、いとほしと存《ぞん》じて、御心《みこころ》や乱《みだ》れ給《たま》はむ」と、「今《いま》さらによしなし。これぞめでたきこと。仏《ほとけ》にならせ給《たま》はば、我《わ》が御《おほん》ためも、後《のち》の世《よ》のよくおはせむこそ、つひのこと」と人々《ひとびと》の言《い》ひければ、（乳母《めのと》）「我《われ》は仏《ほとけ》にならせ給《たま》はむもうれしからず。我《わ》殿《との》が身《み》の後《のち》の助《たす》けられ奉《たてまつ》らむもおぼえず。ただ今《いま》のかなしさよりほかのことなし。ただわれ一人《ひとり》がこ（道長《みちなが》）も上《うへ》（明子《めいし》）も御子《おほんこ》どもあまたおはしませばいとよし。ただわれ一人《ひとり》がこそやとぞ、伏《ふ》しまろび惑《まど》ひける。げにさることなりや。道心《だうしん》なからむ人《ひと》は、後《のち》の世《よ》までも知《し》るべきかはな。

✤当時の乳母は、生みの親ではないが育ての親だった。貴族の家は、実母が子の教育を全面的に乳母に委《ゆだ》ねたから、子供が多いと自然、乳母同士に競争が起こった。乳母には、自分の結婚や子育てを犠牲にして仕える献身型が多い。本話もそんなタイプの乳母の嘆きを伝えている。乳母に求道心《ぐどうしん》のないのを皮肉《ひにく》っているが、そんな聖なる乳母では強い子に育たないのである。

実母である奥方様は他に子がいるから、自分の苦しみはおわかりにならない、と乳母があてこするのも無理はない。親一人、子一人も同然の間柄なのに、その子をお寺に奪われて、この先何を楽しみに生きていけばいいのか。悲痛な叫びは、実の母と何ら変わりはない。

## ◈道長《みちなが》の栄華《えいが》を実現《じつげん》させた妻《つま》と娘《むすめ》たち――太政大臣道長《だいじょうだいじんみちなが》

### ◆奥方二人《おくがたふたり》とも源氏《げんじ》

道長公《みちながこう》のお子様方《こさまがた》は、男女合《だんじょあ》わせて十二人《じゅうににん》、全員《ぜんいん》そろって御存命《ごぞんめい》でいらっしゃいます。この男君《おとこぎみ》も姫君《ひめぎみ》も、官職《かんしょく》・位階《いかい》のほうは、父《ちち》の威光《いこう》もあって、思《おも》い通《どお》りにおできになるでしょうけれど、思《おも》い通《どお》りにならない御気質《ごきしつ》や御人格《ごじんかく》においてまでも、ほんの少《すこ》し未熟《みじゅく》な点《てん》がおありのために、人《ひと》から非難《ひなん》されるというような方《かた》はいらっしゃらないのです。みなそれぞれに教養《きょうよう》が深《ふか》く、りっぱでいらっしゃるのも、他《ほか》に理由《りゆう》があるわけでなく、ひとえに入道殿下道長公《にゅうどうでんかみちながこう》の御幸運《ごこううん》が、言葉《ことば》で言《い》い表《あらわ》せないほどすぐれていらっしゃるからでしょう。すでに述《の》べてきた大臣方《だいじんがた》にもお子様《こさま》はいらっしゃいましたが、みなこれほどまでに、思《おも》い通《どお》りでいらっしゃったでしょうか。いやいや、自然《しぜん》と、男《おとこ》でも女《おんな》でも、できの良《よ》いのと悪《わる》いのとが混《ま》じっていらっしゃったようです。ところで、このすぐれたお子様方《こさまがた》の母君《ははぎみ》でいらっしゃる奥方様《おくがたさま》（北《きた》の政所《まんどころ》）は、お二人《ふたり》とも源氏《げんじ》出身《しゅっしん》でいらっしゃるので、将来《しょうらい》、源氏《げんじ》が御繁栄《ごはんえい》になられるのは確実《かくじつ》である、と断言《だんげん》できるのです。というわけで、このお二方《ふたかた》の現在《げんざい》の御境遇《ごきょうぐう》は、以上《いじょう》の通《とお》りです。

❖この殿《との》（道長《みちなが》）の君達《きんだち》、男女《をとこをんな》あはせ奉《たてまつ》りて十二人《じふににん》、数《かず》のままにておはします。男《をとこ》も女《をんな》も、御官《おほんつかさ》位《くらゐ》こそ心《こころ》に任《まか》せ給《たま》へらめ、御心《おほんこころ》ばへ、人柄《ひとがら》どもさへ、いささかかたほにて、もどかれさせ給《たま》ふべきもおはしまさず。とりどりに有識《いうそく》に、めでたくおはしまさふも、ただことごとならず、入道殿《にふだうどの》の御幸《おほんさいは》ひの言《い》ふかぎりなくおはしますなめり。さきざきの殿《との》ばらの君達《きんだち》おはせしかども、皆《みな》かくしも思《おも》ふさまにやはおはせし。おのづから男《をとこ》も女《をんな》も、よきあしき交《ま》じりてこそおはしまさふめりしか。この北政所《きたのまんどころ》の二人《ふたり》（倫子《りんし》・明子《めいし》）ながら源氏《げんじ》におはしませば、末《すゑ》の世《よ》の源氏《げんじ》の栄《さか》え給《たま》ふべきと定《さだ》め申《まう》すなり。かかれば、この二所《ふたところ》の御有様《おほんありさま》、かくのごとし。

## ◆姫君三人《ひめぎみさんにん》とも立后《りっこう》

　いったい、またと世間《せけん》にないことですよ。大臣《だいじん》が御息女三人《ごそくじょさんにん》を、お后《きさき》として同時《どうじ》にお立《た》て申《もう》しあげなさるなどということは。この入道殿下道長公《にゅうどうでんかみちながこう》の御一門《ごいちもん》から、実《じつ》に、太皇太后宮彰子様《たいこうたいごうぐうしょうしさま》・皇太后宮妍子様《こうたいごうぐうけんしさま》・中宮威子様《ちゅうぐういしさま》のお三方《さんかた》がお出《で》になられたのですから、まことに世《よ》にも稀《まれ》なる御幸運《ごこううん》です。皇后宮娍子様《こうごうぐうせいしさま》お一方《ひとかた》だけが、済時卿《なりときぎょう》の御息女《ごそくじょ》で、お家筋《いえすじ》が別《べつ》でいらっしゃるとはいうものの、それもまた貞信公忠平様《ていしんこうただひらさま》の御子孫《ごしそん》（曾孫《ひまご》）でいらっしゃるから、道長公《みちながこう》と無縁《むえん》のお方《かた》とお思《おも》い申《もう》してよいものでしょうか。道長公《みちながこう》もまた、同《おな》じく貞信公《ていしんこう》の曾孫《ひまご》でいらっしゃいます。こういうしだいで、まったく天下《てんか》に、道長公《みちながこう》の御威光《ごいこう》の照《て》らさない所《ところ》はありませんが、皇后宮娍子様《こうごうぐうせいしさま》もついこの春《はる》にお亡《な》くなりになったので、いよいよもって、道長公《みちながこう》の直系《ちょっけい》である三人《さんにん》のお后様《きさきさま》だけが、お栄《さか》えなさっているようなわけです。

❖おほかたまた世《よ》になきことなり、大臣《だいじん》の御女《おほんむすめ》三人《みたり》、后《きさき》にてさし並《なら》べ奉《たてまつ》り給《たま》ふこと。この入道殿下《にふだうでんか》の御一《おほんひと》つ門《かど》よりこそ、太皇太后宮《たいくわうたいごうぐう》（彰子《しやうし》）・皇太后宮《くわうたいごうぐう》（妍子《けんし》）・中宮《ちゆうぐう》（威子《ゐし》）、三所《みところ》出《い》でおはしましたれば、まことに希有《けう》の御幸《おほんさいは》ひなり。皇后宮《くわうごうぐう》（娍子《せいし》）一人《ひとり》のみ筋《すぢ》わかれ給《たま》へりといへども、それすら貞信公《ていしんこう》（忠平《ただひら》）の御末《おほんすゑ》におはしませば、これはよそ人《ひと》と思《おも》ひ申《まう》すべきことかは。しかれば、ただ世《よ》の中《なか》は、この殿《との》の御光《おほんひかり》ならずといふことなきに、この春《はる》こそはうせ給《たま》ひにしかば、いとど、ただ三《み》后《きさき》のみおはしますめり。

✲道長の場合、ほんらい政敵であるはずの源氏閥《げんじばつ》（皇室系）から妻二人を迎えている。この懐柔策《かいじゆうさく》はみごとに成功した。ただし、倫子《りんし》系の子たちと明子《めいし》系の子たちの間には、しっかりと出世の差がある。これが道長の家長力というものだ。

それにしても、妻二人后《きさき》三人、ともに女性である。どれほど優秀な男子がいても、これだけの盛運を家にもたらすことは不可能である。当時、政権の座をねらう野心家が、等しく女子の誕生を望んだのは当然であった。

# 道長家

- 道《みち》長《なが》 摂政〈法成寺殿・御堂関白・入道殿〉
  - ＝源雅信女《みなもとのまさのぶのむすめ》 倫《りん》子《し》〈鷹司殿〉
    - 頼道《よりみち》 摂政・関白〈宇治殿〉
    - 教通《のりみち》 関白〈大二条殿〉
    - 彰子《しょうし》 一条中宮／後一条・後朱雀母〈上東門院〉
    - 妍子《けんし》 三条中宮／禎子内親王母
    - 威子《いし》 後一条中宮
    - 嬉子《きし》 後朱雀女御／後冷泉母
  - ＝源高明女《みなもとのたかあきらのむすめ》 明《めい》子《し》〈高松殿〉
    - 頼宗《よりむね》〈堀河右大臣〉
    - 能信《よしのぶ》
    - 顕信《あきのぶ》
    - 長家《ながいえ》
    - 寛子《かんし》 小一条院女御
    - 尊子《そんし》 源師房室
  - ＝源重光女《みなもとのしげみつのむすめ》
    - 長信《ながのぶ》

◈道長《みちなが》、胆力《たんりょく》をもって兄弟《きょうだい》・又従兄弟《またいとこ》を圧《あつ》する――太政大臣道長《だいじょうだいじんみちなが》

◆強烈《きょうれつ》なる負《ま》けじ魂《だましい》

＊＊＊＊＊＊＊＊＊＊

公任《きんとう》は、学問《がくもん》・芸術《げいじゅつ》の道《みち》に秀《ひい》でたばかりでなく、摂関家《せっかんけ》の嫡流《ちゃくりゅう》に当《あ》たる名門《めい》《もん》の生《う》まれである。道長《みちなが》とは、同《おな》い年《どし》で又従兄弟《またいとこ》の間柄《あいだがら》にあった。つまり、道長《みちなが》の父兼家《ちちかねいえ》は、公任《きんとう》の父頼忠《ちちよりただ》と従兄弟同士《いとこどうし》であるとともに、互《たが》いに政敵《せいてき》として競合《きょうごう》していた。だから、政界《せいかい》の期待《きたい》の星《ほし》である公任《きんとう》に我《わ》が子《こ》を引《ひ》き比《くら》べて、ついつい愚痴《ぐち》の一《ひと》つも出《で》てしまう。

＊＊＊＊＊＊＊＊＊＊

四条大納言《しじょうだいな》《ごん》公任卿《きんとうきょう》が、このように何事《なにごと》にもすぐれて立派《りっぱ》でいらっしゃるのを、大入道殿兼家公《だいにゅうどうどのかねいえこう》が、「どうしてあの公任《きんとう》は、何《なん》でもよくできるんだろう。羨《うらや》ましいことだなあ。うちの子《こ》たちが、公任《きんとう》と肩《かた》を並《なら》べるどころか、後《あと》を追《お》っかけてその影《かげ》さえ踏《ふ》めそうにないのは、実《じつ》に残念《ざんねん》だ」と、息子《むすこ》たちに愚痴《ぐち》をこぼされました。

それを聞《き》いて、中《なか》の関白殿道隆公《かんぱくどのみちたかこう》・粟田《あわた》殿道兼公《どのみちかねこう》は、父上《ちちうえ》は本気《ほんき》で息子《むすこ》のできが悪《わる》いとお思《おも》いになっているのだろう、それも無理《むり》はないと、きまりが悪《わる》そうに黙《だま》りこくっていらっしゃいます。ところが、この入道殿道長《にゅうどうどのみちなが》公《こう》は、兄弟《きょうだい》の中《なか》でも一番年下《いちばんとした》の身《み》でいらっしゃるのに、「公任《きんとう》の影《かげ》なんか踏《ふ》むもんですか。ちゃんと追《お》い越《こ》して、前《まえ》に回《まわ》って奴《やっ》を蹴《け》り倒《たお》し、その面《つら》を踏《ふ》んづけてやりますよ」と、高言《こうげん》なさったそうです。

　事実《じじつ》、今《いま》はその言葉《ことば》どおりになっていらっしゃるようです。公任卿《きんとうきょう》は、道長公《みちながこう》はおろか、そのお子《こ》さんの内大臣殿教通公《ないだいじんどののりみちこう》に対《たい》してさえ遠慮《えんりょ》して、おそばに寄《よ》って拝顔《はいがん》なさることもできないしまつですよ。

❖四《し》条大納《でうだいな》言《ごん》(公任《きんたう》)の、かく何事《なにごと》もすぐれめでたくおはしますを、大入道殿《おほにふだうどの》(兼家《かねいへ》)、「いかでかかからむ。羨《うらや》ましくもあるかな。我《わ》が子《こ》どもの、影《かげ》だに踏《ふ》むべくもあらぬこそ口惜《くちを》しけれ」と申《まう》させ給《たま》ひければ、中関白殿《なかのくわんぱくどの》(道隆《みちたか》)・粟田《あはた》殿《どの》(道《みち》兼《かね》)などは、げにさもとやおぼすらむと、恥《は》づかしげなる御気色《みけしき》にて、ものものたまはぬに、この入道殿《にふだうどの》は、いと若《わか》くおはします御身《おほんみ》にて、(道長《みちなが》)「影《かげ》をば踏《ふ》まで、面《つら》をやは踏《ふ》まぬ」とこそ仰《おほ》せられけれ。まことにこそさおはしますめれ。内大臣殿《ないだいじんどの》(教通《のりみち》)をだに、近《ちか》くてえ見奉《みたてまつ》り給《たま》はぬよ。

＊兼家は、「影を踏む」を、能力が追いつく意で使った。それを道長は、足で影を踏む意に戻し、次いで影からさらに顔を踏みつける意に引き込み、その上で面目《めんぼく》をつぶす意に決めるという返し技をみせた。これが話の妙味《みようみ》になっている。

公任が羽振りを利《き》かした時期から推定すると、道長と二人は十五歳ほどらしい。兄の道隆はその十三歳上、道兼は五歳上という。すでに大胆不敵《だいたんふてき》な物言いは兄を超える。

## ◆五月雨《さみだれ》の夜《よ》の肝試《きもだめ》し

道長公《みちながこう》のように将来《しようらい》、大政治家《だいせいじか》になるような人物《じんぶつ》は、若《わか》いころから心魂《しんこん》

(胆力《たんりょく》)が強《つよ》く、神仏《しんぶつ》の加護《かご》も厚《あつ》いように思《おも》われますなあ。それは花山院《かざんいん》が天皇《てんのう》でいらっしゃった御代《みよ》のこと、五月下旬《ごがつげじゅん》の月《つき》のない晩《ばん》で、梅雨《つゆ》も明《あ》けたというのに、とても無気味《ぶきみ》な感《かん》じに激《はげ》しく雨《あめ》の降《ふ》る夜《よ》でした。

天皇《てんのう》は、何《なに》かもの足《た》らず、さびしいとお思《おも》いになられたのでしょうか。殿上《てんじょう》の間《ま》にお越《こ》しになられ、殿上人《てんじょうびと》たちと楽器《がっき》の演奏《えんそう》などを楽《たの》しんでおられました。やがて、人々《ひとびと》がいろいろなお話《はなし》を披露《ひろう》なさるうちに、昔《むかし》の怖《こわ》い怪談《かいだん》などに、話《はなし》が移《うつ》っていきました。その時《とき》、天皇《てんのう》が、「今夜《こんや》は特《とく》に、ひどく気味《きみ》の悪《わる》い晩《ばん》のような気《き》がする。こんなに大勢《おおぜい》、人《ひと》がいてさえ無気味《ぶきみ》な感《かん》じがする。まして人気《ひとけ》のない遠《とお》い所《ところ》なんか、どんなに気味悪《きみわる》いだろう。そんな所《ところ》に、独《ひと》りで行《い》けるか」とお尋《たず》ねになりました。すると、どなたもが「出《で》かけるのはとても無理《むり》でしょう」とお断《ことわ》りする中《なか》で、道長公《みちながこう》だけは「どこへでも行《い》って参《まい》りますよ」と、お引《ひ》き受《う》けなさったのです。

花山天皇《かざんてんのう》は物好《ものず》きなところのおありになる天皇《てんのう》でしたから、「これはおもしろいことだ。それなら行《い》って来《こ》い。道隆《みちたか》は豊楽院《ぶらくいん》、道兼《みちかね》は仁寿殿《じじゅうでん》の塗《ぬり》籠《ごめ》、道長《みちなが》は大極殿《だいごくでん》へ、それぞれ行《い》って来《こ》い」と、喜《よろこ》んでお命《めい》じになりました。お三方《さんかた》以外《いがい》の他《た》の殿方《とのがた》は、道長殿《みちながどの》はまずいことを申《もう》し上《あ》げてしまったもんだなあ、と心《こころ》の中《なか》で呟《つぶや》いている。いっぽう、御命令《ごめいれい》を承《うけたまわ》ったお二方《ふたかた》（道隆《みちたか》・道兼《みちかね》）は、顔色《かおいろ》が変《か》わってしまい、とんでもないことになった、と弱《よわ》り切《き》っておりました。

ところが、道長公《みちながこう》だけは、まったく顔色《かおいろ》を変《か》えず、「私個人《わたしこじん》の従者《じゅうしゃ》を連《つ》れて行《ゆ》くのは止《よ》します。私情《しじょう》がからむといけませんから。代《か》わりに、この近衛《このえ》の陣《じん》の吉上《きちじょう》でも、滝口《たきぐち》でもけっこう

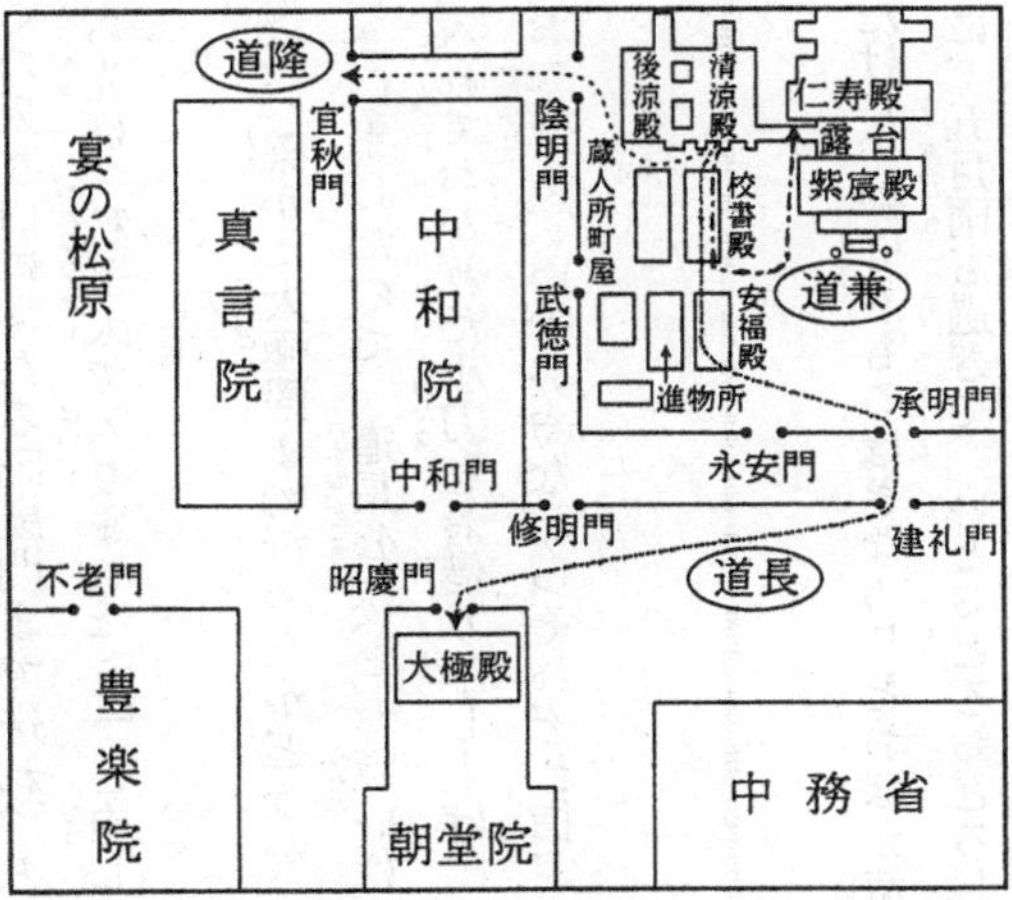

ですから、だれか一人《ひとり》に、『大極殿《だいごくでん》の入《い》り口《ぐち》にあたる昭慶門《しょうけいもん》まで送《おく》れ』と御命令《ごめいれい》をお出《だ》しください。それから先《さき》は、私一人《わたしひとり》で入《はい》りましょう」と申《もう》し上《あ》げなさいました。

ところが、天皇《てんのう》は、「それだけでは、確《たし》かに大極殿《だいごくでん》まで行《い》ったかどうか、証拠《しょうこ》がないではないか」とおっしゃいましたので、道長公《みちながこう》は、「お疑《うたが》いはごもっとも」と、天皇《てんのう》がお手箱《てばこ》に入《い》れておかれた小刀《こがたな》をお借《か》り申《もう》し上《あ》げて、大極殿《だいごくでん》に出発《しゅっぱつ》されたのです。もうお二方《ふたかた》も、いやいやながらそれぞれ指定《してい》の場所《ばしょ》に向《む》かわれました。

❖さるべき人《ひと》は、とうより御心《みこころ》魂《だましひ》のたけく、御守《おほんまも》りもこはきなめりとおぼえ侍《はべ》るは、花山院《くわさんゐん》の御時《おほんとき》に、五月《さつき》しもつやみに、五月雨《さみだれ》も過《す》ぎて、いとおどろおどろしくかきたれ雨《あめ》の降《ふ》る夜《よ》、帝《みかど》（花山《くわさん》）さうざうしくやおぼしめしけむ、殿上《てんじやう》に出《い》でさせおはしまして、遊《あそ》びおはしましけるに、人々物語《ひとびとものがたり》など申《まう》し給《たま》ひて、昔《むかし》おそろしかりける事《こと》どもなどに申《まう》しなり給《たま》へるに、(花山《くわさん》)「今宵《こよひ》こそいとむづかしげなる夜《よ》なめれ。かく人《ひと》がちなるにだに、けしきおぼゆ。まして、もの離《はな》れたる所《ところ》などいかならむ。さあらむ所《ところ》に、一人往《ひとりい》なむや」と仰《おほ》せられけるに、(人々《ひとびと》)「えまからじ」とのみ申《まう》し給《たま》ひけるを、入道殿《にふだうどの》は、「いづくなりともまかりなむ」と申《まう》し給《たま》ひければ、さる所《ところ》おはします帝《みかど》にて、(花山《くわさん》)「いと興《きよう》あることなり。さらば行《ゆ》け。道隆《みちたか》は豊楽《ぶらく》院《ゐん》、道兼《みちかね》は仁寿殿《じじゆうでん》の塗籠《ぬりごめ》、道長《みちなが》は大極殿《だいこくでん》へ行《ゆ》け」と仰《おほ》せられければ、よその君達《きんだち》は、便《びん》なきことをも奏《そう》してけるかなと思《おも》ふ。また、承《うけたまは》らせ給《たま》へる殿《との》ばらは、御気色《みけしき》かはりて、益《やく》なしとおぼしたるに、入道殿《にふだうどの》は、つゆさる御気色《みけしき》もなくて、(道長《みちなが》)「私《わたくし》の従者《ずさ》をば具《ぐ》しさぶらはじ。この陣《ぢん》の吉上《きちじやう》まれ、滝口《たきぐち》まれ、一人《ひとり》を『昭慶門《せうけいもん》まで送《おく》れ』と仰《おほ》せ言《ごと》たべ。それより内《うち》には一人入《ひとりい》り侍《はべ》らむ」と申《まう》し給《たま》へば、(花山《くわさん》)「証《そう》なきこと」と仰《おほ》せらるるに、(道長《みちなが》)「げに」とて、御手箱《おほんてばこ》におかせ給《たま》へる小刀《こがたな》申《まう》して立《た》ち給《たま》ひぬ。今二所《いまふたところ》も、にがむにがむ各々《おのおの》おはさうじぬ。

＊闇夜《やみよ》、ざあざあ、じとじと……これだけ道具立てが揃《そろ》えば、あとは妖怪変化《ようかいへんげ》の登

場を待つばかりだ。闇は、ほんらい「止み《や》」であり、あらゆる活動が停止する、いや、させられる空間であり、いかなる微光《びこう》も存在しない。闇が恐ろしいのは、目に見えないからだけではなく、光を拒絶する別の生命体を感知するからである。

街灯《がいとう》もネオンもない平安京は、怪奇《かいき》スポットだらけだった。もちろん大内裏《だいだいり》も内裏もそうだった。その中から、極《きわ》めつけのスポット三つ——豊楽院《ぶらくいん》、仁寿殿《じじゆうでん》の塗籠《ぬりごめ》、大《だい》極殿《ごくでん》を、好奇心旺盛《こうきしんおうせい》な花山天皇は、肝試しの場所として選んだ。

出発に際して道長が天皇から小刀《こがたな》を借り受ける理由は、わざと後回しにして、聞き手の興味を掻《か》きたてている。いや、実は、花山天皇に対する道長の屈折《くっせつ》した感情——一種の反感を伝える効果をねらったのだ。

### ◆大極殿《だいごくでん》の柱《はしら》を削《けず》る

宿直《しゆくちょく》の役人《やくにん》が「子《ね》の四刻《しこく》（零時半《れいじはん》）」と時刻《じこく》を知《し》らせる声《こえ》を聞《き》いてから、天皇《てんのう》がこの話《はなし》を持《も》ち出《だ》して、あれこれ案《あん》を練《ね》っているうちに、出発時間《しゆつぱつじかん》は丑《うし》の刻《こく》（午前二時《ごぜんにじ》）ほどになってしまったようです。その上《うえ》、天皇《てんのう》は、

「道隆《みちたか》は右衛門《うえもん》の陣《じん》（宜秋門《ぎしゅうもん》）から出《で》よ。道長《みちなが》は承明門《しょうめいもん》から出《で》よ」と道順《みちじゅん》までも別々《べつべつ》に指定《してい》なさったので、御指示《ごしじ》どおりに、そろってご出発《しゅっぱつ》なさいました。

道隆公《みちたかこう》は、右衛門《うえもん》の陣《じん》までは我慢《がまん》していらっしゃいましたが、宴《えん》の松原《まつばら》あたりで、何《なん》とも異様《いよう》なものどもの声《こえ》が聞《き》こえてきたので、恐怖《きょうふ》のあまり前《まえ》へ進《すす》めず、そのままお戻《もど》りになりました。道兼公《みちかねこう》は、露台《ろだい》の外《そと》までぶるぶる震《ふる》えながら進《すす》みましたが、仁寿殿《じじゅうでん》の東側《ひがしがわ》の石畳《いしだたみ》のあたりに、御殿《ごてん》の軒《のき》の高《たか》さと同《おな》じくらいの巨人《きょじん》が立《た》っているように見《み》えたので、頭《あたま》の中《なか》が真《ま》っ白《しろ》になってしまい、「この命《いのち》があってこそ、勅命《ちょくめい》もお受《う》けできようというもの。ここで殺《ころ》されてしまったら、御奉公《ごほうこう》もできなくなってしまう」と理《り》屈《くつ》をこねて逃《に》げ帰《かえ》られました。このように、お二人《ふたり》とも清涼殿《せいりょうでん》に戻《もど》って参《まい》りましたので、天皇《てんのう》は扇《おうぎ》で手《て》をたたいて、大笑《おおわら》いなさいました。

いっぽう、道長公《みちながこう》は、ずいぶん経《た》つのに姿《すがた》をお見《み》せになりません。どうしたのだろうか、と御心配《ごしんぱい》なさっていたところに、平然《へいぜん》と何事《なにごと》もなかったような顔《かお》つきで戻《もど》って参《まい》りました。「どうだった。どうだった」と天皇《てんのう》が催促《さいそく》なさると、悠然《ゆうぜん》と落《お》ち着《つ》き払《はら》って、お借《か》りした小刀《こがたな》にそれで削《けず》り取《と》ったものを添《そ》えて、天皇《てんのう》にお返《かえ》しなさいました。「これはいったい何《なに》か」と不審《ふしん》がると、道長公《みちながこう》は、「手《て》ぶらで戻《もど》って参《まい》りましたら、何《なん》の証拠《しょうこ》もないと取《と》られかねないので、高御座《たかみくら》（天皇《てんのう》の玉座《ぎょくざ》）の南側《みなみがわ》の柱《はしら》の下《した》を削《けず》って持《も》ち帰《かえ》ったのです」と、けろりとした態度《たいど》で御返事《ごへんじ》なさいました。天皇《てんのう》はあまりの豪胆《ごうたん》さに驚《おどろ》きあきれて、返《かえ》すお言葉《ことば》もありませんでした。

かたや、もうお二方《ふたかた》の顔色《かおいろ》は、今《いま》もなお青《あお》ざめたままでした。道長公《みちながこう》が天皇《てんのう》の御命令《ごめいれい》を果《は》たしてお帰《かえ》りになったことを、天皇《てんのう》をはじめとして満座《まんざ》の人々《ひとびと》が絶讃《ぜっさん》なさるのが、お二方《ふたかた》には羨《うらや》ましいのか、それともどんなお気《き》持《も》ちなのか、むっつりと押《お》し黙《だま》っておられました。

高御座

それでもやはり、天皇《てんのう》はまだ完全《かんぜん》に信用《しんよう》なさってはいませんでした。翌朝《よくあさ》、「蔵人《くろうど》（秘書官《ひしょかん》）をやって、削《けず》り跡《あと》に削《けず》り屑《くず》をあてがわせてみよ」とお命《めい》じになりました。そこで、蔵人《くろうど》は削《けず》り屑《くず》を持《も》って、大極殿《だいごくでん》の柱《はしら》の削《けず》り跡《あと》にあてがってみましたところ、ぴったり合《あ》ったそうです。削《けず》り跡《あと》は現在《げんざい》もはっきり残《のこ》っているようです。時代《じだい》が下《くだ》っても、それを見《み》た人《ひと》は、何《なん》といっても驚《おどろ》きあきれたことだと口《くち》を揃《そろ》えたものですよ。

❖「子四《ねよ》つ」と奏《そう》して、かく仰《おほ》せられ議《ぎ》するほどに、丑《うし》にもなりにけむ。（花山《くわさん》）「道隆《みちたか》は右衛門《うゑもん》の陣《ぢん》より出《い》でよ。道長《みちなが》は承明門《しょうめいもん》より出《い》でよ」と、それをさへ分《わ》かたせ給《たま》へば、しかおはしましあへるに、中関白殿《なかのくわんぱくどの》（道隆《みちたか》）、陣《ぢん》まで念《ねん》じておはしましたるに、宴《えん》の松原《まつばら》のほどに、そのものともなき声《こゑ》どもの聞《き》こゆるに、術《ずち》なくて帰《かへ》り給《たま》ふ。粟田殿《あはたどの》（道兼《みちかね》）は、露台《ろだい》の外《と》までわななくわななくおはしたるに、仁寿殿《じゆうでん》の東面《ひんがしおもて》の砌《みぎり》のほどに、軒《のき》と等《ひと》しき人《ひと》のあるやうに見《み》え給《たま》ひければ、ものもおぼえで、「身《み》のさぶらはばこそ、仰《おほ》せ言《ごと》も承《うけたまは》らめ」とて、各々《おのおの》立《た》ち帰《かへ》り参《まゐ》り給《たま》へれば、御扇《おほんあふぎ》をたたきて笑《わら》はせ給《たま》ふに、入道殿《にふだうどの》はいと久《ひさ》しく見《み》えさせ給《たま》はぬを、いかがとおぼしめすほどにぞ、いとさりげなく、ことにもあらずげにて参《まゐ》らせ給《たま》へる。(花山《くわさん》)「いかにいかに」と問《と》はせ給《たま》へば、いとのどやかに、御刀《おほんかたな》に、削《けづ》られたる物《もの》を取《と》り具《ぐ》して奉《たてまつ》らせ給《たま》ふに、(花山《くわさん》)「こは何《なに》ぞ」と仰《おほ》せらるれば、(道長《みちなが》)「ただにて帰《かへ》り参《まゐ》りて侍《はべ》らむは、証《そう》さぶらふまじきにより、高御座《たかみくら》の南面《みなみおもて》の柱《はしら》のもとを、削《けづ》りてさぶらふなり」と、つれなく申《まう》し給《たま》ふに、いとあさましくおぼしめさる。こと殿《との》達《たち》の御気色《みけしき》は、いかにもなほなほらで、この殿《との》のかくて参《まゐ》り給《たま》へるを、帝《みかど》よりはじめ、感《かん》じののしられ給《たま》へど、羨《うらや》ましきにや、またいかなるにか、ものも言《い》はでぞさぶらひ給《たま》ひける。なほ、疑《うたが》はしくおぼしめされければ、つとめて、(花山《くわさん》)「蔵人《くらうど》して、削《けづ》り屑《くづ》をつがはしてみよ」と仰《おほ》せ言《ごと》ありければ、持《も》ていきて押《お》しつけて見《み》給《たま》ひけるに、つゆたがはざりけり。その削《けづ》り跡《あと》は、いとけざやかにて侍《はべ》めり。末《すゑ》の世《よ》にも、見《み》る人《ひと》はなほあさましきことにぞ申《まう》ししかし。

＊天皇から借りた小刀は、大極殿に入った証拠に柱を削《けず》るためのものだった。削り屑《くず》を見た天皇は、非常に「あさましく」お思いになられた。後世、その削り跡を見た人々も「あさましきこと」と口を揃《そろ》えた。道長の行動を評するのに、君臣ともども「あさまし」を用いている。「あさまし」には、たんなる驚嘆ではなく、畏怖《いふ》の感情が込められている。上下を問わず誰《だれ》もが、道長に畏怖の念を覚えたのだ。

王権を象徴する大極殿の柱を削る道長の大胆不敵《だいたんふてき》。そこには、王威《おうい》を恐れぬ道長の大和魂《やまとだましい》がある。これこそが道長を天下人《てんかびと》に押し上げたのである。

高御座《たかみくら》は天皇専用の特別な座席。玉座《ぎょくざ》。平安京では大極殿や紫宸殿《ししんでん》に設けられたが、現在は京都御所の紫宸殿に置かれ、即《そく》位《い》の大礼《たいれい》に使用される。外見が神輿《みこし》型の特徴をもち、黒塗り三壇の上に八角形の屋形《やかた》を載せ、鳳凰《ほうおう》などの飾りを施す。

平安神宮大極殿

## ◈道長《みちなが》、兄道隆邸《あにみちたかてい》で甥《おい》の伊周《これちか》と競射《きょうしゃ》、完勝《かんしょう》する――太政大臣道長《だいじょうだいじんみちなが》

帥殿伊周公《そちどのこれちかこう》が、南《みなみ》の院《いん》（父道隆《ちちみちたか》の邸《やしき》）に大勢《おおぜい》の客を招待《しょうたい》して、弓《ゆみ》の競《きょう》射《しゃ》を催《もよお》しなさった時《とき》、招《まね》かざるこの殿道長公《とのみちながこう》がお見《み》えになりました。お誘《さそ》いしていないのに変《へん》だと、中《なか》の関白殿道隆公《かんぱくどのみちたかこう》はびっくりされましたが、素《そ》振《ぶ》りにも出《だ》さず、道長公《みちながこう》の機嫌《きげん》を損《そこ》ねないように、それは丁寧《ていねい》にもてなして差《さ》し上《あ》げました。

当時《とうじ》の道長公《みちながこう》は、伊周公《これちかこう》よりも官位《かんい》が低《ひく》くていらっしゃったが、競射《きょうしゃ》の順番《じゅんばん》を伊周公《これちかこう》よりも先《さき》にして、射《い》させて差《さ》し上《あ》げなさったところ、伊周公《これちかこう》の当《あ》たった矢《や》の数《かず》が二本《にほん》だけ負《ま》けてしまわれました。道隆公《みちたかこう》も、御前《ごぜん》にお集《あつ》まりの方々《かたがた》も、伊周公《これちかこう》を勝《か》たせようとして、「あと二回《にかい》だけ延長《えんちょう》なさいませ」とお勧《すす》めしたので、伊周公《これちかこう》は延長戦《えんちょうせん》を提唱《ていしょう》なさいました。それを不《ふ》愉快《ゆかい》にお思《おも》いになった道長公《みちながこう》でしたが、「それなら延長《えんちょう》なさい」と言《い》って

応《おう》じられました。

そして、再《ふたた》び的《まと》に向《む》かって矢《や》をつがえると、「この道長《みちなが》の家《いえ》から、将来《しょうらい》天皇《てんのう》・皇后《こうごう》がお立《た》ちになる運勢《うんせい》ならば、この矢《や》よ、当《あ》たれ」と言《い》い放《はな》って矢《や》を放《はな》つと、当《あ》たるも当《あ》たったり、的《まと》のど真《ま》ん中《なか》をぶち抜《ぬ》いたじゃありませんか。

さて、次《つぎ》に伊周公《これちかこう》が射《い》られましたが、すっかり気圧《けお》されてしまい、手《て》が震《ふる》えるせいか、矢《や》は外《はず》れも外《はず》れたり、的《まと》の近《ちか》くにさえ寄《よ》らず、まったくの方角違《ほうがくちが》いに飛《と》んでいったので、道隆公《みちたかこう》は真《ま》っ青《さお》になってしまいました。

また、道長公《みちながこう》の出番《でばん》になりまして、「この私《わたし》が摂政《せっしょう》・関白《かんぱく》に立《た》つ運勢《うんせい》ならば、この矢《や》よ、当《あ》たれ」と言《い》い放《はな》って矢《や》を放《はな》つと、さっきの矢《や》と同《おな》じく、しかも的《まと》が割《わ》れるほどの勢《いきお》いで、ど真《ま》ん中《なか》を射抜《いぬ》かれたのです。

こうなった今《いま》、突然《とつぜん》の道長公《みちながこう》の来訪《らいほう》に気《き》をよくし、丁重《ていちょう》におもてなしし、御機嫌《ごきげん》を取《と》って差《さ》し上《あ》げた道隆公《みちたかこう》はすっかり御機嫌《ごきげん》を損《そこ》ね、気《き》まずい雰囲気《ふんいき》になってしまいました。父大臣《ちちだいじん》の道隆公《みちたかこう》は御子息《ごしそく》の伊周公《これちかこう》に、「何《なん》で射《い》るんだ。無駄《むだ》だから、射《い》るな、射《い》るな」とお止《と》めになったものですから、座《ざ》は完全《かんぜん》に白《しら》けてしまいました。

道長公《みちながこう》は、弓矢《ゆみや》をもとの場所《ばしょ》に返《かえ》すと、さっさとお帰《かえ》りになりました。その当時《とうじ》は左京大夫《さきようのだいぶ》（左京《さきよう》の行政長官《ぎようせいちようかん》）の職《しよく》にありました。弓矢《ゆみや》が非常《ひじよう》にお上手《じようず》で、しかも御熱心《ごねつしん》でいらっしゃったのです。

❖帥殿《そちどの》（伊周《これちか》）の、南院《みなみのゐん》にて、人々集《ひとびとあつ》めて弓《ゆみ》あそばししに、この殿渡《とのわた》らせ給《たま》へれば、思《おも》ひがけずあやしと、中関白殿《なかのくわんぱくどの》（道隆《みちたか》）おぼし驚《おどろ》きて、いみじう饗応《きやうおう》し申《まう》させ給《たま》うて、下臈《げらふ》におはしませど、前《まへ》に立《た》て奉《たてまつ》りて、まづ射《い》させ奉《たてまつ》らせ給《たま》ひけるに、帥《そち》殿《どの》の矢数《やかず》、今二《いまふた》つ劣《おと》り給《たま》ひぬ。中関白殿《なかのくわんぱくどの》、また御前《おまへ》にさぶらふ人々《ひとびと》も、「今二度《いまにど》延《の》べさせ給《たま》へ」と申《まう》して、延《の》べさせ給《たま》ひけるを、安《やす》からずおぼしなりて、（道長《みちなが》）「さらば、延《の》べさせ給《たま》へ」と仰《おほ》せられて、また射《い》させ給《たま》ふとて、仰《おほ》せらるるやう、（道長《みちなが》）「道長《みちなが》が家《いへ》より帝《みかど》・后《きさき》立《た》ち給《たま》ふべきものならば、この矢当《やあ》たれ」と仰《おほ》せらるるに、同《おな》じものを、中心《なから》に当《あ》たるものかは。次《つぎ》に帥殿射《そちどのい》給《たま》ふに、いみじう臆《おく》し給《たま》ひて、御手《おほんて》もわななく故《け》にや、的《まと》のあたりにだに近《ちか》く寄《よ》らず、無辺世界《むへんせかい》を射《い》給《たま》へるに、関白殿色青《くわんぱくどのいろあを》くなりぬ。また、入道殿射《にふだうどのい》給《たま》ふとて、（道長《みちなが》）「摂政《せつしやう》・関白《くわんぱく》すべきものならば、この矢当《やあ》たれ」と仰《おほ》せらるるに、はじめの同《おな》じやうに、的《まと》の破《やぶ》るばかり同《おな》じ所《ところ》に射《い》させ給《たま》ひつ。饗《きやう》応《おう》し、もてはやしきこえさせ給《たま》ひつる興《きよう》も醒《さ》めて、事苦《ことにが》くなりぬ。父《ちち》おとど、帥殿《そちどの》に、（道隆《みちたか》）「何《なに》か射《い》る。な射《い》そ、な射《い》そ」と制《せい》し給《たま》ひて、事醒《ことさ》めにけり。入道殿《にふだうどの》、矢戻《やもど》して、やがて出《い》でさせ給《たま》ひぬ。その折《をり》は左京大夫《さきやうのだいぶ》とぞ申《まう》しし。弓《ゆみ》をいみじく射《い》させ給《たま》ひしなり。また、いみじく好《この》ませ給《たま》ひしなり。

✲弓射《きゆうしや》が得意《とくい》な道長は、たんなる青白き貴公子《きこうし》ではない。貴族だとて、その祖先は武技を磨いて戦場を馳《は》せた歴史がある。かといって、武士のように殺戮《さつりく》を目的として修練を積むわけでもない。ましてやゴルフ・コンペのたぐいではない。

弓射の源流は、的中《てきちゅう》のいかんによって神意《しんい》を占《うらな》うことにあった。神意に適《かな》った政治を行えば、命中によって神が為政者《いせいしゃ》を容認するのである。偉大な指導者には弓射の得意な人物が少なくない。あの釈迦《しゃか》も聖徳太子《しょうとくたいし》も、百発百中の腕前《うでまえ》だったという。

ここは、招待状なしで政敵の邸に堂々と乗り込み、自家の未来の繁栄《はんえい》を公然と予告する道長の剛胆《ごうたん》を、神が容認した話である。

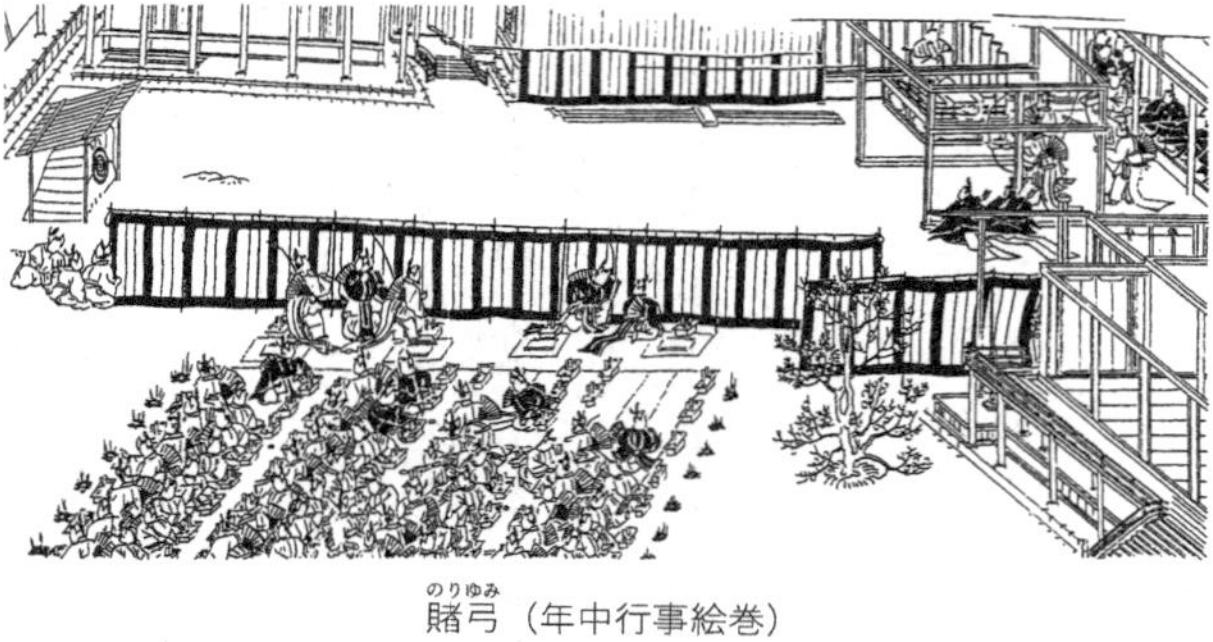

賭弓《のりゆみ》（年中行事絵巻）

## ◇道長《みちなが》、姉詮子《あねせんし》の工作《こうさく》により内覧《ないらん》の宣旨《せんじ》を受《う》ける

――太政大臣道長《だいじょうだいじんみちなが》

### ◆関白位《かんぱくい》を巡《めぐ》る兄弟争《きょうだいあらそ》い

女院詮子様《にょういんせんしさま》（道長《みちなが》の姉《あね》）は、入道殿道長公《にゅうどうどのみちながこう》に対《たい》し、他《た》のご兄弟《きょうだい》（道隆《みちたか》・道兼《みちかね》・道綱《みちつな》）とは違《ちが》って特別《とくべつ》に目《め》をかけ、非常《ひじょう》によく面倒《めんどう》をみて差《さ》し上《あ》げなさいました。そのため、政敵《せいてき》でありました帥殿伊周公《そちどのこれちかこう》（道隆《みちたか》の子《こ》）は、この女院《にょういん》には冷淡《れいたん》な態度《たいど》をおとりになっていました。

ところが、一条天皇《いちじょうてんのう》（母《はは》は詮子《せんし》）は皇后宮定子様《こうごうぐうていしさま》（伊周《これちか》の妹《いもうと》）を心《こころ》から御寵愛《ごちょうあい》なさっておられまして、その兄《あに》にあたる縁続《えんつづ》きということで、伊周《これちか》公《こう》は一日中《いちにちじゅう》、天皇《てんのう》の御前《ごぜん》でお仕《つか》えいたしておりました。そこで、どうしても、道長公《みちながこう》のことはもちろんですが、女院《にょういん》のことをも、何《なに》かにつけて天皇《てんのう》に中傷《ちゅうしょう》なさるようになりました。それを、女院《にょういん》のほうも自然《しぜん》とお気《き》づきに

なっておられたのでございましょう、御自分《ごじぶん》の真意《しんい》がまるで伝《つた》わらないと、御不満《ごふまん》にお思《おも》いになったのは、無理《むり》もないことですよ。

こうした事情《じじょう》があって、道長公《みちながこう》が粟田殿道兼公《あわたどのみちかねこう》の後《あと》を継《つ》いで、関白《かんぱく》となって政治《せいじ》をお執《と》りになることを、天皇《てんのう》はなかなかお許《ゆる》しになりませんでした。しかし、御裁可《ごさいか》にならない深《ふか》い理由《りゆう》は、別《べつ》にございました。それは、御寵愛《ごちょうあい》の皇后宮《こうごうぐう》が、父大臣道隆公《ちちだいじんみちたかこう》のお亡《な》くなりになった今《いま》、御自分《ごじぶん》の境遇《きょうぐう》に対《たい》して、お気持《きも》ちが急《きゅう》に変《か》わって、落《お》ち込《こ》まれるのではないかと、天皇《てんのう》が深《ふか》く御憂慮《ごゆうりょ》なさっていたからなのです。

そんなわけで、父大臣道隆公《ちちだいじんみちたかこうな》亡き後《あと》、嫡男《ちゃくなん》の伊周公《これちかこう》（定子《ていし》の兄《あに》）を抑《おさ》えて、道兼公《みちかねこう》が関白《かんぱく》におなりになる時《とき》、すぐさま道兼公《みちかねこう》に関白《かんぱく》の宣旨《せんじ》（御命《ごめい》令《れい》）をお下《くだ》しになったでしょうか、お下《くだ》しにはなりませんでした。ですから今《いま》また、その道兼公《みちかねこう》が亡《な》くなっても、道長公《みちながこう》にすぐさま宣旨《せんじ》の下《くだ》るはずはなかったのです。

❖女院《にようゐん》（詮子《せんし》）は、入道殿《にふだうどの》をとりわき奉《たてまつ》らせ給《たま》ひて、いみじう思《おも》ひ申《まう》させ給《たま》へりしかば、帥殿《そちどの》はうとうとしくもてなさせ給《たま》へりけり。帝《みかど》（一条《いちでう》）、皇后宮《くわうごうのみや》（定子《ていし》）をねむごろに時《とき》めかさせ給《たま》ふゆかりに、帥殿《そちどの》は、あけくれ御前《おまへ》にさぶらはせ給《たま》ひて、入道殿《にふだうどの》をばさらにも申《まう》さず、女院《にようゐん》をもよからず、事《こと》にふれて申《まう》させ給《たま》ふを、おのづから心得《こころえ》やせさせ給《たま》ひけむ、いと本意《ほい》なきことにおぼしめしける、ことわりなりな。入道殿《にふだうどの》の世《よ》をしらせ給《たま》はむことを、帝《みかど》いみじうしぶらせ給《たま》ひけり。皇后宮《くわうごうのみや》、父《ちち》おど（道隆《みちたか》）おはしまさで、世《よ》の中《なか》をひきかはらせ給《たま》はむことを、いと心苦《こころぐる》しうおぼしめして、粟田殿《あはたどの》（道兼《みちかね》）にも、とみにやは宣旨《せんじ》下《くだ》させ給《たま》ひし。

◆姉《あね》の女院《にょういん》、天皇《てんのう》に直訴《じきそ》

それでも、女院詮子様《にょういんせんしさま》は、関白職《かんぱくしょく》には兄弟順《きょうだいじゅん》を守《まも》って任《にん》ずべきだという、道理《どうり》にこだわったお考《かんが》えを変《か》えず、しかも伊周公《これちかこう》を嫌《きら》っておられましたから、当然《とうぜん》、天皇《てんのう》は道長公《みちながこう》に宣旨《せんじ》を下《くだ》すことに、難色《なんしょく》をお示《しめ》しになったのです。それなのに、女院《にょういん》は、「どうしてそのようなお考《かんが》えに立《た》っておっしゃられるのですか。道長《みちなが》が伊周《これちか》に先《さき》に大臣《だいじん》になられたのさえ、とてもかわいそうでなりませんでしたのに。あの人事《じんじ》は親《おや》の父大臣《ちちだいじん》が強引《ごういん》に行《おこな》ったものですから、陛下《へいか》としても否認《ひにん》なさることができなかったのは、よくわかります。しかし、道兼公《みちかねこう》には宣旨《せんじ》を下《くだ》されながら、この道長《みちなが》に下《くだ》されないとしたら、道長《みちなが》がかわいそうというよりも、そんな道理《どうり》に合《あ》わない裁決《さいけつ》をなさることで、陛下《へいか》の御《おん》ためには、非常《ひじょう》に具合《ぐあい》の悪《わる》い噂《うわさ》が世間《せけん》に流《なが》れるおそれがございますよ」などと、語気《ごき》鋭《するど》く意見《いけん》を説《と》かれたので、天皇《てんのう》はやっかいなことになったと、気《き》が重《おも》くなられたのか、その後《ご》は女院《にょういん》のお部屋《へや》にお出《で》かけになりませんでした。

❖されど、女院《にようゐん》の、道理《だうり》のままの御事《おほんこと》をおぼしめし、また帥殿《そちどの》をばよからず思《おも》ひきこえさせ給《たま》ひければ、入道殿《にふだうどの》の御事《おほんこと》を、いみじうしぶらせ給《たま》ひけれど、

（詮子《せんし》）「いかでかくはおぼしめし仰《おほ》せらるるぞ。大臣越《だいじんこ》えられたることだに、いといとほしく侍《はべ》りしに、父《ちち》おとど（道隆《みちたか》）のあながちにし侍《はべ》りしことなれば、いなびさせ給《たま》はずなりにしにこそ侍《はべ》れ。粟田《あはた》のおとどにはせさせ給《たま》ひて、これにしも侍《はべ》らざらむは、いとほしさよりも、御為《おほんため》なむ、いと便《びん》なく、世《よ》の人《ひと》も言《い》ひなし侍《はべ》らむ」など、いみじう奏《そう》せさせ給《たま》ひければ、むづかしうやおぼしめしけむ、のちには渡《わた》せ給《たま》はざりけり。

＊「道理」は、『大鏡』全体で十一例にのぼる重要なキーワードである。作者の政治理念を貫く心棒《しんぼう》のような言葉だ。

◆姉《あね》の遺骨《いこつ》を首《くび》に掛《か》けて

天皇《てんのう》の御心《みこころ》をお察《さつ》しなさった女院詮子《にょういんせんし》様《さま》は、清涼殿《せいりょうでん》の御自分《ごじぶん》のお部屋《へや》（上《うえ》の御局《みつぼね》）にお入《はい》りになって、「こちらへ」とは天皇《てんのう》をお招《まね》きにならず、御自身《ごじしん》から天皇《てんのう》の御寝室《ごしんしつ》（夜《よる》の御殿《おとど》）に押《お》し掛《か》けて、泣《な》き落《お》としをなさったのです。ちょうどその日《ひ》は、道長公《みちながこう》がその女院《にょういん》のお部屋《へや》においででした。姉君《あねぎみ》の女院《にょういん》が、あまりに長《なが》い間戻《あいだもど》ってこないので、胸《むね》が痛《いた》くなるほど心配《しんぱい》なさっていましたが、だいぶ経《た》ってから、部屋《へや》の戸《と》を押《お》し開《あ》けて、女院《にょういん》が入《はい》っていらっしゃいました。そのお顔《かお》は、上気《じょうき》して赤《あか》く、しかも涙《なみだ》に濡《ぬ》れて、つやつやと光《ひか》ってお見《み》えになりました。それでも、お口元《くちもと》には会心《かいしん》の笑《え》みを浮《う》かべられて、「ああやっと、宣旨《せんじ》が下《くだ》りましたよ」と、弟君道長《おとうとぎみみちなが》公《こう》に喜《よろこ》びをお伝《つた》えになったのです。

この世《よ》のことは、ほんのささいなことでさえも、この現世《げんせ》だけではなく、前世《ぜんせ》の宿縁《しゅくえん》によるのだそうでございます。まして、執政《しっせい》の宣旨《せんじ》を賜《たまわ》るほどの重大《じゅうだい》な人事《じんじ》は、女院《にょういん》という一個人《いちこじん》が、どんな形《かたち》にせよ、心《こころ》に思《おも》い描《えが》きなさったことで決《き》まるはずのものではありません。しかし、こういう結果《けっか》は、ひとえに女院《にょういん》の御尽力《ごじんりょく》によるのですから、道長公《みちながこう》はどうして女院《にょういん》をおろそかにお思《おも》いなさることができましょうか、それはできません。道長公《みちながこう》が女《にょう》院《いん》の御恩《ごおん》に報《むく》いるのは当然《とうぜん》の道理《どうり》なのですが、その中《なか》で、道理《どうり》を超《こ》えた感謝《しゃ》の志《こころざし》をお示《しめ》しになられたことがございました。女院《にょういん》が亡《な》くなって、火《か》葬《そう》に付《ふ》した時《とき》、道長公《みちながこう》は女院《にょういん》の御遺骨《ごいこつ》までも首《くび》に掛《か》けて、葬儀《そうぎ》に奉仕《ほうし》なさったのでした。

❖されば、上《うへ》の御局《みつぼね》にのぼらせ給《たま》ひて、こなたへとは申《まう》させ給《たま》はで、我《われ》、夜《よる》の御《お》殿《とど》に入《い》らせ給《たま》ひて、泣《な》く泣《な》く申《まう》させ給《たま》ふ。その日《ひ》は、入道殿《にふだうどの》は、上《うへ》の御局《みつぼね》にさぶらはせ給《たま》ふ。いと久《ひさ》しく出《い》でさせ給《たま》はねば、御胸《おほんむね》つぶれさせたまけるほどに、とばかりありて、戸《と》を押《お》し開《あ》けて出《い》でさせ給《たま》ひける、御顔《おほんかほ》は赤《あか》み濡《ぬ》れつやめかせ給《たま》ひながら、御口《おほんくち》は快《こころよ》く笑《ゑ》ませ給《たま》ひて、(詮子《せんし》)「あはや、宣旨《せんじ》下《くだ》りぬ」とこそ申《まう》させ給《たま》ひけれ。いささかのことだに、この世《よ》ならず侍《はべ》るなれば、いはんや、かばかりの御有様《おほんありさま》は、人《ひと》のともかくもおぼしおかむによらせ給《たま》ふべきにもあらねども、いかでか院《ゐん》(詮子《せんし》)をおろかに思《おも》ひ申《まう》させ給《たま》はまし。その中《なか》にも、道理《だうり》すぎてこそは報《ほう》じ奉《たてまつ》り仕《つか》うまつらせ給《たま》ひしか。御骨《おほんほね》をさへこそはかけさせ給《たま》へりしか。

✲これは、安子《あんし》が村上《むらかみ》天皇を説得《せっとく》する場面（一三頁）に並ぶ『大鏡』のハイライトシーンである。二つの話には一世代の隔《へだ》たりがあり、安子と詮子は叔母《おば》と姪《めい》の間柄である。また、安子は村上天皇の皇后《こうごう》であるが、詮子は一条天皇の母后《ぼこう》である。ちょっと語弊《ごへい》はあるけれど、安子の猛妻《もうさい》に対して詮子の猛母《もうぼ》といった組み合わせになろうか。共通しているのは、二人とも実家の兄弟を非常にたいせつにすることだ。

そもそも摂関家《せっかんけ》のかなめにあるのは、后となった女性である。これだけの政治力を発揮《はっき》する女性が現れても不思議はない。後世になるが、あの平清盛《たいらのきよもり》の妻時子《ときこ》や、源《みなもとの》頼朝《よりとも》の妻政子《まさこ》などに匹敵《ひってき》する凄腕《すごうで》の女性政治家である。

ただ、いくら自分の子であろうと、天皇の寝室に押し入る詮子の強心臓ぶりには驚くしかない。一国の最高人事を家族会議で決定するようなものだ。しかも、説得を終えて、道長の前に現れた詮子の顔は、真っ赤に上気して官能的な満足感が広がっていた。——それにしても、道長は恵まれた女性運の男である。

**★道長・伊周――叔父《おじ》・甥《おい》の関白《かんぱく》争い**

長徳《ちょうとく》元年（九九五）四月、関白道隆《みちたか》が死んで、跡を継いだ弟道兼《みちかね》も翌月に、世にいう七日《なぬか》関白《かんぱく》の短期政権で倒れた。こうして道兼の後継候補は、道隆の子伊周と道隆の弟道長の二人に絞《しぼ》られた。時は一条天皇《いちじょうてんのう》の御代《みよ》のこと、伊周の妹は天皇御寵愛《ごちょうあい》の中宮定子《ちゅうぐうていし》、道長の姉は天皇の母后《ぼこう》の詮子《せんし》という関係にあった。

最終的に天皇は意思を曲げて、兄弟順という母の進言《しんげん》に従ったので、道長は内《ない》覧《らん》（関白相当）となった。翌年、伊周は自分の愛人（女三《おんなさん》の君《きみ》）のもとへ花山法《かざんほう》皇《おう》も通い始めたと勘違《かんちが》い（実は妹の四の君）して、弟の隆家に相談を持ちかけた。隆家はある夜、帰宅途中の法皇を、ただ脅《おど》すだけのつもりで馬上から射《い》て、矢は袖《そで》を貫《つらぬ》いた。さらに、詮子を呪詛《じゅそ》して病を重くしたという噂《うわさ》が立った。これらが災いして、伊周は大宰《だざい》の権帥《ごんのそち》に、隆家は出雲《いずも》の権守《ごんのかみ》に左遷《させん》され、ついに道長は政敵一族の排斥《はいせき》に成功し、最高位の左大臣に昇進する。

かくて道長の栄華の花は咲き始め、長保《ちょうほ》元年（九九九）には娘の彰子《しょうし》が一条天皇の女御《にょうご》にあがり、翌年には中宮の定子に皇后《こうごう》の称号を押しつけ、彰子を女御から中宮に引き上げた。中宮は皇后の別名で同格の職である。

## ◈翁《おきな》たち、庶民《しょみん》の生活《せいかつ》を守《まも》る道長政治《みちながせいじ》を絶讃《ぜっさん》する
――藤原氏《ふじわらし》の物語《ものがたり》

＊＊＊＊＊＊＊＊＊＊
道長《みちなが》の執政以前《しっせいいぜん》は、公権《こうけん》を笠《かさ》に着《き》た貴族《きぞく》の従者《じゅうしゃ》や下級官人《かきゅうかんじん》どもが、公的《こうてき》な行事《ぎょうじ》・祭礼《さいれい》などを口実《こうじつ》に、民百姓《たみひゃくしょう》から徴発《ちょうはつ》や収奪《しゅうだつ》を繰《く》り返《かえ》してきた。それが止《や》んだ今《いま》、盗難《とうなん》もなく戸締《とじ》まりの必要《ひつよう》もない平和《へいわ》な生活《せいかつ》を楽《たの》しんでいる。道長《みちなが》が法成寺《ほうじょうじ》の造営《ぞうえい》に多数《たすう》の人夫《にんぷ》を徴発《ちょうはつ》しているという噂《うわさ》だが、実際《じっさい》には、酒飯《しゅはん》はもちろん衣類《いるい》まで支給《しきゅう》するので、自分《じぶん》から志願《しがん》しているのだ。
＊＊＊＊＊＊＊＊＊＊

繁樹《しげき》が、「そう、それはそのとおりですよ。ただ、この爺《じい》（繁樹《しげき》）が思《おも》いついたやり方《かた》は、物《もの》に不自由《ふじゆう》しないためには、ずっと確《たし》かで、効果覿面《こうかてきめん》ですよ。私《わたし》はまだこうして長生《ながい》きしておりますが、これまで着《き》る物《もの》がぼろになって、みじめな思《おも》いをしたことはありません。また、飯《めし》や酒《さけ》に不自由《ふじゆう》したこともありません。しかし、もしこれら衣食《いしょく》に事欠《ことか》いて、お手上《てあ》げの

ような場合《ばあい》には、嘆願書用《たんがんしょよう》の紙三枚《かみさんまい》が手《て》に入《はい》れば、それでいいんです。理由《りゆう》は、入道殿下道長公《にゅうどうでんかみちながこう》にあてて嘆願書《たんがんしょ》を提出《ていしゅつ》するつもりだからなのです。その書類《しょるい》の書《か》き方《かた》は、『この爺《じい》は、故太政大臣《こだいじょうだいじん》貞信公殿下《ていしんこうでんか》忠平様《ただひらさま》に仕《つか》えた小舎人童《こどねりわらわ》（少年《しょうねん》の従者《じゅうしゃ》）であります。その童《わらわ》も、今《いま》や老齢《ろうれい》となり、生活《せいかつ》に窮《きゅう》しているしだいです。閣下《かっか》（道長《みちなが》）は、故貞信公殿下《こていしんこうでんか》の御子孫《ごしそん》（曾孫《ひまご》）でいらっしゃいますゆえ、故殿下《こでんか》と同《おな》じく、我《わ》が主君《しゅくん》と頼《たの》み仰《あお》ぎたてまつります。どうか、この哀《あわ》れな元従者《もとじゅうしゃ》にいささかの品《しな》をお恵《めぐ》みいただきとう存《ぞん》じます』と嘆願申《たんがんもう》し上《あ》げれば、少々《しょうしょう》の物《もの》くらいいただけないはずはないと思《おも》います。そうしますと、その嘆願書《たんがんしょ》は、案上《あんじょう》（机《つくえ》の上《うえ》）の書類《しょるい》でありながら、自分《じぶん》の物置《ものおき》にしまってある物品《ぶっぴん》と何《なん》ら変《か》わるところはないと、そう考《かんが》えておりますよ」と、得々《とくとく》として説明《せつめい》しますので、世継《よつぎ》はそれを受《う》けて、

「それは確《たし》かにそのとおり。私《わたし》も、もし暮《く》らしに困《こま》るようになった場合《ばあい》には、入道殿下《にゅうどうでんか》の御寺《おてら》（法成寺《ほうじょうじ》）に嘆願書《たんがんしょ》を差《さ》し上《あ》げることにしようと、そ

う愚妻《ぐさい》と話《はな》し合《あ》っているんですよ」と、二人《ふたり》はすっかり意気投合《いきとうごう》して、話《はなし》がはずんでいます。

❖(繁樹《しげき》)「しか、それさる事《こと》に侍《はべ》り。ただし翁《おきな》らが思《おも》ひ得《え》て侍《はべ》るやうは、いとたのもしきなり。翁《おきな》いまだ世《よ》に侍《はべ》るに、衣装《いしやう》破《や》れ、むづかしき目見《めみ》侍《はべ》らず。また、飯《いひ》・酒乏《さけとも》しき目見《めみ》侍《はべ》らず。もしこの事《こと》どもの、術《ずち》なからむ時《とき》は、紙三枚《かみみひら》をぞ求《もと》むべき。故《ゆゑ》は、入道殿下《にふだうでんか》(道長《みちなが》)の御前《おまへ》に、申文《まうしぶみ》を奉《たてまつ》るべきなり。その文《ふみ》に作《つく》るべきやうは、『翁《おきな》、故太政大臣《こだいじやうだいじんていしんこうでんか》貞信公殿下(忠平《ただひら》)の御時《おほんとき》の小舎人童《こどねりわらは》なり。それ多《おほ》くの年積《としつ》もりて、術《ずち》なくなりて侍《はべ》る。閣下《かふか》の君《きみ》、末《すゑ》の家《いへ》の子《こ》におはしませば、同《おな》じ君《きみ》と頼《たの》み仰《あふ》ぎ奉《たてまつ》る。物少《ものすこ》し恵《めぐ》み給《たま》はらむ』と申《まう》さむには、少々《せうせう》の物《もの》は賜《た》ばじやはと思《おも》へば、それは案《あん》の物《もの》にて、倉《くら》に置《お》きたるが如《ごと》くになむ思《おも》ひ侍《はべ》る」と言《い》へば、世継《よつぎ》、「それはげにさる事《こと》なり。家貧《いへひん》ならむ折《をり》は、御寺《みてら》に申文《まうしぶみ》を奉《たてまつ》らしめむとなむ、卑《いや》しき童部《わらんべ》とうち語《かた》らひ侍《はべ》る」と、同《おな》じ心《こころ》に言《い》ひ交《か》はす。

✻翁二人して道長様万歳《ばんざい》を唱《とな》えている。政治家の人気は、庶民の生活安定度で決まる。ここでも、盛んに衣食生活の好転を歌い上げて、道長政治を持ち上げる。だからといって、直接、政治家に嘆願書を差し出して、物乞《ものご》いするのはいかがなものか。その書式まで聴衆《ちょうしゅう》に伝授するとなると、古老の沽券《こけん》に関《かか》わるように思うのだが。もっとも落書《らくしょ》流行《ばや》りの世の中だから、電子メール並みの気安さがあるのかも。世継は、十も年上の老妻を「卑しき童部」などと侮辱《ぶじょく》しているが、何のことはない、いつの時代も変わらない男の虚勢《きょせい》であることは、次章で明らかになる。

## ◆世継《よつぎ》、理解《りかい》しながら妻《つま》の出家願望《しゅっけがんぼう》に落《お》ち込《こ》む――藤原氏《ふじわらし》の物語《ものがたり》

世継《よつぎ》が、「ところで、世間《せけん》の噂《うわさ》ですと、『大宮彰子様《おおみやしょうしさま》が仏門《ぶつもん》にお入《はい》りになって、上皇《じょうこう》のお位《くらい》に就《つ》かれ、女院《にょういん》とお呼《よ》びすることになられるようだ。その際《さい》、この法成寺《ほうじょうじ》に、戒《かい》を授《さず》ける戒壇《かいだん》をお建《た》てになって、御受戒《ごじゅかい》なさるそうだから、一般《いっぱん》の尼《あま》たちも法成寺《ほうじょうじ》にやってきて受戒《じゅかい》しそうなようすだ』といったぐあいで、大歓迎《だいかんげい》のようです。我《わ》が輩《はい》の妻《つま》なども、こういう噂《うわさ》を耳《みみ》にしまして、『私《わたし》も、せめてその機会《きかい》だけは逃《のが》さずに、この白髪《しらが》の先《さき》を切《き》り落《お》として、尼《あま》になるつもりでいます。止《と》めてもむだですよ』と、私《わたし》を説《と》き伏《ふ》せにかかりますから、『何《なん》で止《と》めるもんかい。ただし、おまえが出家《しゅっけ》したら、その後釜《あとがま》に、若《わか》い女《おんな》の子《こ》を探《さが》してきて、あてがってくれれば、それでいいんだよ』と反撃《はんげき》しますと、『じゃあ、私《わたし》の姪《めい》にあたる女《おんな》の子《こ》が一人《ひとり》おります。それに今《いま》から話《はなし》をつけておきましょう。赤《あか》の他人《たにん》を後釜《あとがま》に

迎《むか》えても、あなたのことをわかってくれないこともありますからね』と皮《ひ》肉《にく》りますので、『そりゃ、ないよ。親類《しんるい》だろうが、赤《あか》の他人《たにん》だろうが、このわしをだいじにしないような女《おんな》を、この年《とし》になって今《いま》さらそばに置《お》けるかい』と、いろいろやり合《あ》ったんですよ。そんなことがあって、ぼつぼつ法衣《ほうい》の裳《も》や袈裟《けさ》などを仕立《した》てる準備《じゅんび》に、上等《じょうとう》の絹《きぬ》を一《いち》、二《に》疋《ひき》（布地《ぬのじ》二《に》反《たん》）買《か》って用意《ようい》するようになったんですよ」などと、夫婦《ふうふ》の内幕《うちまく》まで披露《ひろう》するのですが、やはり何《なん》となくしんみりした気配《けはい》の漂《ただよ》うのは、長年《ながねん》の妻《つま》に出家《しゅっけ》されることが心配《しんぱい》なのだろうかと見受《みう》けました。

❖（世継《よつぎ》）「世《よ》の中《なか》の人《ひと》の申《まう》すやう、『大宮《おほみや》（彰子《しやうし》）の入道《にふだう》せしめ給《たま》ひて、太上天皇《だいじやうてんわう》の御位《みくらゐ》にならせ給《たま》ひて、女院《にようゐん》となむ申《まう》すべき。この御寺《みてら》に戒壇《かいだん》建《た》てられて、御受戒《ごじゆかい》あるべかなれば、世《よ》の中《なか》の尼《あま》ども参《まゐ》りて受《う》くべかんなり』とて、喜《よろこ》びをこそなすなれ。この世継《よつぎ》が女《をんな》ども、かかる事《こと》を伝《つた》へ聞《き》きて申《まう》すやう、『おのれもその折《をり》にだに、白髪《しらが》のすそぎてむとなむ、何《なに》か制《せい》する』と、語《かた》らひ侍《はべ》れば、『何《なに》せむにか制《せい》せむ。ただし、さらむ後《のち》には、若《わか》からむ女《め》の童部《わらはべ》求《もと》めて得《え》さすばかりぞ』と言《い》ひ侍《はべ》れば、『我《わ》が姪《めひ》なる女一人《をんなひとり》あり。それを今《いま》より言《い》ひかたらはむ。いとさし離《はな》れたらむも、情《なさけ》なきこともぞある』と申《まう》せば、『それあるまじきことなり。近《ちか》くも遠《とほ》くも、身《み》のためにおろかならむ人《ひと》を、今《いま》さらに寄《よ》すべきかは』となむ語《かた》らひ侍《はべ》る。やうやう衣《ころも》・袈裟《けさ》などのまうけに、よき絹一二疋《きぬいちにひき》求《もと》めまうけ侍《はべ》る」など言《い》ひて、さすがにいかにぞや、ものあはれげなる気色《けしき》の出《い》できたるは、女《をんな》どもに背《そむ》かれむことの心細《こころぼそ》きにや、とぞ見《み》え侍《はべ》りし。

✿『大鏡』という作品が、並みの王朝物とは格が違うことを示す笑い話だ。お堅《かた》い歴史談義の合間に、こんな艶《つや》っぽい話を挟《はさ》むところが、遊び心にあふれて楽しい。笑いを誘われた聴衆は、緊張を解いてひと息入れたことだろう。話の中身はたわいない。これが長生き合わせて四百歳にもなろうという超老夫婦の、ほんのり痴話喧嘩《ちわげんか》である。これが長生きの秘訣《ひけつ》なのかもしれない。

総じて、世継・繁樹ともに夫婦仲は極めていい。男の見栄《みえ》で妻を見下《みくだ》すような口を利《き》くものの、最後は、おのろけ話に落ちてしまう。聴衆も安心して夫婦の裏話を楽しめる仕掛けだ（雑々物語《くさぐさものがたり》）。

なお、出家用に絹を購入したというが、この時代の金一両＝絹二十五疋説を採り、一両を四十万円とすれば、絹一疋は一万六千円となる（コラム「お金の話」一六〇頁参照）。

法成寺の造営は、道長晩年のライフワークだった。これほど壮麗《そうれい》な大伽藍《だいがらん》は古今東《ここんとう》西《ざい》を探してもないと、世継・繁樹は激賞する。金堂《こんどう》に参拝する道長一族の華麗な行列など、『大鏡』は長大な関連記事を載せている（藤原氏の物語）。

なお、道長の日記『御堂関白記《みどうかんぱくき》』の「御堂」は、この法成寺の無量寿院《むりょうじゅいん》（九体阿弥《くたいあみ》陀堂《だどう》）のことである。万寿《まんじゅ》四年（一〇二七）、道長は、万死を悟《さと》ってこの御堂に病床を移し、十二月、九体の阿弥陀如来の手から自分の手まで五色の糸を引き、釈迦《しゃか》の涅《ね》槃《はん》にならい、北枕《きたまくら》・西向きに横臥《おうが》して念仏を唱え、西方浄土を願いながら往生したといわれる（『栄花物語』巻三〇）（付録・史跡案内「法成寺の跡」参照）。

## ◈世継《よつぎ》、一品《いっぽん》の宮禎子《みやていし》が国母《こくも》となられる夢《ゆめ》を見《み》る

――藤原氏《ふじわらし》の物語《ものがたり》

「この世継《よつぎ》の予見《よけん》していることがあります。不敬《ふけい》なことですが、明日《あす》をも知《し》れぬ老《お》いの身《み》ですから、ありのままにお話《はな》しいたしましょう。それは、現在《げんざい》の一品《いっぽん》の宮禎子《みやていし》様《さま》の将来《しょうらい》の御運勢《ごうんせい》が、ぜひとも拝見《はいけん》したくなるような感《かん》じでいらっしゃいますので、もっと長生《ながい》きしたくなるのですよ。

そのわけは、禎子《ていし》様《さま》が御誕生《ごたんじょう》になる直前《ちょくぜん》に、たいへん尊《とうと》くてめでたい夢《ゆめ》のお告《つ》げを受《う》けたのです。そう私《わたし》が感《かん》じましたのは、その夢《ゆめ》が、亡《な》くなられた女院詮子《にょういんせんし》様《さま》や、現在《げんざい》の大宮彰子《おおみやしょうし》様《さま》が、母君《ははぎみ》の御腹《おなか》にお宿《やど》りになる兆《きざ》しとして見《み》えた夢《ゆめ》と、まったく同《おな》じ趣《おもむき》の夢《ゆめ》だったからなのです。従《したが》いまして、お二方《ふたかた》の時《とき》の夢《ゆめ》に照《て》らして、国母《こくも》となられる禎子《ていし》様《さま》の将来《しょうらい》の御運勢《ごうんせい》を、何《なに》から何《なに》まで御推量《ごすいりょう》申《もう》し上《あ》げることができますが、まことにめでたい将来《しょうらい》の

御運勢《ごうんせい》なのです。

この夢《ゆめ》のお告《つ》げを、禎子様《ていしさま》の母君《ははぎみ》でいらっしゃる皇太后宮妍子様《こうたいごうぐうけんしさま》に、何《なん》とかお知《し》らせして差《さ》し上《あ》げたいと思《おも》うのですが、妍子様《けんしさま》のお側《そば》の方《かた》にお会《あ》いする機会《きかい》のないのが残念《ざんねん》でたまりません。そこで、これだけたくさん集《あつ》まっておいでの中《なか》に、ひょっとしたら、いらっしゃったりはしまいかと思《おも》い、ちょっとこんな話《はなし》を紹介《しょうかい》したというわけです。あとあとになって、あの老人《ろうじん》がよく言《い》い当《あ》てたものだなあ、と私《わたし》の話《はなし》に思《おも》い当《あ》たることも、きっとありますよ」と、世継《よつぎ》が自信《じしん》に満《み》ちて夢見《ゆめみ》を語《かた》った時《とき》、私《わたし》（筆記者《ひっきしゃ》）は、思《おも》わず「皇太后宮妍子様《こうたいごうぐうけんしさま》のお側仕《そばづか》えなら、ここにおりますよ」と言《い》って、世継《よつぎ》の前《まえ》に進《すす》み出《で》たい気《き》がいたしました。

❖（世継《よつぎ》）「また世継《よつぎ》が思《おも》ふことこそ侍《はべ》れ。便《びん》なきことなれど、明日《あす》とも知《し》らぬ身《み》にて侍《はべ》れば、ただ申《まう》してむ。この一品宮《いっぽんのみや》（禎子《ていし》）の御有様《おほんありさま》のゆかしくおぼえさせ給《たま》ふにこそ、また命《いのちを》惜しく侍《はべ》れ。その故《ゆゑ》は、生《う》まれおはしまさむとて、いとかしこき夢《む》想《さう》見《み》給《たま》へしなり。さおぼえ侍《はべ》りしことは、故女院《こにようゐん》（詮子《せんし》）、この大宮《おほみや》（彰子《しやうし》）など孕《はら》まれさせ給《たま》はむとて見《み》えし、ただ同《おな》じさまなる夢《ゆめ》に侍《はべ》りしなり。それにて、よろづ推《お》し量《はか》られさせ給《たま》ふ御有様《おほんありさま》なり。皇太后宮《くわうたいごうのみや》（妍子《けんし》）に、いかで啓《けい》せしめむと思《おも》ひ侍《はべ》れど、その宮《みや》のほとりの人《ひと》にえ会《あ》ひ侍《はべ》らぬが口惜《くちを》しさに、ここら集《あつ》まり給《たま》へる中《なか》に、もしおはしましやすらむ、と思《おも》う給《たま》へて、かつはかく申《まう》し侍《はべ》るぞ。行《ゆ》く末《すゑ》にもよく言《い》ひけるものかなと、おぼしあはすることも侍《はべ》りなむ」と言《い》ひし折《をり》こそ、（筆記者《ひつきしや》）「ここにあり」とて、さし出《い》でまほしかりしか。

✻『大鏡』は、現在時を万寿二年（一〇二五）に設定して、登場人物の官位等に時間のずれが生じないように細心の注意を払っている。だが、この記事によって破綻《はたん》が生じ、はるか後年に成立したという事実が明らかとなった。作者の属する階層や、作品の成立年時を推定する上で、重要な示唆《しさ》を与えている。

世継の夢は、禎子が彰子・妍子と同じように、国母《こくも》となって院号《いんごう》を称する未来を予知するものである。とすれば、国母となる条件が揃《そろ》う後三条天皇《ごさんじょうてんのう》の即位を、すでに知っていることになるのだ。ところが、後三条天皇の即位は、治暦《じりやく》四年（一〇六八）四月である。少なくとも、この時点よりも『大鏡』の成立が遡《さかのぼ》ることはないと考えられる。

また、筆記者が妍子の側に仕えていることを口にした以上、妍子とその娘禎子の生活圏内に、筆記者ならぬ作者もまた、属する可能性が高くなった。世継の夢の内容は本書最終章（「二《に》の舞《まい》の翁《おきな》の物語」）で公表される（三四〇頁）。

**★「四鏡《しきよう》」あるいは「鏡物《かがみもの》」**

『大鏡』の影響は大きく、後継《こうけい》の歴史物語が相次いだ。成立順に『今鏡《いまかがみ》』『水鏡《みずかがみ》』『増鏡《ますかがみ》』、合わせて「四鏡」とも「鏡物」とも総称する。時代範囲から、『今鏡』は『大鏡』の後に続き（一〇二五～一一七〇）、『水鏡』は『大鏡』の前を承《う》け（神武《じんむ》天皇―仁明《にんみよう》天皇）、『増鏡』は『今鏡』の後を継いだ（一一八〇～一三三三）。ただし、それぞれ構想・形式・文体に差があり、いずれも『大鏡』には遠く及ばない。

◈繁樹《しげき》、醍醐天皇《だいごてんのう》の慈愛《じあい》に富《と》むお人柄《ひとがら》を讃《たた》える——雑々物語《くさぐさものがたり》

◆醍醐天皇《だいごてんのう》、常《つね》に笑顔《えがお》で接《せっ》し、人心《じんしん》を掌握《しょうあく》する

繁樹《しげき》が語《かた》りました。「おおよそ醍醐天皇《だいごてんのう》は、いつもにこにこしていらっしゃいました。そのわけは、『まじめくさった態度《たいど》の人《ひと》には、話《はな》しかけにくいものだ。うちとけた態度《たいど》をしていると、それにつられて、人《ひと》は話《はな》しかけやすくなる。だから、重要《じゅうよう》なことでも些細《ささい》なことでも、何《なん》でも聴《き》き取《と》っておこうと考《かんが》えて、いつも笑顔《えがお》を浮《う》かべているのだよ』と仰《おお》せられたそうです。これは、まことにごもっともなことです。確《たし》かに、無愛想《ぶあいそう》な顔《かお》つきの人間《にんげん》には、言葉《ことば》をかけにくいものです」

❖(繁樹《しげき》)「おほかた延喜《えんぎ》の帝《みかど》(醍醐《だいご》)、常《つね》に笑《ゑ》みてぞおはしましける。その故《ゆゑ》は、

（醍醐《だいご》）『まめだちたる人《ひと》には、もの言《い》ひにくし。うちとけたる気色《けしき》につきてなむ、人《ひと》はものは言《い》ひよき。されば、大小《だいせう》こと聞《き》かむがためなり』とぞ仰《おほ》せ言《ごと》ありける。それさることなり。けにくき顔《かほ》には、もの言《い》ひふれにくきものなり」

✱最高指導者たるものは、あらゆる人間を受け入れる度量がなければならない、ということ。選《え》り好《ごの》みしていては肝心《かんじん》な情報を逃《のが》してしまう。あらゆる情報を収集するには、まず情報を保持する人間を収集――つまり人心を掌握《しょうあく》できなければならない。笑顔《えがお》は、そのための戦術なのである。

この醍醐天皇を超《こ》えると讃《たた》えられたのが、御子息《ごしそく》にあたる村上《むらかみ》天皇である。

――村上天皇が側近《そっきん》に、自分はどう思われているか尋ねた。おっとりしていらっしゃる（ゆるになむおはします）という世間の評価を、側近はお伝えした。天皇は、それじゃ褒《ほ》めているんだね（さては褒むるなんなり）、王たるものが厳格《げんかく》すぎると、民は我慢《がまん》できなくなるよ、と納得《なっとく》した（雑々物語）。――

ほんらい「ゆる」は「緩《ゆ》るなり」で、弛緩《しかん》の意があるから、無条件に喜べる評価かどうか。むしろ、村上天皇の好人物に対する、少々皮肉な作者の視線を感じるのだが。

仰《おお》せの当否はさておいて、醍醐・村上の父子天皇の治世《ちせい》は、「延喜《えんぎ》・天暦《てんりゃく》の治《ち》」（延喜・天暦の御時《おんとき》）と呼ばれ、王朝政治の理想として後世の人々に仰《あお》がれた。

## ◆醍醐《だいご》天皇《てんのう》、鷹狩《たかが》りを好《この》む公忠《きんただ》の異才《いさい》をかばう

醍醐《だいご》天皇《てんのう》がお隠《かく》れになったその日《ひ》、左衛門府《さえもんふ》の武官《ぶかん》の詰所《つめしょ》（建春門内《けんしゅんもんない》）の前《まえ》で、生前《せいぜん》に天皇《てんのう》の飼育《しいく》なさった鷹《たか》どもが、放《はな》ち逃《に》がされたのには、鳥《とり》ながらも、じんとくるものがありましたなあ。名残惜《なごりお》しそうにして、すぐには飛《と》び去《さ》りませんでしたよ。

天皇《てんのう》は、右大弁《うだいべん》源《みなもとの》公忠様《きんただざま》のことを、公務《こうむ》以外《いがい》の世事《せじ》に関《かん》しても、高《たか》く評価《ひょうか》なさっておりました。中《なか》でも、鷹狩《たかが》りの方面《ほうめん》ではたいへんなお気《き》に入《い》りでいらっしゃいました。公忠様《きんただざま》は、毎日政務《まいにちせいむ》をお勤《つと》めになって、その間《かん》、馬《うま》をどこぞに繋《つな》いでおかれ、勤務《きんむ》が終《お》わるとすぐに、馬《うま》に乗《の》って狩《か》り場《ば》のある中山《なかやま》（京都市《きょうとし》左京区《さきょうく》神楽岡《かぐらおか》の東《ひがし》）にお出《で》かけになりました。太政官《だいじょうかん》

庁《ちょう》の弁官《べんかん》の執務《しつむ》室《しつ》の壁《かべ》には、公忠様《きんただざま》の飼《か》った鷹《たか》の糞《ふん》が、いまだにこびりついているでしょう。その公忠様《きんただざま》は、鷹《たか》狩りで捕《と》れた久世《くぜ》（京都市《きょうとし》南区《みなみく》）の雉《きじ》と交野《かたの》（大阪府《おおさかふ》枚方市《ひらかたし》）の雉《きじ》の味《あじ》の違《ちが》いを、食《た》べ分《わ》けることができました。

しかし、疑《うたが》い深《ぶか》い方《かた》がいて、「どうせ、半分《はんぶん》は当《あ》てずっぽうに答《こた》えていらっしゃるのさ。試《ため》して差《さ》し上《あ》げよう」と一計《いっけい》を案《あん》じました。両方《りょうほう》の狩《か》り場《ば》の雉《きじ》の肉《にく》を混《ま》ぜ、それぞれに秘密《ひみつ》の目印《めじるし》をつけて、公忠様《きんただざま》にお出《だ》ししたところ、一《ひと》つも間違《まちが》えずに、これは久世《くぜ》、これは交野《かたの》の雉《きじ》だ、と味《あじ》の違《ちが》いを食《た》べ分《わ》けられたのですよ。

こんなふうでしたから、「鷹飼《たかが》いを専業《せんぎょう》にしているような者《もの》が、殿上《てんじょう》でお仕《つか》えしているのは見苦《みぐる》しいことです」と、醍醐《だいご》天皇《てんのう》に御意見《ごいけん》申《もう》し上《あ》

鷹小屋（春日権現験記絵）東京国立博物館蔵

げる方《かた》もいらっしゃいました。しかし、天皇《てんのう》は、「公務《こうむ》をおろそかにして、狩《か》りばかりしているのなら、罪《つみ》になろう。だが、一度《いちど》も職務怠慢《しょくむたいまん》の処分《しょぶん》を受《う》けることなく、公務万端《こうむばんたん》をきちんとこなした後《あと》で、あれこれあったとしても、なんの不都合《ふつごう》があろうか」と、公忠様《きんただざま》を擁護《ようご》なさったそうです。

❖その日《ひ》、左衛門《さゑもん》の陣《ぢん》の前《まへ》にて、御鷹《おほんたか》ども放《はな》たれしは、あはれなりしものかな。とみにこそ飛《と》びのかざりしか。

公忠《きんただ》の弁《べん》をば、おほかたの世《よ》にとりても、やむごとなきものにおぼしめしたりし中《なか》にも、鷹《たか》のかたざまには、いみじう興《きよう》ぜさせ給《たま》ひしなり。日々《ひび》に政《まつりごと》を勤《つと》め給《たま》ひて、馬《むま》をいづこにぞや立《た》て給《たま》うて、事果《ことは》つるままにこそ、中山《なかやま》へはいませしか。官《くわん》のつかさの、弁《べん》の曹司《ざうし》の壁《かべ》には、その殿《との》（公忠《きんただ》）の鷹《たか》の物《もの》はいまだつきて侍《はべ》らむ。久世《くぜ》の鳥《とり》・交野《かたの》の鳥《とり》のあぢはひ、参《まゐ》り知《し》りたりき。「かたへは、そらごとをのたまふぞ。試《こころ》み奉《たてまつ》らむ」とて、みそかに二所《ふたところ》の鳥《とり》をつくりまぜて、しるしをつけて、人《ひと》の参《まゐ》りたりければ、いささかとり違《たが》へず、これは久世《くぜ》の、これは交野《かたの》のなりとこそ、参《まゐ》り知《し》りたりけれ。かかれば、「ひたぶるの鷹飼《たかが》ひにてさぶらふ者《もの》の、殿上《てんじやう》にさぶらふこそ見苦《みぐる》しけれ」と、延喜《えんぎ》に奏《そう》し申《まう》す人《ひと》のおはしければ、（醍醐《だいご》）「公事《おほやけごと》をおろそかにし、狩《かり》をのみせばこそは、罪《つみ》はあらめ、一度《ひとたび》政《まつりごと》をもかかで、公事《おほやけごと》をよろづ勤《つと》めて後《のち》に、ともかくもあらむは、なんでふ事《こと》かあらむ」とこそ仰《おほ》せられけれ。

✻醍醐天皇の鷹狩り好きは有名だった。だから鷹狩りのプロ公忠が、寵臣《ちょうしん》〈お気に入り〉となるのも不思議はない。当然、妬《ねた》んで中傷《ちゅうしょう》する者が出ても、やはり不思議はない。では、その中傷を天皇はどう裁断《さいだん》したか。

——やるべき仕事をきちんとやっているんだから、その後、何をやろうといっこうにかまわない。——

天皇は、人事の査定《さてい》に一種の実力主義を導入したのである。公忠の仕事ぶりも、いわゆるフレックスタイム制（自由勤務時間制）を連想させるようで微笑《ほほえ》ましい。ただ、この実力主義がすべての朝臣——宮廷幹部に平等に適用されたか、懸念《けねん》は残る。

だが、そうした懸念を吹き飛ばすのは、天皇の威厳《いげん》である。まさに王威を具現《ぐげん》した天皇であることだ。あの猛妻《もうさい》に振り回された村上天皇（二三〇頁）や、猛母《もうぼ》に押しつぶされた一条天皇（一九七頁）と比べてみれば一目瞭然《いちもくりょうぜん》であろう。

### ★鳥は雉《きじ》に限る――王朝グルメ

清少納言《せいしょうなごん》の『枕草子《まくらのそうし》』に、「思《おも》はむ子《こ》を法師《ほふし》になしたらむこそ、心苦《こころぐる》しけれ」（愛《いと》し子《ご》を法師にする親の気持ちを思うと気の毒だ）で始まる有名な章段（第四）がある。同情する理由は、修行中《しゅぎょうちゅう》の僧侶《そうりょ》の食事が「精進物《さうじもの》のいと悪《あ》しき」（植物性の食材だけのひどく不味《まず》い）もので、肉っ気のない菜食だからだ。これを裏返せば、表向き肉食を禁じた時代でありながら、魚や鳥獣《ちょうじゅう》が美味《びみ》・栄養のもというホンネが透《す》けてみえる。

六七五年、天武《てんむ》天皇は、詔《みことのり》で、牛・馬・犬・猿《さる》・鶏《にわとり》の五畜の肉食を禁じたが、禁ずる必要があるほど一般に食されていたことになる。まして五畜以外の鹿《しか》・猪《いのしし》や鳥類は滋養《じよう》に欠かせない食材だった。ただ、公然と四つ足の獣肉を食することは、仏教上憚《はばか》られたから、時計代わりの鶏以外の野鳥類が肉食の大半を占めた。

実際、王朝の貴族たちは想像以上に肉食を好んだ。その例を『大鏡』に求めてみると、儀式の晩餐《ばんさん》に欠かせない一品として「雉の足」が出てくる（「基経伝《もとつねでん》」）。今でいえば「鳥もも焼き」ということになろうか。続いて「兼通伝《かねみちでん》」には、寝酒《ねざけ》の肴《さかな》に「ただいま殺したる雉」（新鮮な雉の刺身《さしみ》）を用意したとある。現代の左党も垂涎《すいぜん》するような佳肴《かこう》だ。もっとも家来《けらい》が、殺される雉を憐《あわ》れんで逃がしたというオチがついているが。もう一つは、雉肉を食べて、どこそこの雉、と産地を言い当てたというグルメの話で、雉は鷹狩《たかが》りで捕るのがふつうだった（「雑々物語《くさぐさものがたり》」）。だから、「鷹の鳥」といえば雉を指し、最高の御馳走《ごちそう》の代名詞だった。

食材で鳥といえば雉を指すほど、中世までは一般的である。年号に「白雉《はくち》」があるのも、国鳥が雉であるのも当然だった。かの兼好《けんこう》も『徒然草《つれづれぐさ》』（一一八段）で、魚の鯉《こい》と並んで「鳥には雉、さうなき物なり」（鳥は雉に限る、比べるものなどない）と言い切っている。メインディッシュは「魚は鯉、鳥は雉」だった。

ちなみに、鶏が一般に食用化されるのは近世からである。野鳥の絶滅《ぜつめつ》を防ぐために、捕獲《ほかく》が禁止されたので、雉と交替して、同じキジ科の鶏が食卓にのぼることになった。鶏の悲運《ひうん》に合掌《がっしょう》。

## ◈繁樹《しげき》、貫之《つらゆき》の娘《むすめ》から梅《うめ》の木《き》を取《と》り上《あ》げる《鶯宿梅《おうしゆくばい》》――雑々物語《くさぐさものがたり》

繁樹《しげき》が、「村上天皇《むらかみてんのう》のお捌《さば》きは、それはおみごとで、感《かん》に堪《た》えなかったことがございました。天暦《てんりやく》（九四七〜九五七）のころ、清涼殿《せいりようでん》の御前《おまえ》の梅《うめ》の木《き》が枯《か》れてしまいましたので、天皇《てんのう》が代《か》わりの木《き》をお探《さが》しになりました。なんとかいう方《かた》が蔵人《くろうど》（秘《ひ》書官《しよかん》）でいらっしゃった時分《じぶん》で、その方《かた》が天皇《てんのう》の御命令《ごめいれい》を承《うけたまわ》って、私《わたし》に向《む》かい、『若《わか》い連中《れんちゆう》は、どんな木《き》がよいのか、見分《みわ》けがつくまい。おまえが探《さが》してこい』と、おっしゃったので、私《わたし》は京《きよう》の町中《まちじゆう》を探《さが》し歩《ある》きましたが、天皇《てんのう》のお気《き》に召《め》すような梅《うめ》の木《き》は見《み》つかりませんでした。

ところが、人家《じんか》もまばらで捜索《そうさく》の範囲《はんい》に入《い》れなかった西《にし》の京《きよう》（右京《うきよう》）の、とある一軒家《いつけんや》に、色濃《いろこ》く咲《さ》いた紅梅《こうばい》で、枝《えだ》ぶりの美《うつく》しいのが見《み》つかりまし

たので、それを掘《ほ》り取《と》りました。すると、その家《いえ》の主人《しゅじん》が、『木《き》にこれを結《むす》びつけて、内裏《だいり》（皇居《こうきょ》）に運《はこ》んで参《まい》りなさい』と、召《め》し使《つか》いに結《むす》び文《ぶみ》を持《も》たせて、お言伝《ことづ》てを下さったのです。そこで、これは何《なに》か訳《わけ》があるなと思《おも》いながら、かの文付《ふみつ》きの紅梅《こうばい》を内裏《だいり》に運《はこ》んで参《まい》り、天皇《てんのう》の御前《ごぜん》に控《ひか》えておりました。

さっそく天皇《てんのう》は紅梅《こうばい》を御覧《ごらん》になり、結《むす》び付《つ》けた文《ふみ》を、『これは何《なに》か』とおっしゃってお開《ひら》きになると、そこに女性《じょせい》の筆跡《ひっせき》で歌《うた》が記《しる》されてあったそうです。

勅《ちょく》なれば　いともかしこし　鶯《うぐいす》の　宿《やど》はと問《と》は《ワ》ば　いかが答《こた》へ《エ》む《ン》

（勅命《ちょくめい》〈天皇《てんのう》の御命令《ごめいれい》〉ですから、まことに恐《おそ》れ多《おお》く、謹《つつし》んでこの梅《うめ》の木《き》を献上《けんじょう》いたします。けれど、毎春《まいしゅん》この木《き》に来慣《きな》れている鶯《うぐいす》が、自分《じぶん》の宿《やど》はどうなったのかと尋《たず》ねたら、何《なん》とお答《こた》えしたものでしょうか）

天皇《てんのう》は、いったい誰《だれ》が詠《よ》んだのか、不思議《ふしぎ》にお思《おも》いになられて、『誰《だれ》の家《いえ》か』と、その家《いえ》を探《さが》させなさいました。それが何《なん》と、あの高名《こうめい》な紀貫之《きのつらゆき》殿《どの》の御《ご》息女《そくじょ》のお宅《たく》だったそうですよ。御《ご》自分《じぶん》の無風流《ぶふうりゆう》を恥《は》じられた天皇《てんのう》は、『まことに申《もう》し訳《わけ》ないことをしたものだなあ』と、おっしゃって、照《て》れ隠《かく》しなさったそうです。

大歌人《だいかじん》の御《ご》息女《そくじょ》から梅《うめ》の木《き》を召《め》し上《あ》げるなんて、この繁樹《しげき》にとって一世《いっせ》一代《いちだい》の大恥《おおはじ》とは、まさにこの一件《いっけん》ということになりましょう。それなのに、期待《きたい》どおりの梅《うめ》の木《き》を持参《じさん》したというわけで、蔵人様《くろうどさま》から御褒美《ごほうび》の衣装《いしょう》を頂戴《ちょうだい》したものですから、かえって、つらい気持《きも》ちになってしまいました」

と語《かた》り終《お》えて、にっこりと笑《わら》いました。


❖（繁樹《しげき》）「いとをかしうあはれに侍《はべ》りしことは、この天暦《てんりやく》（村上《むらかみ》）の御時《おほんとき》に、清涼《せいりやう》殿《でん》の御前《おまへ》の梅《むめ》の木《き》の枯《か》れたりしかば、求《もと》めさせ給《たま》ひしに、何某《なにがし》ぬしの、蔵人《くらうど》にていますかりし時、承《うけたまは》りて、『若《わか》き者《もの》どもは、え見知《みし》らじ。きむぢ求《もと》めよ』とのたまひしかば、一京《ひときやう》まかり歩《あり》きしかども、侍《はべ》らざりしに、西京《にしのきやう》のそこそこなる家《いへ》に、色《いろ》濃《こ》く咲《さ》きたる木《き》の、様体美《やうだいうつく》しきが侍《はべ》りしを、掘《ほ》り取《と》りしかば、家《いへ》あるじの、『木《き》にこれ結《ゆ》ひつけて持《も》て参《まゐ》れ』と、言《い》はせ給《たま》ひしかば、あるやうこそはとて、持《も》て参《まゐ》りてさぶらひしを、（村上《むらかみ》）『何《なに》ぞ』とて御覧《ごらん》ずれば、女《をんな》の手《て》にて書《か》きて侍《はべ》りける、

　勅《ちよく》なればいともかしこし鶯《うぐひす》の宿《やど》はと問《と》はばいかが答《こた》へむ

とありけるに、あやしくおぼしめして、（村上《むらかみ》）『何者《なにもの》の家《いへ》ぞ』と尋《たづ》ねさせ給《たま》ひければ、貫之《つらゆき》のぬしの御女《みむすめ》の住《す》む所《ところ》なりけり。（村上《むらかみ》）『遺恨《ゐこん》のわざをもしたりけるかな』とて、あまえおはしましける。繁樹《しげき》今生《こんじやう》の辱号《ぞくがう》は、これや侍《はべ》りけむ。さるは、思《おも》ふやうなる木《き》持《も》て参《まゐ》りたりとて、衣《きぬ》かづけられたりしも、辛《から》くなりにき」とて、こまやかに笑《わら》ふ。

✻村上天皇は和歌所《わかどころ》（勅撰集編纂局《ちよくせんしゆうへんさんきよく》）を設置した文人《ぶんじん》天皇である。その風雅《ふうが》の道に通じた天皇が、思いがけず無風流を衝《つ》かれて困惑《こんわく》している。しかも、相手は、父帝《ちちみかど》の醍醐《だいご》天皇《てんのう》が『古今和歌集』の編集を命じた大歌人紀貫之の娘（通称、紀内侍《きのないし》）だという。この話は、時の天皇をやんわりとやりこめた歌の主《ぬし》と、それを甘《あま》んじて受けた寛《かん》

大《だい》な天皇を主役にして、「鶯宿梅《おうしゆくばい》」という名題までついた和歌説話である。

しかし、返歌《へんか》がない。天皇の体面《たいめん》上、返歌できるはずがないという理由は当たらない。相手は、初句《しょく》に「勅なれば」と置いて、天皇に直訴《じきそ》する決意を露《あら》わにし、結句《けっく》に「いかが答へむ」と回答を求めている。そうした歌主の意思を、うやむやにする天皇には一種の「甘え」があるのではないか。どうも三代目の優柔《ゆうじゅう》を感ずる。

いっぽうの繁樹はりっぱな三枚目だ。天皇と貫之の娘と、この豪華キャストに囲まれて、しかも褒美《ほうび》まで頂いたのだから、どんな恥《はじ》も自慢《じまん》の内である。これは繁樹の手《て》柄話《がらばなし》に入れたほうがいい。

賜衣（紫式部日記絵巻）

## ◆兼家《かねいえ》、即位《そくい》を妨《さまた》げる怪異《かいい》を無視《むし》、式典《しきてん》を強行《きょうこう》する——雑々物語《くさぐさものがたり》

世継《よつぎ》が語《かた》りました。「また、話《はなし》は飛《と》んでしまいますが、怪異《かいい》だと人々《ひとびと》が騒《さわ》いだ割《わり》には、それほどの凶事《きょうじ》も起《お》こらずに済《す》んでしまった事件《じけん》として、こんな例《れい》がありました。前《まえ》の一条天皇《いちじょうてんのう》の御即位《ごそくい》の当日《とうじつ》、式場《しきじょう》となる大極殿《だいごくでん》の飾《かざ》りつけをするといって、たくさんの人々《ひとびと》が集《あつ》まりました。ところが、御殿内《ごてんない》の高御座《たかみくら》（天皇《てんのう》の玉座《ぎょくざ》）の内《うち》に、髪《かみ》の毛《け》の生《は》えた、得体《えたい》の知《し》れない何《なに》かの頭《あたま》で、血《ち》の張《は》り付《つ》いているのが発見《はっけん》されましたので、びっくり仰天《ぎょうてん》して、どうしたらよいものか、行事《ぎょうじ》（儀式《ぎしき》の責任者《せきにんしゃ》）が処置《しょち》に困《こま》ってしまいました。

しかし、これほどの一大事《いちだいじ》を隠《かく》していいはずはない、と判断《はんだん》して、大入道殿《おおにゅうどうどの》兼家公《かねいえこう》に、『こんな怪事《かいじ》が発生《はっせい》いたしました』と、何《なん》とかという殿《との》を通《とお》して、報告《ほうこく》いたしました。すると、兼家公《かねいえこう》はひどく眠《ねむ》そうな素振《そぶ》りを

なさって、一言《ひとこと》もおっしゃいませんので、もしかしてお聞《き》き取《と》りになられなかったのでは、と思《おも》って、もう一度《いちど》繰《く》り返《かえ》して御指示《ごしじ》を仰《あお》ぎましたが、ぐっすり眠《ねむ》っておいでで、やはり御返事《おへんじ》はありません。今日《きょう》は御即位《ごそくい》の当《とう》日《じつ》なのに、どうも変《へん》だ、それほど熟睡《じゅくすい》していらっしゃるとはお見《み》えにならないのに、どうしてこんな素振《そぶ》りをなさるのだろうかと思《おも》って、しばらく兼家公《かねいえこう》の側《そば》に控《ひか》えておりました。

そのうち、ふと目《め》を覚《さ》まされたごようすで、『大極殿《だいごくでん》の飾《かざ》りつけは済《す》んだのか』とおっしゃるので、その何《なん》とかという殿《との》は、兼家公《かねいえこう》は聞《き》かなかったふりをなさって、事件《じけん》をもみ消《け》すおつもりだな、と気《き》がついて、すぐにその場《ば》を退《しりぞ》かれたということです。ほんとうに、これほどの重大《じゅうだい》な祝典《しゅくてん》を、当日《とうじつ》になって中止《ちゅうし》するのは縁起《えんぎ》が悪《わる》いので、騒《さわ》がずに包《つつ》み隠《かく》しておくべきだったのに、思慮分別《しりょふんべつ》もなく報告《ほうこく》したものだ、兼家公《かねいえこう》はどうお思《おも》いになったことだろう、と何《なん》とかという殿《との》もひどく後悔《こうかい》なさったそうです。それはもっともなことですよねえ。怪事《かいじ》を無視《むし》なさって、何《なに》か支障《ししょう》がございましたか、ございませんよ。兼家公《かねいえこう》の御判断《ごはんだん》は完璧《かんぺき》だったのです」

❖(世継《よつぎ》)「また、ついでなきことには侍《はべ》れど、怪《け》と人《ひと》の申《まう》すことどもの、させることなくてやみにしは、前一条院《さきのいちでうゐん》の御即位《ごそくゐ》の日《ひ》、大極殿《だいこくでん》の御装束《おほんさうぞく》すとて、人々集《ひとびとあつ》まりたるに、高御座《たかみくら》の内《うち》に、髪《かみ》つきたるものの頭《かしら》の、血《ち》うちつきたるを見《み》つけたりける、あさましく、いかがすべきと行事思《ぎやうじおも》ひあつかひて、かばかりの事《こと》を隠《かく》すべきかはとて、大入道殿《おほにふだうどの》(兼家《かねいへ》)に、(行事《ぎやうじ》)『かかる事《こと》なむさぶらふ』と、何某《なにがし》の主《ぬし》して申《まう》させけるを、いと眠《ねぶ》たげなる御気色《おほんけしき》にもてなさせ給《たま》ひて、ものも仰《おほ》せられねば、もし聞《き》こしめさぬにやとて、また御気色《おほんけしき》たまはれど、うち眠《ねぶ》らせ給《たま》ひて、なほ御《おほん》いらへなし。いとあやしく、さまで御殿籠《おほとのごも》り入《い》りたりとは見《み》えさせ給《たま》はぬに、いかなればかくはおはしますぞと思《おも》ひて、とばかり御前《おまへ》にさぶらふに、うち驚《おどろ》かせ給《たま》ふさまにて、(兼家《かねいへ》)『御装束《おほんさうぞく》は果《は》てぬるにや』と仰《おほ》せらるるに、聞《き》かせ給《たま》はぬやうにてあらむと、おぼしめしけるにこそと心得《こころえ》て、立《た》ちたうびける。げにかばかりの祝《いは》ひの御《おほん》事《こと》、また今日《けふ》になりて停《と》まらむも、いまいましきに、やをらひき隠《かく》してあるべかりけることを、心肝《こころぎも》なく申《まう》すかなと、いかにおぼしめしつらむと、後《のち》にぞ、かの殿《との》もいみじく悔《く》い給《たま》ひける。さる事《こと》なりかしな。されば、なでふ事《こと》かはおはします、よき事《こと》にこそありけれ」

✻道長の剛胆《ごうたん》は父の兼家譲《かねいえゆず》りなのだ。そう確信させる話である。堂々たる狸寝入《たぬきねい》りで大凶《だいきょう》を無視し、ついには大吉を獲得する。いかにも無類の政略家らしい。

兼家の剛胆ぶりをもう一つ。

——別邸《べってい》の法興院《ほこいん》には怪異《かいい》が住みついて、人は嫌《いや》がったが、兼家は好んで通っていた。ある月の明るい夜、いつものように格子《こうし》（シャッター）を上げて借景《しゃっけい》を楽しんでいると、突然、怪異が襲《おそ》ってきて、格子を一斉《いっせい》に下ろした。周《まわ》りは大騒ぎになったが、兼家は太刀《たち》を抜いて、こう叫んだ。月見を邪魔《じゃま》するのは誰《だれ》だ、けしからん、元通りにしないとただではすまさんぞ（元《もと》のやうに上《あ》げ渡《わた》せ。さらずは、悪《あ》しかりなむ）、と。すると、たちまち格子が一斉に上げられた（兼家伝）。——怪異（物《もの》の怪《け》や鬼神《きしん》）と対決する場合は、けっして怯《ひる》んではいけない。強く睨《にら》みつけて、大声で叱咤《しった》するのが最高の戦法である。彼らは元人間だったから、人間界の掟《おきて》を遵守《じゅんしゅ》する記憶を失っていない。雷神《らいじん》と対決した時平《ときひら》もそのこつをよくわきまえていた（九九頁）。

★歴史物語とは──『大鏡《おおかがみ》』と『栄花物語《えいがものがたり》』

『大鏡』は歴史物語に分類される。この「歴史物語」は、明治期にできた文学史用語で、『日本書紀《にほんしょき》』などの官撰史書《かんせんししょ》に対して、仮名《かな》物語ふうの民間史書《みんかんししょ》をさす。平安時代になって現れ、その誕生には、日本書紀なんか歴史の真実の一端《いったん》しか伝えていないという紫式部《むらさきしきぶ》の批判（『源氏物語』蛍）が大いに寄与《きよ》したといわれる。同時期の歴史物語に『栄花物語』があるが、作者が男性（不明）の『大鏡』に比べると、作者は女性（赤染衛門《あかぞめえもん》説）で、構想・形式・文体などにも大きな差があり、道長讃美《さんび》に終始して批判精神に欠ける憾《うら》みがある。

## ◆醍醐《だいご》天皇《てんのう》、貫之《つらゆき》・躬恒《みつね》らを重用《ちょうよう》、『古今集《こきんしゅう》』を編《あ》む——雑々物語《くさぐさものがたり》

繁樹《しげき》が語《かた》りました。「醍醐天皇《だいごてんのう》の延喜《えんぎ》(九〇一〜九二三)のころ、『古今《こきん》和歌集《わかしゅう》』を選定《せんてい》なさった時《とき》、紀貫之《きのつらゆき》はもちろん、壬生忠岑《みぶのただみね》、凡河内躬恒《おおしこうちのみつね》などが御書所《ごしょどころ》(書庫《しょこ》)に招集《しょうしゅう》されて編集《へんしゅう》に従事《じゅうじ》していました。そんな四月《しがつ》二日《か》のこと、ほととぎすもまだ、ひっそりと忍《しの》び音《ね》に鳴《な》く季節《きせつ》でしたが、天皇《てんのう》はその鳴《な》く声《こえ》にたいへん心惹《こころひ》かれなさいました。そこで、貫之《つらゆき》を呼《よ》び出《だ》されて、歌《うた》をお詠《よ》ませになりました。

こと夏《なつ》は　いかが鳴《な》きけむ《ン》　ほととぎす　この宵《よい》ばかり　あやしきぞなき

(これまでの夏《なつ》はどう鳴《な》いたのか思《おも》い出《だ》せないが、ほととぎすよ。お前《まえ》の忍《しの》び音《ね》に、今夜《こんや》ほど不思議《ふしぎ》なくらい心惹《こころひ》かれたことはないよ)

官位《かんい》の低《ひく》い貫之《つらゆき》に直接《ちょくせつ》、御題《おだい》を賜《たまわ》ることさえ、異例《いれい》の待遇《たいぐう》と存《ぞん》じており

ましたのが、同《おな》じころ、音楽《おんがく》の遊宴《ゆうえん》があった夜《よる》に、御殿《ごてん》の階段《かいだん》の下《した》に直接《ちょくせつ》、その躬恒《みつね》をお呼《よ》びになって、『月《つき》を弓張《ゆみは》りというのは、どういうわけか。その事情《じじょう》を歌《うた》に詠《よ》め』とお命《めい》じになりましたので、

照《て》る月《つき》を　弓張《ゆみは》りとしも　いふ《ウ》ことは　山辺《やまべ》をさして　いればなりけり

（夜空《よぞら》に照《て》る月《つき》を弓張《ゆみは》りというわけは、いつも山《やま》の辺《あた》りに向《む》かって、矢《や》を射《い》るように入《はい》るからでございます〈「射《い》る・入《い》る」は掛詞《かけことば》〉）

とお答《こた》え申《もう》し上《あ》げた歌《うた》に、天皇《てんのう》はとても感心《かんしん》なさって、御褒美《ごほうび》に祝儀用《しゅうぎよう》の大袿《おおうちき》（表着《うわぎ》の下《した》に着用《ちゃくよう》する）を下《くだ》さいました。躬恒《みつね》はそれを肩《かた》に打《う》ちかけると、即座《そくざ》に、

しら雲《くも》の　このかたにしも　おりゐ《イ》るは　天《あま》つ風《かぜ》こそ　吹《ふ》きてきぬらし

（白雲《しらくも》〈＝大袿《おおうちき》のたとえ〉が私《わたし》の方《かた》〈＝肩《かた》〉へと、下《お》り〈＝織《お》り〉てたなびいていますのは、天空《てんくう》を吹《ふ》く風《かぜ》〈＝天皇《てんのう》の寵愛《ちょうあい》のたとえ〉が私《わたし》に向《む》かって来《き》た〈＝着《き》た〉からでございましょう〈「方《かた》・肩《かた》」「下《お》り・織《お》り」「来《き》・着《き》」は掛詞《かけことば》〉）

と詠《よ》んで、天皇《てんのう》のお恵《めぐ》みを受《う》けた栄誉《えいよ》を感謝《かんしゃ》しました。実《じつ》にすばらしいものですなあ。そもそも躬恒《みつね》のような身分低《みぶんひく》い者《もの》に、お近《ちか》くまでお呼《よ》び寄《よ》せになって、天皇《てんのう》が御褒美《ごほうび》を賜《たまわ》るのは、慣例《かんれい》に反《はん》することです。けれども、それが非難《ひなん》を受《う》けないのは、一《ひと》つは天皇《てんのう》に威厳《いげん》がおありなのと、もう一《ひと》つは躬恒《みつね》が歌道《かどう》の大家《たいか》として公認《こうにん》されているからだと存《ぞん》じあげました」

❖（繁樹《しげき》）「延喜《えんぎ》（醍醐《だいご》）の御時《おほんとき》に古今抄《こきんせう》せられし折《をり》、貫之《つらゆき》はさらなり、忠岑《ただみね》や躬恒《みつね》などは、御書所《みふみどころ》に召《め》されてさぶらひけるほどに、四月二日《うづきふつか》なりしかば、まだしのびねのころにて、いみじく興《きよう》じおはします。貫之召《つらゆきめ》し出《い》でて、歌《うた》つかうまつらしめ給《たま》へり。

こと夏《なつ》はいかが鳴《な》きけむほととぎすこの宵《よひ》ばかりあやしきぞなき

それをだにけやけきことに思《おも》ひ給《たま》へしに、同《おな》じ御時《おほんとき》、御遊《おほんあそ》びありし夜《よ》、御前《おまへ》の御階《みはし》のもとに、躬恒《みつね》を召《め》して、（醍醐《だいご》）『月《つき》を弓張《ゆみは》りといふ心《こころ》は、何《なに》の心《こころ》ぞ。これがよ

しつかうまつれ』と仰《おほ》せ言《ごと》ありしかば、

照《て》る月《つき》を弓張《ゆみは》りとしもいふことは山辺《やまべ》をさしていればなりけり

と申《まう》したるを、いみじう感《かん》ぜさせ給《たま》ひて、大袿給《おほうちきたま》ひて、肩《かた》にうちかくるままに、

しら雲《くも》のこのかたにしもおりゐるは天《あま》つ風《かぜ》こそ吹《ふ》きてきぬらし

いみじかりしものかな。さばかりの者《もの》に、近《ちか》う召《め》し寄《よ》せて、勅禄賜《ちよくろくたま》はすべきことならねど、そしり申《まう》す人《ひと》のなきも、君《きみ》の重《おも》くおはしまし、また躬恒《みつね》が和歌《わか》の道《みち》に許《ゆる》されたる、とこそ思《おも》ひ給《たま》へしか」

✲国家プロジェクトだった勅撰集《ちよくせんしゆう》編纂《へんさん》の最初の成果が『古今和歌集』である。醍醐天皇から命《めい》を受けて、紀友則《きのとものり》・紀貫之・凡河内躬恒・壬生忠岑らが編集を担当した。四人とも官位が低く、当時一番上が友則の正六位《しようろくい》だから全員が地下人《じげにん》である。貫之が従五位《じゆごい》に昇《のぼ》ったのはずっと後のことだ。この裏には醍醐天皇の実力主義的な人材登用が働いている。本話は、選抜《せんばつ》の栄《えい》に浴《よく》して撰歌に励む、ある日の編集室のスナップである。

歌の巧拙《こうせつ》をうんぬんするよりも、君臣一体、心を合わせる中で、やまと歌の大道《だいどう》が建設されていく情景を味わいたい。慣例を破って、天皇が自身で地下人の編集委員にボーナスを授けることができるのは、王威のなせるわざだという。さもあらんかなである。

## ◆世継《よつぎ》・繁樹《しげき》たちの姿《すがた》、説教中《せっきょうちゅう》の騒《さわ》ぎに消《き》える――雑々物語《くさぐさものがたり》

筆記者《ひっきしゃ》の語《かた》り――こういったお婆《ばあ》さんやお爺《じい》さんたちの昔話《むかしばなし》というのは、実《じつ》に回《まわ》りくどくて、聞《き》くのがうっとうしくなってくるものです。でも、この老人《ろうじん》(世継《よつぎ》・繁樹夫妻《しげきふさい》)たちの場合《ばあい》は、まっすぐ昔《むかし》の当時《とうじ》に立《た》ち返《かえ》って、実際《じっさい》そこにいるような気持《きも》ちになってくるのです。だから、どんどん話《はなし》を続《つづ》けてほしいと思《おも》い、こちらにも受《う》け答《こた》えしたいこと、聞《き》きたいことがたくさんありながら、口《くち》を挟《はさ》む機会《きかい》がないものですから、じれったい気《き》がしていました。

ちょうどその時《とき》、「説法《せっぽう》のお坊《ぼう》さまがお見《み》えになりましたよ」と、周《まわ》りがうるさくなり、がやがやしているうちに、すっかり座談《ざだん》の熱気《ねつき》が冷《さ》めたので、がっかりしてしまいました。そこで、講《こう》の説法《せっぽう》が終《お》わったら、あの老人《ろうじん》たちの跡《あと》を誰《だれ》かにつけさせて、家《いえ》はどこかと、見届《みとど》けさせようと思《おも》い

ました。ところが、説法《せっぽう》が半《なか》ばくらいにさしかかったころ、何《なん》だか原因《げんいん》のわからない喧嘩《けんか》沙汰《ざた》が起《お》こって、大騒《おおさわ》ぎになりました。そうして、満員《まんいん》の聴衆《ちょうしゅう》が皆《みな》、外《そと》になだれ出《で》るのに紛《まぎ》れて、どこへ行《い》ったか、老人《ろうじん》たちの姿《すがた》を見失《みうしな》ってしまったのです。その残念《ざんねん》なことったら、言葉《ことば》になりませんよ。何《なに》よりも、あの一品《いっぽん》の宮禎子《みやていし》様《さま》の御誕生《ごたんじょう》の直前《ちょくぜん》に、世継《よつぎ》が見《み》たという夢《ゆめ》のお告《つ》げを詳《くわ》しく聞《き》きたいので、老人《ろうじん》たちの住所《じゅうしょ》を突《つ》き止《と》めさせようと努力《どりょく》しましたけれども、その中《なか》の一人《ひとり》をさえ、発見《はっけん》できずに終《お》わってしまいましたよ。

❖かやうなる嫗《おうな》・翁《おきな》なんどの古言《ふるごと》するは、いとうるさく、聞《き》かまうきやうこそおぼゆるに、これはただ昔《むかし》にたち返《かへ》りあひたる心地《ここち》して、またまたも言《い》へかし、さしいらへごと・問《と》はまほしきこと多《おほ》く、心《こころ》もとなきに、「講師《かうじ》おはしましにたり」と、立《た》ち騒《さわ》ぎののしりしほどに、かきさましてしかば、いと口惜《くちを》しく、事果《ことは》てなむに、人《ひと》つけて、家《いへ》はいづこぞと、見《み》せむと思《おも》ひしも、講《かう》のなかばかりがほどに、その事《こと》となく、どよみとて、かいののしり出《い》で来《き》て、居《ゐ》こめたりつる人《ひと》も、皆《みな》くづれ出《い》づるほどに紛《まぎ》れて、いづれともなく見紛《みまぎ》らはしてし口惜《くちを》しさこそ。何事《なにごと》よりも、かの夢《ゆめ》の聞《き》かまほしさに、居所《ゐどころ》も尋《たづ》ねさせむとし侍《はべ》りしかども、ひとりびとりをだに、え見《み》つけずなりにしよ。

＊『大鏡』の閉幕シーン――ここで登場人物は全員退場する。菩提講《ぼだいこう》の途中で騒ぎが起きて、解散になったため、会衆《かいしゅう》は先を争って帰って行った。レポーターなる筆記者は、世継たちを追いかけたが、ついに姿を見失った。世継を追いかける理由は、夢のお告げの内容（次章）を詳しく知りたいからだという。それにしても、見失った悔しさをぶちまけて、突き放すように筆を擱《お》く――インパクトの強い鮮やかな幕引きである。

## ◈一品《いっぽん》の宮禎子《みやていし》の立后《りっこう》、世継《よつぎ》の吉夢《きちむ》が実現《じつげん》する

――二《に》の舞《まい》の翁《おきな》の物語《ものがたり》

二《に》の舞《まい》の翁《おきな》が語《かた》りました。「後朱雀天皇《ごすざくてんのう》が即位《そくい》なさって、何《なん》と申《もう》しましても、世間《せけん》の声望《せいぼう》は、華《はな》やかですばらしく高《たこ》うございました。しばらくするうちに、天皇《てんのう》の第二皇子《だいにおうじ》（のち後三条天皇《ごさんじょうてんのう》）とごいっしょにお暮《く》らしなさっている御母《おんはは》の一品《いっぽん》の宮禎子《みやていし》様《さま》が、皇后《こうごう》にお立《た》ちになられました。すでに東宮妃《とうぐうひ》の時分《じぶん》に、後三条天皇《ごさんじょうてんのう》（一《いち》の宮《みや》）が御誕生《ごたんじょう》になっておられましたから、その昔《むかし》この禎子《ていし》様《さま》の御誕生《ごたんじょう》の直前《ちょくぜん》に見《み》たという世継翁《よつぎおう》の吉夢《きちむ》――国母《こくも》になられる夢《ゆめ》のお告《つ》げは外《はず》れましたでしょうかな、みごと的中《てきちゅう》しましたよ。『御父三条院《おんちちさんじょういん》がお隠《かく》れになり、小一条院《こいちじょういん》（三条天皇第一皇子《さんじょうてんのうだいいちおうじ》。禎子《ていし》の兄《あに》）も皇太子《こうたいし》を御辞退《ごじたい》になり、まさに絶《た》えようとしている皇統《こうとう》を、受《う》け継《つ》がれる御運勢《ごうんせい》のお方《かた》（一品《いっぽん》の宮禎子《みやていし》様《さま》）でいらっしゃる』と、世継翁《よつぎおう》は語《かた》

られましたよ」

❖(二《に》の舞《まひ》の翁《おきな》)「後朱雀院《ごすざくゐん》位《くらゐ》に即《つ》かせたまうて、さはいへど、華《はな》やかにめでたく世《よ》にもてなされて、しばしこそあれ、一宮《いちのみや》の方《かた》に居《ゐ》させ給《たま》ふ一品宮《いつぽんのみや》（禎子《ていし》）、后《きさき》に立《た》たせ給《たま》ふ。後三条院《ごさんでうゐん》生まれさせ給《たま》ひにしかば、さればこそ、昔《むかし》の夢《ゆめ》は空《むな》しかりけりや。『なからむ末伝《すゑつた》へさせ給《たま》ふべき君《きみ》におはします』とぞ、世継《よつぎ》申《まう》されし」

✻世継の夢は、禎子が国母となるものだった。国母とは、皇太后《こうたいごう》（天皇の母）および皇后《こうごう》（天皇の妻）のことで、禎子はどちらの条件も満たす。春宮時代《とうぐうじだい》の後朱雀《ごすざく》天皇の妃《きさき》となり、のちに皇后に立てられる。また、後朱雀天皇との間に尊仁親王《たかひとしんのう》をもうけ、この親王が後に後三条《ごさんじよう》天皇となる。こうして三条天皇の男系の子孫は皇位に就《つ》かれなかったが、女系の子孫から天皇が出られたのである。——この記事も、『大鏡』の作者の位置を見定めるのに有効と考えられている。

ここの「二の舞の翁」は、世継らの会話に加わった若侍《わかざむらい》である。菩提講が途中解散になって以来、八十三年（実は九十五年）経《た》つと言い、世継の話の続きをせがまれて、二の舞の翁となって話そうと謙遜《けんそん》する――これが「二の舞の翁の物語」となる。

ほんらいの「二の舞の翁」は舞楽《ぶがく》（雅楽《ががく》）の用語である。舞楽では左舞と右舞が番《つがい》舞《まい》として組み合わされ、まず左舞を舞い、その答舞として右舞が舞われる。「案摩《あま》」という舞の答舞は、先に演じられた「案摩」を、翁と老婆がまねて舞うが、上手《うま》く舞えないふりで茶化《ちゃか》し合うという滑稽《こっけい》な舞である。これが「二の舞」で、転じて、同じ失敗を繰り返す意に「二の舞」を用いるようになった。

この組み合わせを援用してみると、若侍が「二の舞の翁」を名乗った以上、「案摩」に相当する「世継の翁舞」ともいうべき舞があったと考えるのが自然だろう。そうすると、意外や、『大鏡』は、日本古代の舞の伝統と深部において結びついていることになる。

# 解説

## 『大鏡』――作品紹介

### ○『大鏡』の輪郭

『大鏡』は今なおその作者も成立年時も確定していない。およその見当はついているものの、最終的な詰めができていない。現在、作者については、藤原氏か源氏に属し、漢文学にも仮名文学にも通じた教養人の男性貴族と推測され、十余にのぼる候補者が浮沈《ふちん》を繰り返している。また、成立年時についても諸説紛々《しょせつふんぷん》だが、平安朝末期の院政《いんせい》時代、特に白河天皇《しらかわてんのう》の御代（在位、一〇七二～八六）の比較的早い時期に議論が集まっているようだ。

『大鏡』もすなおな書名ではなかった。そもそも作者自身の命名ではなく、初めは『世継物語《よつぎものがたり》』『世継の翁《おきな》が物語』などと呼ばれ、書名の基《もと》は登場人物の「世継の翁」にあった。翁たちの会話から「歴史の真実を明らかに映し出す鏡」を取り出し、『大鏡』と改名したのは後のことである。おそらく同種の歴史物語『栄花物語《えいがものがたり》』が『世継』と呼ばれていたために混同を避けたのだろう。

内容は、文徳《もんとく》天皇の嘉祥《かしょう》三年（八五〇）から後一条《ごいちじょう》天皇の万寿《まんじゅ》二年（一〇二五）に至る十四代、百七十六年間の藤原摂関《せっかん》時代の歴史を論評している。とくに全盛期の道長に焦点を合わせ、彼が栄華を極めるまでの過程――皇室との縁戚《えんせき》づくり、他氏の排《はい》斥《せき》などを、老翁の対話形式の中に、興味深い逸話をふんだんに盛り込んで語る。

そのために『大鏡』は、紀伝体《きでんたい》にならって五部立ての構成をとっている。まず一「序《じょ》」では、老翁たちが登場し、歴史講釈の目的を明らかにする。続く二「帝紀《ていき》」では、歴代天皇の事績を語りながら、藤原北家《ほっけ》が皇室と縁戚を結び、政権を掌握《しょうあく》する経緯《けいい》を語る。三「大臣列伝《だいじんれつでん》」では、他氏および同族を排し、骨肉《こつにく》の闘いに勝利して、最高の権勢《けんせい》に輝く道長像、およびそこに至るまでの先祖の大臣たちの行跡《ぎょうせき》を語る。

この「帝紀」―皇室系、「大臣列伝」―藤原系の二大主軸が交差する地点で、四「藤原氏の物語」という極楽浄土《ごくらくじょうど》の再現―道長の法成寺造営《ほうじょうじぞうえい》が讃《たた》えられ、さらに五「雑々物《くさぐさ》語（昔《むかし》物語）」（流布本《るふぼん》の追加「二《に》の舞《まい》の翁《おきな》の物語」）という朝廷の秘話《ひわ》が添えられて、全体が語り納められる。

## ○謎《なぞ》の覆面記者《ふくめんきしゃ》は女房《にょうぼう》か

『大鏡』は、ほとんどが世継の語りである。しかし、その世継が初めて現れる場面を、世継自らが語ることはできない。語るのは名乗りをあげない第三者である。つまり、世継・繁樹夫婦・侍、それを囲む聴衆の中に、もう一人、覆面記者（あえて作者とはしない）ともいうべき人物が、少し離れた位置に座っていた。この記者が老翁たちの登場を読者に伝える台詞《せりふ》で、『大鏡』は幕が開くのである。

覆面といったのは、名乗りをあげないために、性別も身分もわからないからだ。しかし、ある程度の推定は可能である。そのために援用《えんよう》できるのが登場人物の組み合わせで、実にうまく対比させていることに気づこう。

まず二組の老夫婦は、みごとに対《つい》をなしている。世継は皇室系に仕え、繁樹は藤原系に仕え、年の差もあり身分差もある。二人の妻も対をなし、世継の妻は教養のある年上女房であり、当日欠席している。繁樹の妻は教養のあまりない年下の世話《せわ》女房、しかも後妻で夫の側に控えている。こうした老夫婦の「対」の図式を、侍に当てはめてみると、覆面記者はどういう像を結ぶだろうか。

侍が積極的に会話に加わる男性であるのに対して、この覆面記者は控えめにじっと観察する女性―女房（宮中や貴族の家に仕える女性）であろうと推理できよう。会話に参加しないのは女房を差別したのではない。当時の社会通念上、女房が侍と対等に、会話に参加するには遠慮があったからだ。いやそれ以上に、後宮の秘話を暴露する場に、一女房が名乗り出ることは、かえって話の真偽《しんぎ》を混乱させる結果になりかねない。むしろ作者の心配りを思うべきなのである。

なお、自ら、皇太后妍子《こうたいごうけんし》・一品《いっぽん》の宮禎子《みやていし》の母子に近侍《きんじ》すると告白する記事（三二一頁）があるので、これを通せば、女房の姿はかなり鮮明な像を結ぶ。

## ○世継は女房に気づいたか

『大鏡』には、宮中や上級貴族の家に仕える女房でなければ、入手できないような裏話が相当数ある。翁も侍も男であるから、取材には限界があろう。侍女あたりから入手できる、と世継は強がっているが、事実の保証にはまだ不安が残る。

ところが、ここにこそ覆面女性記者の存在意義がある。けっして男性ではありえない。この女房こそが、世継の語る秘話の信憑性《しんぴょうせい》を保証しているからだ。女房は、入手経路を疑うくらいに話が事実であることを、読者に独り言《ひとりごと》で伝えて、話の確度を補強している（雑々物語）。なんと菩提講《ぼだいこう》の最終場面では、話を聞きたいあまりに、世継を追いかけて探すほどである（三三八頁）。これまた、世継の語りの確かさの駄目押《だめお》しに他《ほか》ならない。

さらに憶測《おくそく》を重ねるならば、世継はこの女房の存在に気づいているふしがある。乳母《めのと》が話題に出ると、妙に口調が改まったり、後宮の女房たちの物語を、妙に意識したりする（雑々物語）。繁樹や侍それに聴衆に対してだけならば、不必要と思われる気遣いがうかがわれるのだ。一番興味深いのは、一品の宮禎子が国母《こくも》となる夢を見たと、世継が語った後で、妍子・禎子に近い方はいないか、と聴衆に探りを入れる場面である（三二頁）。この一言に釣られて、覆面の女房は、ここにいますよ、と独り言ながら自分の身分を明かしてしまう。わざと翁が仕掛けた匂いがしてならない。

このように考えると、最終場面で世継が姿を消すのは、実は意識的な行動ではなかったか、とさえ思われる。もっとも、化身の翁ならば雲隠れするのは本性《ほんしょう》であるが。——そういう仕掛けにして、語りに対する読者の疑念を消し去る作者の手腕《しゅわん》は、まさに驚嘆に値しよう。なお、この女房は、世継を尾行させようとするのだから、従者《じゅうしゃ》か同僚と連れだって来ているようだ。『大鏡』に登場する乳母クラスの女房を想定してよいかと思う。けっして下級の女官ではない。

以上の仮想が許されるならば、『大鏡』は、外見よりもはるかに女性の力を高く評価した作品であると断言できる。今さらながら、『大鏡』のキャストの深い心配りを思い、文学史に新たな一ページを開いた作者に敬意を表したいと思う。

# 付録

## ◆『大鏡』探求情報

### ○注釈書など

『大鏡』日本古典文学大系21、松村博司、岩波書店、一九六〇
『大鏡』角川ソフィア文庫、佐藤謙三、角川書店、一九六九
『大鏡』日本古典文学全集20、橘健二、小学館、一九七四
『大鏡全評釈』上下2巻、保坂弘司、學燈社、一九七九
『大鏡』新潮日本古典集成82、石川徹、新潮社、一九八九
『大鏡』新編日本古典文学全集34、橘健二・加藤静子、小学館、一九九六

※現代語訳

『大鏡』全現代語訳、講談社学術文庫、保坂弘司、講談社、一九八一
『大鏡』完訳日本の古典28・29、橘健二、小学館、一九八六―七

○研究・案内書など

『大鏡研究序説』保坂弘司、講談社、一九七九
『大鏡・栄花物語』日本文学研究大成、河北騰編、国書刊行会、一九八八
『王朝歴史物語の生成と方法』加藤静子、風間書房、二〇〇三
『大鏡の史的空間』勝倉壽一、風間書房、二〇〇五

『平安朝の生活と文学』角川文庫、池田亀鑑、角川書店、一九六四
『王朝の貴族』中公文庫（日本の歴史5）、土田直鎮、中央公論新社、一九七三
『大鏡・増鏡』鑑賞日本古典文学14、山岸徳平・鈴木一雄編、角川書店、一九七六
『大鏡』古典を読む11、永井路子、岩波書店、一九八四
『平安貴族の世界』徳間文庫（上下2巻）、村井康彦、徳間書店、一九八六
『大鏡の人びと―行動する一族』中公新書、渡辺実、中央公論社、一九八七
『王朝貴族物語―古代エリートの日常生活』講談社現代新書、山口博、講談社、一九九四
『平安朝の女と男―貴族と庶民の性と愛』中公新書、服藤早苗、中央公論新社、一九

九五
『王朝生活の基礎知識―古典のなかの女性たち』角川選書、川村裕子、角川学芸出版、二〇〇五

○『大鏡』の記事に関連する「絵巻物」
『北野天神縁起絵巻』『源氏物語絵巻』『伊勢物語絵巻』『狭衣物語絵巻』『枕草子絵詞』『紫式部日記絵巻』『伴大納言絵詞』『年中行事絵巻』など。

◆『大鏡』史跡案内（五十音順）

○雲林院《うりんいん》
北区　紫野雲林院町《むらさきのうんりんいんちょう》。コラム「雲林院――光と影の歴史」参照（三一頁）。…大徳寺通《だいとくじ》と北大路通の辻《つじ》。

○花山寺《かざんじ》―元慶寺《がんけいじ》
山科区《やましなく》北花《きたか》山《ざん》河原町一三。コラム「花山寺《かざんじ》こと元慶寺《がんぎょうじ》」参照（六〇頁）…最寄り駅―

JR山科《やましな》駅。地下鉄東西線御陵《みささぎ》駅。

## ○晴明神社《せいめいじんじゃ》

祭神、安倍晴明。上京区堀川通一条上ル晴明町八〇六。
境内に旧一条戻り橋のミニチュアが式神《しきがみ》石像と並んでいる。
・安倍晴明の邸宅跡―『大鏡』（巻一・花山天皇）には「土御門町口《つちみかどまちぐち》」とあり、土御門大路と町口小路の交差する付近。現在、上長者町通と新町通の交差する地点にある土御門町付近をさしている。

## ○内裏《だいり》―京都御所《きょうとごしょ》

内裏は天皇のお住まいのことで、御所も皇居・宮城もほぼ同じである。京都御所は明治二年（一八六九）の東京遷幸《せんこう》まで天皇の正式なお住まいであり、京都皇宮《こうぐう》という別称もある。

延暦《えんりやく》十三年（七九四）、桓武《かんむ》天皇により定められた平安京（京都市）の内裏は、現在の京都御所から約二キロほど西方に造営された。しかし、平安時代を通じて火災による内裏の焼失は十五回にも及び、摂関家の邸宅を一時的に内裏とする「里内裏《さとだいり》」

が置かれるようになった。『大鏡』に出てくる東三条殿《とうさんじょうどの》、土御門殿《つちみかどどの》などがそれである。鎌倉時代に入り、安貞《あんてい》元年（一二二七）の火災以後、本来の位置に内裏が復活することはなくなった。

現在の京都御所も、里内裏の一つ「土御門東洞院殿《つちみかどひがしのとういんどの》」を引き継いで整備したものである。元弘《げんこう》元年（一三三一）、北朝の光厳《こうごん》天皇がここで即位されて以来、南北朝の統一を経て、明治に至るまで五百三十余年の長きにわたり正式の皇居として続いた。ただし、現在の建物のほとんどは安政《あんせい》二年（一八五五）に、平安時代の古制にならって再建されたものである。

### ○筑紫《つくし》―大宰府《だざいふ》

・太宰府天満宮《だざいふてんまんぐう》―祭神、菅原道真《すがわらのみちざね》。福岡県太宰府市宰府四丁目。
・大宰府政庁跡《だざいふせいちょうあと》―福岡県太宰府市観世音寺《かんぜおんじ》四丁目。

筑紫（筑前《ちくぜん》・筑後《ちくご》）は今の福岡県の古称。九州全体をいう場合もある。ただし『大鏡』では道真公が流された大宰府をさす。地名・神社名の「太宰府」と漢字を書き分ける。

大宰府は、九州・壱岐《いき》・対馬《つしま》を治《おさ》め、外交・国防にあたった地方官庁。当時は平安京に次ぐ大きな行政都市であり、「遠《とお》の朝廷《みかど》」と呼ばれた。その一方で、中央の政界で失脚《しっきゃく》した貴族の左遷先《させんさき》となることが多かった。たとえば大宰《だざい》の権帥《ごんのそち》に落とされた菅原道真や藤原伊周《ふじわらのこれちか》などがそうである。『大鏡』は、道真の悲劇を大きく採り上げる（八〇〜九三頁）とともに、刀伊《とい》の来襲《らいしゅう》を退けた大宰《だざい》の大弐《だいに》隆家《たかいえ》の功績を讃《たた》えている（一五六〜八頁）。

## ○法成寺《ほうじょうじ》の跡《あと》

京都市上京区荒神口《こうじんぐち》通寺町東入ル北側。

荒神口交差点から西に入り、鴨沂《おうき》高校北側のグランドの壁際に「法成寺跡」（従是東北 法成寺址）の碑《ひ》が建つ。寺域は、現在の荒神口から中立売通《なかだちうりどおり》、寺町《てらまち》から鴨川《かもがわ》の範囲に比定される。

法成寺は、藤原道長が、浄土信仰に傾倒《けいとう》した晩年の寛仁《かんにん》三年（一〇一九）に造営を開始、その翌年に創立された。当初は無量寿院《むりょうじゅいん》（九体阿弥陀堂《くたいあみだどう》）と称し、治安《じあん》二年（一〇二二）金堂供養《こんどうくよう》の時に、法成寺と命名された。道長家の栄華のシンボルであり、宇治《うじ》の平等院《びょうどういん》はこの法成寺を範《はん》としたといわれる。

当時、この世の極楽浄土《ごくらくじょうど》と讃えられた大寺院だったが、火災・地震などでしだいに再建の道が阻《はば》まれるようになり、十四世紀に入って、『徒然草《つれづれぐさ》』（二五段）には、見る影もないほど荒廃した境内の光景が記されている。遺《のこ》っていた無量寿院（阿弥陀堂）も、元弘《げんこう》元年（一三三一）十月に焼失して法灯は消えた。

**○三島《みしま》―大山祇神社《おおやまつみじんじゃ》**

祭神、大山積神《おおやまつみのかみ》。愛《え》媛《ひめ》県今治《いまばり》市大三島町宮浦三三二七番地。

山祇神社、三島神社の総本社。瀬戸内海の芸予《げいよ》海峡のほぼ中央に位置し、山神・海神・軍神・航海神などとして歴代の朝廷や武将から尊崇《そんすう》を集め、武具の奉納を受けたため、国宝・重要文化財に指定された甲冑《かっちゅう》の約四割を所蔵している。

扁額《へんがく》「日本総鎮守大山積大明神」は、大宰《だざい》の大弐《だいに》藤原佐理《ふじわらのすけまさ》が海路で帰京する途中、三島明神（大山積神）に懇望《こんもう》されて書いたといわれる（一〇四頁）。

# 「藤原道長」略年譜

（年齢は満年齢）

| 西暦 | 年号 | 年齢 | 主要事項 |
|---|---|---|---|
| 九六六 | 康保《こうほう》三 | 0 | 道長誕生。 |
| 九八〇 | 天元《てんげん》三 | 14 | 叙爵《じょしゃく》——従五位下《じゅごいげ》となる。実母死去。 |
| 九八二 | 五 | 16 | 昇殿《しょうでん》——殿上人《てんじょうびと》となる。 |
| 九八七 | 永延《えいえん》元 | 21 | 左京大夫《さきょうのだいぶ》、従三位《じゅさんみ》。倫子《りんし》（源雅信《みなもとのまさのぶ》の娘）と結婚。 |
| 九八八 | 二 | 22 | 娘彰子《しょうし》誕生（母・倫子）。権中納言《ごんちゅうなごん》。明子《めいし》（源高明《みなもとのたかあきら》の娘）と結婚。 |
| 九九〇 | 正暦《しょうりゃく》元 | 24 | 正三位《しょうさんみ》。長兄の道隆《みちたか》、関白《かんぱく》・摂政《せっしょう》。父兼家《かねいえ》死去。 |
| 九九一 | 二 | 25 | 権大納言《ごんだいなごん》。姉の詮子《せんし》（東三条院《とうさんじょういん》）出家《しゅっけ》。 |
| 九九二 | 三 | 26 | 長男頼通《よりみち》（母・倫子）誕生。翌年、頼宗《よりむね》（母・明子）誕生。 |
| 九九五 | 長徳《ちょうとく》元 | 29 | 兄の道隆・道兼《みちかね》死去。内覧《ないらん》、右大臣《うだいじん》、氏の長者《うじのちょうじゃ》となる。 |
| 九九六 | 二 | 30 | 正二位《しょうにい》左大臣《さだいじん》。伊周《これちか》・隆家《たかいえ》兄弟（道隆の息子）の左遷《させん》。 |

| | | | |
|---|---|---|---|
| 一〇〇〇 | 長保《ちょうほ》二 | 34 | 彰子、一条天皇中宮《いちじょうてんのうちゅうぐう》となる。定子《ていし》（道隆の娘）、同皇后《こうごう》。 |
| 一〇〇七 | 寛弘《かんこう》四 | 41 | 金峯山《きんぷせん》に参詣《さんけい》——埋《う》めた経筒《きょうづつ》現存。 |
| 一〇〇八 | 五 | 42 | 彰子に皇子敦成《あつひら》（後一条天皇《ごいちじょうてんのう》）誕生、外祖父《がいそふ》となる。 |
| 一〇一〇 | 七 | 44 | 雲林院《うりんいん》に参詣。 |
| 一〇一一 | 八 | 45 | 関白就任を辞退、内覧《ないらん》（関白と同格）に留任。 |
| 一〇一二 | 長和《ちょうわ》元 | 46 | 妍子《けんし》（母・倫子）、三条天皇中宮《さんじょうてんのうちゅうぐう》となる。 |
| 一〇一六 | 五 | 50 | 摂政。後一条天皇（母・彰子）即位《そくい》。左大臣辞任。 |
| 一〇一七 | 寛仁《かんにん》元 | 51 | 摂政辞任。寛子《かんし》（母・明子）、小一条院《こいちじょういん》（三条天皇第一皇子）と結婚。従一位《じゅいちい》太政大臣《だいじょうだいじん》となる。 |
| 一〇一八 | 二 | 52 | 太政大臣辞任。威子《いし》（母・倫子）後一条天皇中宮となる。 |
| 一〇一九 | 三 | 53 | 出家、法名行観《ぎょうかん》。のち、行覚《ぎょうかく》と改める。刀伊賊《といぞく》の襲来《しゅうらい》。頼通《よりみち》、関白となる。 |
| 一〇二〇 | 四 | 54 | 無量寿院《むりょうじゅいん》の落慶供養《らっけいくよう》。 |
| 一〇二二 | 治安《じあん》二 | 56 | 法成寺《ほうじょうじ》の金堂供養。 |
| 一〇二七 | 万寿《まんじゅ》四 | 61 | 十二月四日、道長死去。鳥辺野《とりべの》で葬送《そうそう》、遺骨《いこつ》を木幡《こはた》に移す。 |

# 『大鏡』記事年表

○本表は、『大鏡』に載る記事の中で特に重要なものを選び、編年体に構成したものである。本書に採録できなかった説話も収載してある。
○西暦・年号とも空白の記事は、出来事のあった年時を推定して挿入したことを示す。
○篇名の略称……藤原氏—藤原氏の物語　雑々—雑々《くさぐさ》物語　二の舞—二の舞の翁《おきな》の物語

| 西暦 | 年号 | 天皇 | 主要記事 | 収載・篇巻名 |
|---|---|---|---|---|
| 六五九 | 斉明《さいめい》五 | 斉明㊲ | ・天智《てんじ》天皇《てんのう》、中臣鎌足《なかとみのかまたり》に愛妃《あいひ》を賜《たま》い、不《ふ》比等《ひと》生まれる。 | 下・藤原氏 |
| 六六九 | 天智《てんじ》八 | 天智㊳ | ・中臣鎌足、藤原姓《ふじわらせい》を賜り、その翌日に死没《しぼつ》する。 | 下・藤原氏 |
| 七二〇 | 養老《ようろう》四 | 元正《げんしょう》㊹ | ・藤原不比等没。藤原氏、南家《なんけ》・北家《ほっけ》・ | 下・藤原氏 |

| | | | | |
|---|---|---|---|---|
| | | | 式家《しきけ》・京家《きょうけ》の四家《しけ》に分裂《ぶんれつ》する。 | |
| 八五〇 | 嘉祥《かしょう》三 | 文徳《もんとく》㊺ | ・惟仁親王《これひとしんのう》（清和天皇《せいわ》）、兄の惟喬《これたか》親王と皇太子の位を争い、勝つ。 | 上・清和紀 |
| | | | ・在原業平《ありわらのなりひら》、二条《にじょう》の后《きさき》（清和后）高子《たかいこ》に通う―伊《い》勢物語《せものがたり》。 | 上・文徳、陽成紀 |
| | | | ・時康《ときやす》親王（光孝天皇《こうこう》）の宴席《えんせき》の振る舞いに基経《もとつね》が感動する。 | 上・基経伝 |
| 八五八 | 天安《てんあん》二 | 清和《せいわ》㊻ | ・良房《よしふさ》、人臣で初めて摂政《せっしょう》となる。 | 上・後一条紀 |
| 八六四 | 貞観《じょうがん》六 | | ・大宅世継《おおやけのよつぎ》の妻生まれる。 | 下・雑々 |
| 八七二 | 貞観一四 | | ・基経《もとつね》、摂政となる。 | 上・基経伝 |
| 八七六 | 貞観一八 | | ・一月十五日、大宅世継生まれる。 | 序、下・雑々 |
| 八八四 | 元慶《がんぎょう》八 | 光孝《こうこう》㊽ | ・基経、時康親王に敬服して、天皇位に親王を推挙《すいきょ》する。 | 上・基経伝 |

| | | | | |
|---|---|---|---|---|
| | | | ・即位前の宇多《うだ》天皇、業平と相撲《すもう》をとり、椅子《いす》を壊《こわ》す。 | 上・宇多紀 |
| 八八七 | 仁和《にんな》三 | 宇多《うだ》(59) | ・宇多天皇、陽成院《ようぜいいん》に家来《けらい》呼ばわりされる。 | 上・宇多紀 |
| 八八九 | 寛平《かんぴょう》元 | | ・夏山繁樹《なつやまのしげき》、このころ生まれる。 | 序 |
| 八八九 | 寛平元 | | ・賀茂《かも》の臨時《りんじ》の祭《まつり》始まる。 | 上・宇多紀 |
| 八九九 | 昌泰《しょうたい》二 | 醍醐《だいご》(60) | ・時平《ときひら》29歳左《さ》大臣《だいじん》、道真《みちざね》55歳右《う》大臣《だいじん》となり、確執《かくしつ》が始まる。 | 上・時平伝 |
| 九〇〇 | 昌泰三 | | ・時平、史《ふひと》の放屁《ほうひ》に笑いが止まらず、政務を放棄する。 | 上・時平伝 |
| 九〇一 | 昌泰四（延喜《えんぎ》元） | | ・道真、大宰《だざい》の権帥《ごんのそち》に左遷《させん》さる。二年後に現地で死没する。 | 上・時平伝 |
| | | | ・時平、雷神《らいじん》となった道真の霊と宮中で対決する。 | 上・時平伝 |

| | | | | |
|---|---|---|---|---|
| 九〇五 | 延喜五 | | ・紀貫之《きのつらゆき》ら、勅撰《ちょくせん》『古今和歌集《こきんわかしゅう》』を撰進《せんしん》する。 | 下・雑々 |
| | | | ・時平、天皇と計画、故意《こい》に勅勘《ちょっかん》を受けて臣の華美《かび》を止める。 | 上・時平伝 |
| | | | ・天皇、民の寒苦《かんく》を心配、御衣《おんぞ》を夜《よる》の御《お》殿《とど》より投げいだす。 | 下・雑々 |
| | | | ・天皇、公忠《きんただ》の弁を信頼し、鷹狩《たかが》りの趣味を擁護《ようご》する。 | 下・雑々 |
| | | | ・忠平《ただひら》、南殿で鬼《おに》に遭《あ》ったが、皇威《こうい》をもって退散《たいさん》させる。 | 上・忠平伝 |
| 九三九 | 天慶《てんぎょう》二 | 朱雀《すざく》㊶ | ・東国《とうごく》に平将門《たいらのまさかど》が新皇を称し、西国《さいごく》に藤《ふじ》原純友《わらのすみとも》が乱を起こす。 | 中・道隆伝 |
| | | | ・繁樹、貫之の和泉国《いずみのくに》赴任《ふにん》に随行《ずいこう》する。 | 下・雑々 |
| | | | ・天皇、母后《ははきさき》の言葉を誤解して譲位、母后を嘆かせる。 | 下・雑々 |

| | | | | |
|---|---|---|---|---|
| | | 村上《むらかみ》62 | ・師輔《もろすけ》、百鬼夜行《ひゃきやぎょう》に遭ったが、読経《どきょう》の御《ご》利益《りやく》で難《なん》を逃《のが》れる。 | 中・師輔伝 |
| | | | ・師輔、双六《すごろく》で娘の皇子誕生を賭《か》けた采《さい》の目《め》を出し、政敵元方《もとかた》を圧する。 | 中・師輔伝 |
| | | | ・繁樹、勅命に従い、梅の木を貫之女《むすめ》の家から持ち帰る—鶯宿梅《おうしゅくばい》。 | 下・雑々 |
| 九五五 | 天暦《てんりゃく》九 | | ・兼家《かねいえ》、妻（道綱《みちつな》の母《はは》）に閉め出されて、歌を詠む—蜻蛉日記《かげろうにっき》。 | 中・兼家伝 |
| 九五七 | 天徳《てんとく》元 | | ・師輔、醍醐帝皇女康子《こうし》と不倫《ふりん》、公季《きんすえ》（のち太政大臣《だいじょうだいじん》）を生む。 | 中・公季伝 |
| 九五九 | 天徳三 | | ・中宮安子《あんし》、女御芳子《ほうし》に嫉妬《しっと》して、中隔ての壁穴《かべあな》より投石する。 | 中・師輔伝 |
| 九七四 | 天延《てんえん》二 | 円融《えんゆう》64 | ・伊尹《これまさ》の子、挙賢《たかかた》・義孝《よしたか》兄弟、たった一日で二人とも死没する。 | 中・伊尹伝 |

| | | | | |
|---|---|---|---|---|
| 九七七 | 貞元《じょうげん》二 | | ・兼通《かねみち》、自分の病気を見舞わない弟の兼家を憎んで、左遷する。 | 中・兼通伝 |
| | | | ・兼家、占いのよくあたる打《う》ち伏《ふ》しの巫《み》女《こ》を重用《ちょうよう》、膝枕《ひざまくら》させる。 | 中・兼家伝 |
| | | | ・道長《みちなが》、公任《きんとう》より劣ると嘆く父兼家の息《むす》子《こ》評《ひょう》に敢然《かんぜん》と反発《はんぱつ》する。 | 下・道長伝 |
| 九八五 | 寛和《かんな》元 | 花山《かざん》⑮ | ・花山天皇、殿上《てんじょう》にて道隆《みちたか》・道兼《みちかね》・道長三兄弟の肝試《きもだめ》しを行う。 | 下・道長伝 |
| 九八六 | 寛和二 | | ・花山天皇、兼家・道兼父子《ふし》に謀《はか》られ、花山寺《かざんじ》で譲位《じょうい》・出家《しゅっけ》する。 | 上・花山紀 |
| 九八六 | 寛和二 | 一条《いちじょう》⑯ | ・兼家、天皇即位当日の怪異《かいい》を無視して儀式を強行・完遂《かんすい》する。 | 下・雑々 |
| 九九〇 | 正暦《しょうりゃく》元 | | ・道隆女《むすめ》定子《ていし》、入内《じゅだい》する。 | 中・道隆伝 |
| 九九〇 | 正暦元 | | ・道兼、関白位《かんぱくい》を譲らなかった父兼家の | 中・道兼伝 |

| | | | | |
|---|---|---|---|---|
| | | | 喪《も》に服さず、遊興《ゆうきょう》する。 | |
| | | | ・清範律師《せいはんりつし》、犬の法事に名説法《めいせっぽう》を演じ、参会《さんかい》の聴衆を爆笑《ばくしょう》させる。 | 下・雑々 |
| 九九四 | 正暦五 | | ・道長、兄道隆邸に赴《おもむ》いて甥《おい》の伊周《これちか》と競《きょう》射《しゃ》、さんざんに打ち破る。 | 下・道長伝 |
| 九九五 | 長徳《ちょうとく》元 | | ・酒豪《しゅごう》の道隆、酒友の済時《なりとき》・朝光《あさてる》を偲《しの》びつつ酒害で死没する。 | 中・道隆伝 |
| 九九五 | 長徳元 | | ・道長、姉の女院詮子《せんし》の工作によって、内覧《ないらん》の宣旨《せんじ》を受ける。 | 下・道長伝 |
| 九九五 | 長徳元 | | ・佐理《すけまさ》、帰京の途次《とじ》、神意によって伊予《いよ》の三島明神《みしまみょうじん》の額《がく》を書く。 | 上・実頼伝 |
| 九九六 | 長徳二 | | ・道隆の子伊周・隆家《たかいえ》兄弟に左遷の宣旨下る。翌年召還《しょうかん》。 | 中・道隆伝 |
| 九九八 | 長徳四 | | ・花山院、さまざまな分野で芸術的才能を発揮《はっき》する。 | 中・伊尹伝 |
| 九九九 | 長保《ちょうほ》元 | | ・道長女彰子《しょうし》、入内する。 | 下・道長伝 |

| | | | | |
|---|---|---|---|---|
| 一〇〇一 | 長保三 | | ・公任《きんとう》、道長の大井河逍遥《おおいがわしょうよう》で和歌の船に乗り、秀歌を賞賛される。 | 上・頼忠伝 |
| 一〇〇一 | 長保三 | | ・道長、姉の女院詮子の葬送《そうそう》で、遺骨《いこつ》を首に掛ける。 | 下・道長伝 |
| 一〇〇四 | 寛弘元《かんこう》 | | ・道長、隆家を酒宴に招き、手ずからくつろがせて懐柔《かいじゅう》する。 | 中・道隆伝 |
| 一〇〇五 | 寛弘二 | | ・和泉式部《いずみしきぶ》と敦道《あつみち》親王が同乗して賀茂《かも》祭《まつり》を見物、衆目を集める。 | 中・兼家伝 |
| 一〇〇七 | 寛弘四 | | ・道長、悪評の弁解に訪れた伊周を博打《ばくち》の双六《すごろく》でもてなす。 | 中・道隆伝 |
| 一〇一二 | 長和元《ちょうわ》 | 三条《さんじょう》(67) | ・道長の子顕信《あきのぶ》、出家して道長や乳母《めのと》を嘆かせる。 | 下・道長伝 |
| 一〇一三 | 長和二 | | ・三条天皇皇女禎子《ていし》、誕生する──世継の「かしこき夢想」。 | 下・藤原氏 |
| 一〇一四 | 長和三 | | ・隆家、眼病の治療を兼ねて大宰の大弐《だいに》 | 中・道隆伝 |

| | | | | |
|---|---|---|---|---|
| 一〇一五 | 長和四 | | を希望して任官する。・天皇、眼病のため一品《いっぽん》の宮《みや》禎子の御髪《おぐし》が見えないのを悲しむ。 | 上・三条紀 |
| 一〇一八 | 寛仁《かんにん》二 | 後一条《ごいちじょう》⑱ | ・行成《ゆきなり》、天皇に手製の独楽《こま》や自筆の扇子《せんす》を献上、喜ばれる。 | 中・伊尹伝 |
| 一〇一九 | 寛仁三 | | ・道長、出家する。法名、行観《ぎょうかん》。 | 下・道長伝 |
| 一〇一九 | 寛仁三 | | ・隆家、刀伊国《といこく》の九州来襲《らいしゅう》を撃退し、世人の信望を得る。 | 中・道隆伝 |
| 一〇二二 | 治安《じあん》二 | | ・法成寺《ほうじょうじ》の金堂供養《こんどうくよう》—試楽《しがく》に世継が参会する。 | 下・藤原氏 |
| 一〇二三 | 治安三 | | ・禎子内親王の御裳着《もぎ》—衣を下賜《かし》されない女房が恥じて死ぬ。 | 下・雑々 |
| 一〇二五 | 万寿《まんじゅ》二 | | ・雲林院菩提講《うりんいんぼだいこう》—世継と繁樹夫婦が対面する。 | 序 |
| 一〇三四 | 長元《ちょうげん》七 | | ・後三条天皇誕生。侍、世継翁《よつぎのおきな》と再会す | 下・二の舞 |

| | | | | |
|---|---|---|---|---|
| 一〇三六 | 長元九 | | る。<br>・後一条天皇崩御《ほうぎょ》。 | 下・二の舞 |
| 一〇三六 | 長元九 | 後朱雀《ごすざく》 ⑥⑨ | ・後朱雀《ごすざく》天皇即位。禎子内親王立后《りっこう》。 | 下・二の舞 |
| 一一一九 | 元永《げんえい》二 | | ・千日講《せんにちこう》で、『大鏡』の筆記者、かつての侍が後日談を語るのを聞く。 | 下・二の舞 |

## 皇室系譜

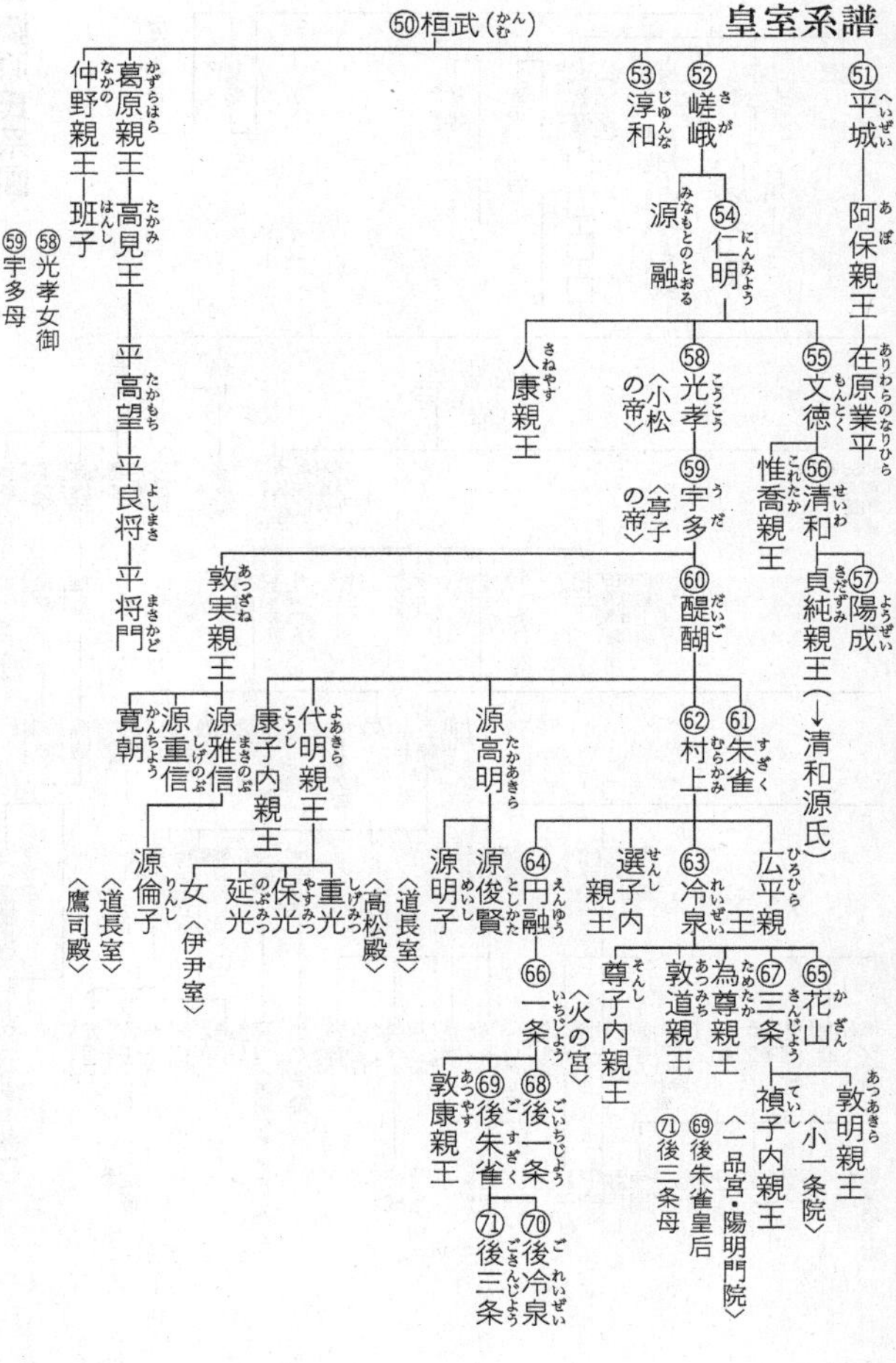

⑤⓪桓武《かんむ》
⑤①平城《へいぜい》
阿保《あぼ》親王
在原業平《ありわらのなりひら》
⑤②嵯峨《さが》
⑤③淳和《じゅんな》
葛原《かずらはら》親王
高見《たかみ》王
平高望《たかもち》
平良将《よしまさ》
平将門《まさかど》
仲野《なかの》親王
班子《はんし》
⑤⑧光孝女御
⑤⑨宇多母
⑤④仁明《にんみょう》
源融《みなもとのとおる》
⑤⑤文徳《もんとく》
⑤⑧光孝《こうこう》
〈小松の帝〉
人康《さねやす》親王
⑤⑥清和《せいわ》
惟喬《これたか》親王
⑤⑦陽成《ようぜい》
貞純《さだずみ》親王（→清和源氏）
⑤⑨宇多《うだ》
〈亭子の帝〉
⑥⓪醍醐《だいご》
敦実《あつざね》親王
⑥①朱雀《すざく》
⑥②村上《むらかみ》
源高明《たかあきら》
代明《よあきら》親王
康子《こうし》内親王
源雅信《まさのぶ》
源重信《しげのぶ》
寛朝《かんちょう》
広平《ひろひら》親王
⑥③冷泉《れいぜい》
選子《せんし》内親王
⑥④円融《えんゆう》
源俊賢《としかた》
源明子《めいし》
〈道長室〉
重光《しげみつ》
保光《やすみつ》
延光《のぶみつ》
〈高松殿〉
女〈伊尹室〉
源倫子《りんし》
〈道長室〉
〈鷹司殿〉
⑥⑤花山《かざん》
⑥⑦三条《さんじょう》
為尊《ためたか》親王
敦道《あつみち》親王
尊子《そんし》内親王
⑥⑥一条《いちじょう》
〈火の宮〉
敦明《あつあきら》親王
〈小一条院〉
禎子《ていし》内親王
〈一品宮・陽明門院〉
⑥⑨後朱雀皇后
⑦①後三条母
⑥⑧後一条《ごいちじょう》
⑥⑨後朱雀《ごすざく》
敦康《あつやす》親王
⑦⓪後冷泉《ごれいぜい》
⑦①後三条《ごさんじょう》

# 藤原氏系図

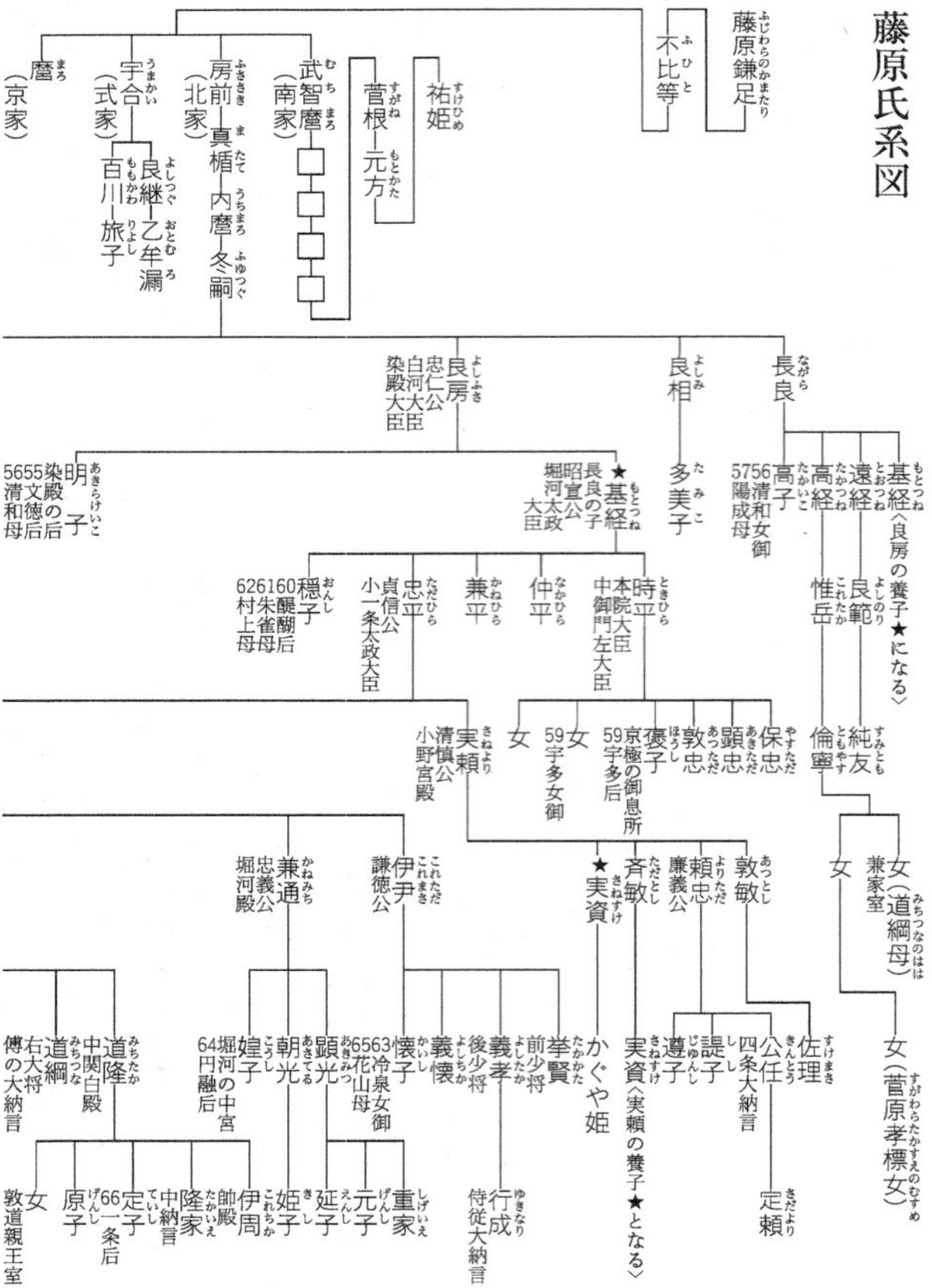

藤原鎌足《ふじわらのかまたり》
不比等《ふひと》
祐姫《すけひめ》
菅根《すがね》
元方《もとかた》
武智麿《むちまろ》（南家）
房前《ふささき》（北家）
宇合《うまかい》（式家）
麿《まろ》（京家）
真楯《またて》
内麿《うちまろ》
冬嗣《ふゆつぐ》
良継《よしつぐ》
乙牟漏《おとむろ》
百川《ももかわ》
旅子《りょし》
長良《ながら》
良相《よしみ》
良房《よしふさ》
忠仁公
白河大臣
染殿大臣
多美子《たみこ》
基経《もとつね》〈良房の養子★になる〉
遠経《とおつね》
高経《たかつね》
高子《たかいこ》
5756清和女御
陽成母
良範《よしのり》
惟岳《これたか》
純友《すみとも》
倫寧《ともやす》
女（道綱母《みちつなのはは》）
兼家室
女
女（菅原孝標女《すがわらたかすえのむすめ》）
★基経《もとつね》
長良の子
昭宣公
堀河太政大臣
明子《あきらけいこ》
染殿の后
文徳后
5655清和母
時平《ときひら》
本院大臣
中御門左大臣
仲平《なかひら》
兼平《かねひら》
忠平《ただひら》
貞信公
小一条太政大臣
穏子《おんし》
醍醐后
626160朱雀母
村上母
保忠《やすただ》
顕忠《あきただ》
敦忠《あつただ》
褒子《ほうし》
京極の御息所
59宇多后
女
59宇多女御
女
実頼《さねより》
清慎公
小野宮殿
敦敏《あつとし》
頼忠《よりただ》
廉義公
斉敏《ただとし》
★実資《さねすけ》
伊尹《これただ》《これまさ》
謙徳公
兼通《かねみち》
忠義公
堀河殿
佐理《すけまさ》
公任《きんとう》
四条大納言
定頼《さだより》
諟子《しし》
遵子《じゅんし》
実資《さねすけ》〈実頼の養子★となる〉
かぐや姫
挙賢《たかかた》
前少将
義孝《よしたか》
後少将
行成《ゆきなり》
侍従大納言
義懐《よしちか》
懐子《かいし》
6563冷泉女御
花山母
顕光《あきみつ》
朝光《あきてる》
媓子《こうし》
堀河の中宮
64円融后
重家《しげいえ》
元子《げんし》
延子《えんし》
姫子《きし》
道隆《みちたか》
中関白殿
道綱《みちつな》
右大将
傅の大納言
伊周《これちか》
帥殿
隆家《たかいえ》
中納言
定子《ていし》
66一条后
原子《げんし》
女
敦道親王室

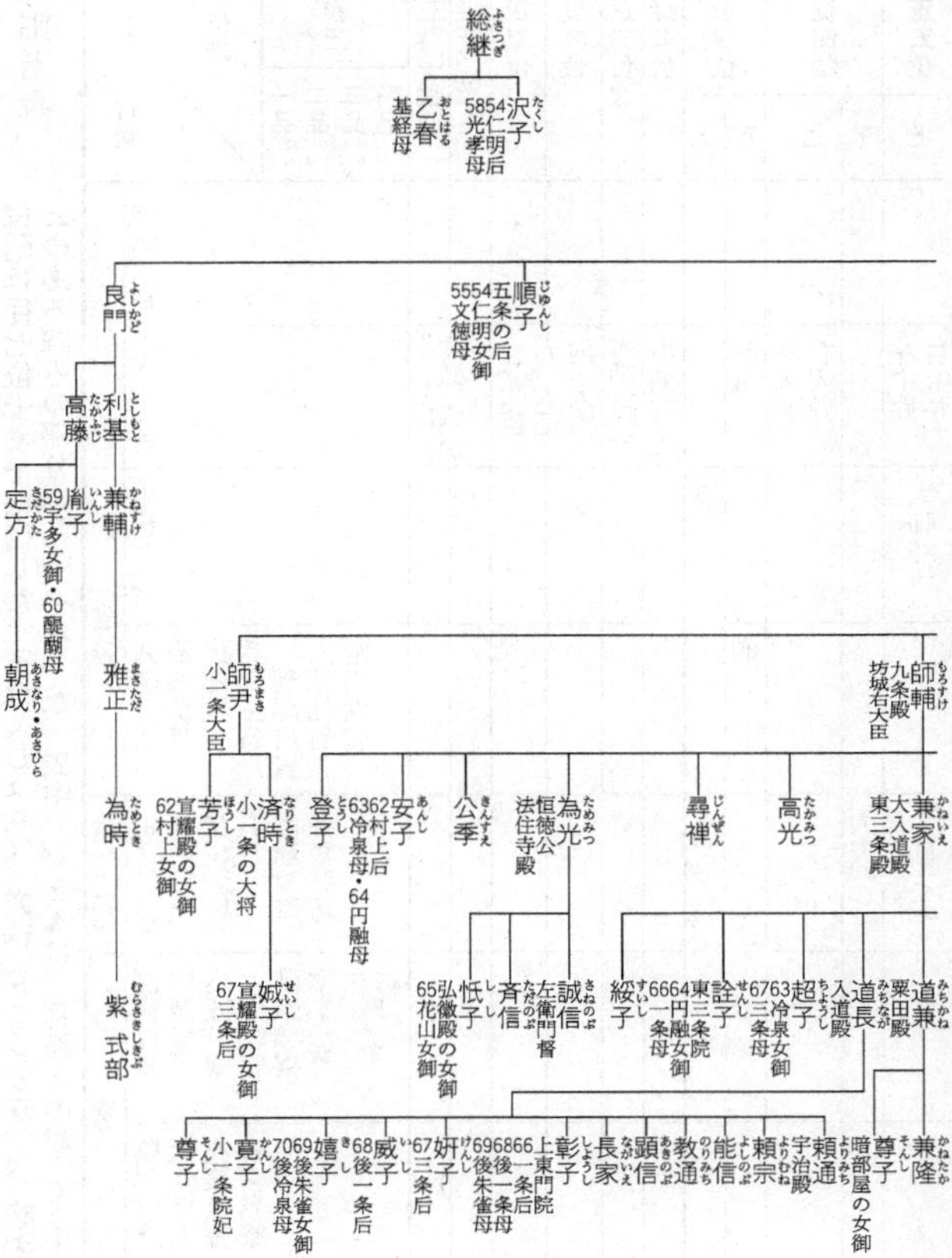

総継《ふさつぐ》
沢子《たくし》 54仁明后 58光孝母
乙春《おとはる》 基経母
順子《じゅんし》 五条の后 54仁明女御 55文徳母
良門《よしかど》
利基《としもと》
高藤《たかふじ》
兼輔《かねすけ》
胤子《いんし》 59宇多女御・60醍醐母
定方《さだかた》
雅正《まさただ》
朝成《あさなり・あさひら》
為時《ためとき》
紫式部《むらさきしきぶ》
師輔《もろすけ》 九条殿 坊城右大臣
師尹《もろまさ》 小一条大臣
済時《なりとき》 小一条の大将
芳子《ほうし》 宣耀殿の女御 62村上女御
娍子《せいし》 宣耀殿の女御 67三条后
登子《とうし》
安子《あんし》 62村上后 63冷泉母・64円融母
公季《きんすえ》
為光《ためみつ》 恒徳公 法住寺殿
尋禅《じんぜん》
高光《たかみつ》
兼家《かねいえ》 大入道殿 東三条殿
忯子《しし》 弘徽殿の女御 65花山女御
斉信《ただのぶ》
誠信《さねのぶ》 左衛門督
綏子《すいし》
詮子《せんし》 東三条院 64円融女御 66一条母
超子《ちょうし》 63冷泉女御 67三条母
道長《みちなが》 入道殿
道兼《みちかね》 粟田殿
兼隆《かねたか》
尊子《そんし》 暗部屋の女御
頼通《よりみち》 宇治殿
頼宗《よりむね》
能信《よしのぶ》
教通《のりみち》
顕信《あきのぶ》
長家《ながいえ》
彰子《しょうし》 上東門院 66一条后 68後一条母 69後朱雀母
妍子《けんし》 67三条后
威子《いし》 68後一条后
嬉子《きし》 69後朱雀女御 70後冷泉母
寛子《かんし》 小一条院妃
尊子《そんし》

# 官位相当表

位階は従七位上まで掲出した。正は〈しょう〉、従は〈じゅ〉と読み、略すことのある読みの部分は（）で括った。表中の▽と▲は、官職との対応を示す。

| 官職＼位階 | | 公卿《くぎょう》（上達部《かんだちめ》） | | | | | | | 人 てんじょうびと | | | | |
|---|---|---|---|---|---|---|---|---|---|---|---|---|---|
| | | 親王《しんのう》 一品《いっぽん》 二品《にほん》 三品《さんぼん》 四品《しほん》 | 正《しょう》一位《いちい》 | 従《じゅ》一位 | 正二位 | 従二位 | 正三位《さんみ》 | 従三位 | 正四位《しい》 上 | 正四位 下 | 従四位 上 | 従四位 下 | 正五位 上 |
| 官《かん》 | 神祇《じんぎ》官 | | | | | | | | | | | 伯《はく》 | |
| | 太政《だいじょう》官 | | 太政大臣《だいじょうだいじん》 | | 左《き》大臣 右《う》大臣 | 内《ない》大臣 | 大納言《だいなごん》 | 中納言 | | 参議 | 左大弁《だいべん》 右大弁 | | 左中弁 右中弁 |
| 省《しょう》 | 中務《なかつかさ》省 | | | | | | | | 卿《きょう》 | | | | 大輔《たいふ》 |
| | 式部《しきぶ》省 治部《じぶ》省 民部《みんぶ》省 兵部《ひょうぶ》省 ▽刑部《ぎょうぶ》省 大蔵《おおくら》省 宮内《くない》省 | | | | | | | | | 卿 | | | |
| 職《しき》・坊《ぼう》 | 中宮《ちゅうぐう》職 大膳《だいぜん》職 左右京《きょう》職 修理《しゅり》職 春宮《とうぐう》坊 | | | | | | | | 東宮傅《とうぐうふ》 | | | 大夫《だいぶ》 | 大膳大夫《だいぜんだいぶ》 |
| 寮《りょう》 | 図書《ずしょ》寮 内蔵《くら》寮 内匠《たくみ》寮 大学《だいがく》寮 雅楽《ががく》寮 木工《もく》寮 左右馬《め》寮 | | | | | | | | | | | | |
| | 陰陽《おんよう》寮 大炊《おおい》寮 典薬《てんやく》寮 斎宮《さいぐう》寮 | | | | | | | | | | | | |

| 殿上 | | | 地下人《じげにん》 | | | | | | |
|---|---|---|---|---|---|---|---|---|---|
| | 従五位 | | 正六位 | | 従六位 | | 正七位 | | 従七位 |
| 下 | 上 | 下 | 上 | 下 | 上 | 下 | 上 | 下 | 上 |
| | | 大副《たいふ》 | 少副《しょう(ふく)》 | | 大祐《だいじょう》 | 少祐 | | | |
| 左少弁<br>右少弁 | | 少納言 | 大外記《だいげき》<br>大史《たいし》 | | | | 少外記<br>少史 | | |
| | 少輔《しょう(ゆう)》 | 侍従《じじゅう》<br>大監物《だいけんもつ》 | 大内記《だいないき》<br>大丞《だいじょう》 | | 少丞 | | 少内記<br>大録《だいさかん》 | 少監物<br>大主鈴《だいしゅれい》 | |
| 大輔<br>▽大判事《だいはんじ》 | | 少輔 | | 大丞<br>▽中判事 | 少丞 | ▽少判事<br>大主鑰《だいしゅやく》 | 大録 | ▽判事大属《はんじだいさかん》 | |
| | | 亮《すけ》<br>東宮学士 | | | 大進《だいじん》 | 少進<br>京大進<br>大膳大進 | 京少進<br>大膳少進 | | |
| | 頭《かみ》 | 文章博士《もんじょうはかせ》 | | 助《すけ》<br>明経《みょうぎょう》博士 | | | | 大允《だいじょう》<br>助教《すけはかせ》<br>明法《みょうぼう》博士 | 少允<br>音博士《おんはかせ》<br>書博士《しょはかせ》<br>算博士《さんはかせ》 |
| | | 頭 | 侍医《じい》<br>斎宮助 | | 助 | | | 斎宮大允<br>医博士<br>陰陽博士《おんようはかせ》<br>天文博士《てんもんはかせ》 | 大允<br>典薬少允<br>斎宮少允<br>陰陽師《おんようじ》<br>暦博士《れきはかせ》<br>医師《いし》 |

| 官職＼位階 | | 公卿（上達部） 正一位 | 従一位 | 正二位 | 従二位 | 正三位 | 従三位 | 殿上人 正四位 上 | 正四位 下 | 従四位 上 | 従四位 下 | 正五位 上 | 正五位 下 | 従五位 上 | 従五位 下 |
|---|---|---|---|---|---|---|---|---|---|---|---|---|---|---|---|
| 六衛府《ろくえふ》 | 左右衛門《えもん》府▽<br>左右兵衛《ひょうえ》府▽<br>左右近衛《このえ》府 | | | | | | 近衛大将《だいしょう》 | | | | 衛門督《えもんのかみ》<br>近衛督<br>近衛中将《ちゅうじょう》 | | 近衛少将《しょうしょう》 | 衛門佐《すけ》<br>兵衛佐 | |
| 諸所《しょところ》 | 蔵人所《くろうどどころ》 | | | 別当《べつとう》 | | | | 頭《とう》 | | | | 五位 | | | |
| 諸使《しょし》 | ▽検非違使《けびいし》<br>勘解由使《かげゆし》<br>按察使《あぜち》<br>▲弾正台《だんじょうだい》 | | | | | | ▲尹《いん》 | | | ▽別当 | 勘解由長官《かげゆのかみ》<br>按察使<br>▲大弼《だいひつ》 | | ▲少弼 | ▽佐 | 勘解由次官《すけ》 |
| 大宰府《だざいふ》 | ▽鎮守府《ちんじゆふ》 | | | | | | 帥《そち》 | | | | 大弐《だいに》 | 少弐 | | ▽将軍《しょうぐん》 | |
| 国司《こくし》 | 大国《たいこく》<br>上国《じょうこく》<br>中国《ちゅうごく》<br>下国《げこく》 | | | | | | | | | | | | | 大国守《かみ》 | 上国守 |
| 後宮《こうきゅう》 | | | | | | 尚蔵《しょうぞう》 | 尚侍《しょうし》 | 尚膳《しょうぜん》<br>尚縫《しょうほう》 | | 典侍《てんじ》<br>典蔵《てんぞう》 | | | | 掌侍《しょうじ》<br>典膳<br>典縫 | |

| 地下人 | | | | | | |
|---|---|---|---|---|---|---|
| 正六位 | | 従六位 | | 正七位 | | 従七位 |
| 上 | 下 | 上 | 下 | 上 | 下 | 上 |
| 近衛将監《しょうげん》 | | ▽大尉《だいじょう》 | | ▽少尉 | | |
| 六位 | | | | | | |
| ▲大忠《だいちゅう》 | ▲少忠 | ▽大尉 | 勘解由判官《じょう》 | ▽少尉 ▲大疏《だいさかん》 | | |
| | 大監《だいげん》 | 少監 | 大判事 | 大工《だいく》 少判事 大典《たいてん》 | ▽軍監《ぐんげん》 | |
| | 大国介《すけ》 中国守 | 上国介 | 下国守 | | 大国大掾《だいじょう》 | 大国少掾 上国掾 |
| | 尚書《しょうしょ》 尚殿 尚酒 | | 掌蔵 尚兵《しょうひょう》 尚闈《しょうい》 尚掃 典書 尚薬 尚水 | | | |

●官職のうち、司《つかさ》・監《つかさ》・署《つかさ》・斎院司《さいいんし》と、寮の一部は省略した。また、位階は、以下、従七位下、正八位上・下、従八位上・下、大初《そ》位《い》上・下、少初位上・下がある。

●六位蔵人は、身分は地下人であるが、五位蔵人と同じように昇殿を許された。

●国司は、六十六国と二島（壱岐《いき》・対馬《つしま》）を四等級に分けて置かれた。

大国……大和《やまと》・常陸《ひたち》・陸奥《むつ》・肥後《ひご》など十三ケ国

上国……山城《やましろ》・三河《みかわ》・安芸《あき》・筑前《ちくぜん》など三十五ケ国

中国……安房《あわ》・丹後《たんご》・土佐《とさ》・薩摩《さつま》など十一ケ国

下国……和泉《いずみ》・伊賀《いが》・伊豆《いず》・対馬《つしま》など九ケ国

# 清涼殿図

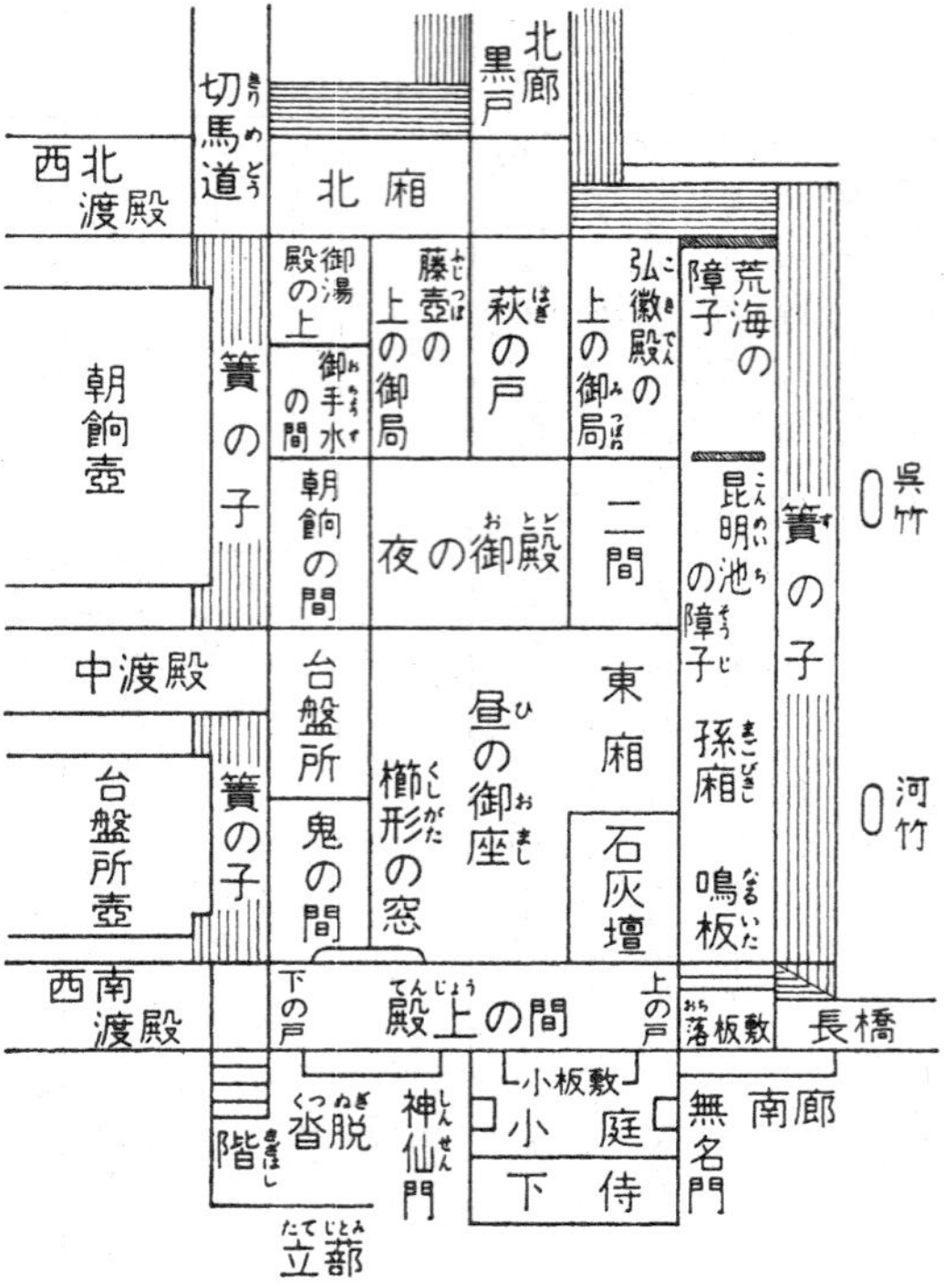
北廊
黒戸
切馬道《きりめどう》
西北渡殿
北廂
御湯殿の上
藤壺《ふじつぼ》の上の御局
萩《はぎ》の戸
弘徽殿《こきでん》の上の御局《みつぼね》
荒海の障子
朝餉壺
簀の子
御手水《おちょうず》の間
朝餉の間
夜の御殿《おとど》
二間
昆明池《こんめいち》の障子《そうじ》
簀《す》の子
呉竹
中渡殿
台盤所
昼《ひ》の御座《おまし》
東廂
孫廂《まごびさし》
河竹
台盤所壺
簀の子
鬼の間
櫛形《くしがた》の窓
石灰壇
鳴板《なるいた》
西南渡殿
下の戸
殿上《てんじょう》の間
上の戸
落《おち》板敷
長橋
小板敷
小庭
無名門
南廊
沓脱《くつぬぎ》
神仙《しんせん》門
階《きざはし》
下侍
立蔀《たてじとみ》

# 内裏図

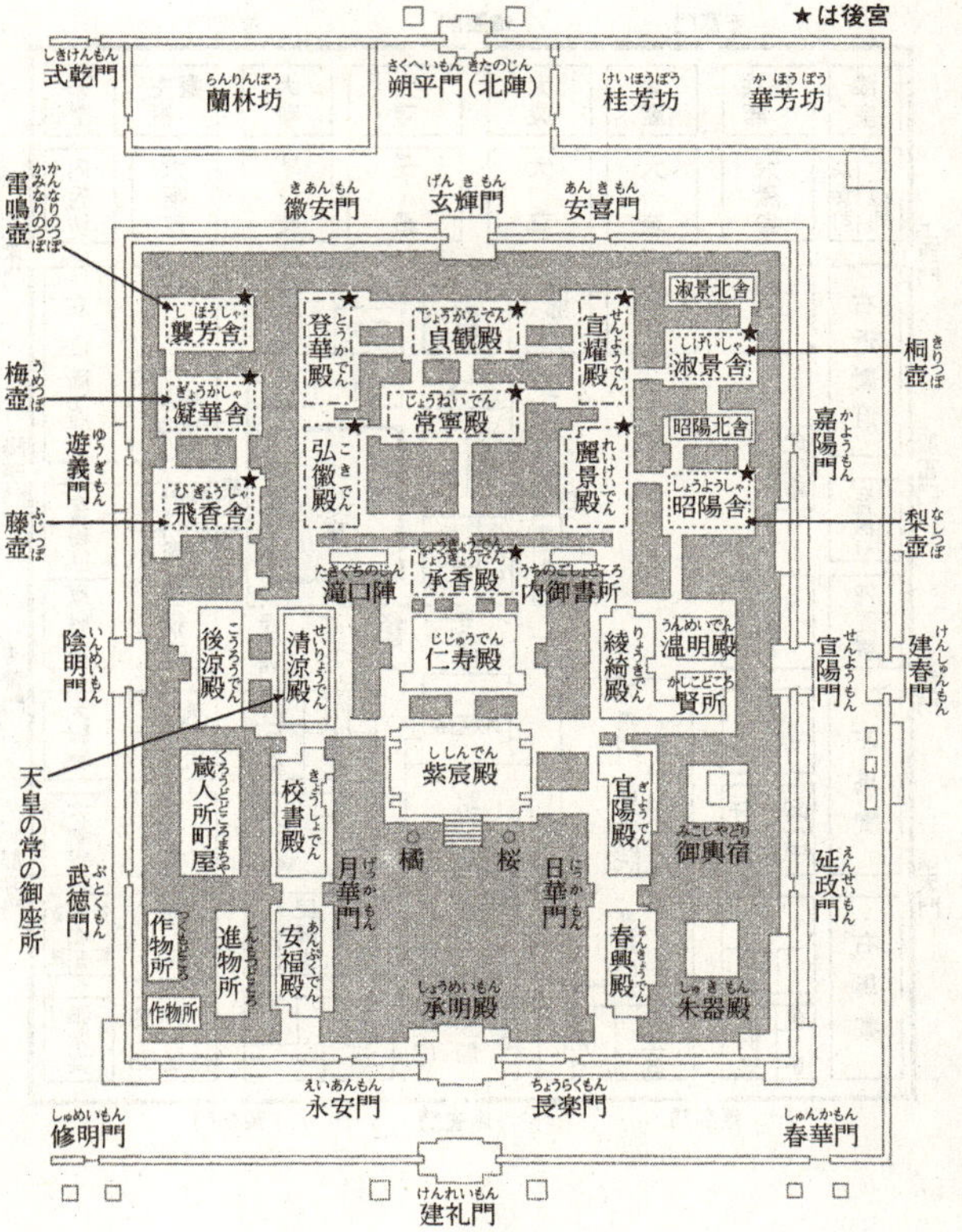
★は後宮
式乾門《しきけんもん》
蘭林坊《らんりんぼう》
朔平門《さくへいもん》（北陣《きたのじん》）
桂芳坊《けいほうぼう》
華芳坊《かほうぼう》
徽安門《きあんもん》
玄輝門《げんきもん》
安喜門《あんきもん》
雷鳴壺《かんなりのつぼ》《かみなりのつぼ》
襲芳舎《しほうしゃ》
登華殿《とうかでん》
貞観殿《じょうがんでん》
宣耀殿《せんようでん》
淑景北舎
淑景舎《しげいしゃ》
桐壺《きりつぼ》
梅壺《うめつぼ》
凝華舎《ぎょうかしゃ》
常寧殿《じょうねいでん》
弘徽殿《こきでん》
麗景殿《れいけいでん》
昭陽北舎
嘉陽門《かようもん》
遊義門《ゆうぎもん》
飛香舎《ひぎょうしゃ》
昭陽舎《しょうようしゃ》
藤壺《ふじつぼ》
梨壺《なしつぼ》
承香殿《しょうきょうでん》《じょうきょうでん》
滝口陣《たきぐちのじん》
内御書所《うちのごしょどころ》
後涼殿《こうろうでん》
清涼殿《せいりょうでん》
仁寿殿《じじゅうでん》
綾綺殿《りょうきでん》
温明殿《うんめいでん》
賢所《かしこどころ》
陰明門《いんめいもん》
宣陽門《せんようもん》
建春門《けんしゅんもん》
天皇の常の御座所
蔵人所町屋《くろうどどころまちや》
校書殿《きょうしょでん》
紫宸殿《ししんでん》
宜陽殿《ぎようでん》
御輿宿《みこしやどり》
武徳門《ぶとくもん》
月華門《げっかもん》
橘
桜
日華門《にっかもん》
延政門《えんせいもん》
作物所《つくもどころ》
進物所《しんもつどころ》
安福殿《あんぷくでん》
春興殿《しゅんきょうでん》
承明殿《しょうめいもん》
朱器殿《しゅきもん》
作物所
永安門《えいあんもん》
長楽門《ちょうらくもん》
修明門《しゅめいもん》
春華門《しゅんかもん》
建礼門《けんれいもん》

# 大内裏図

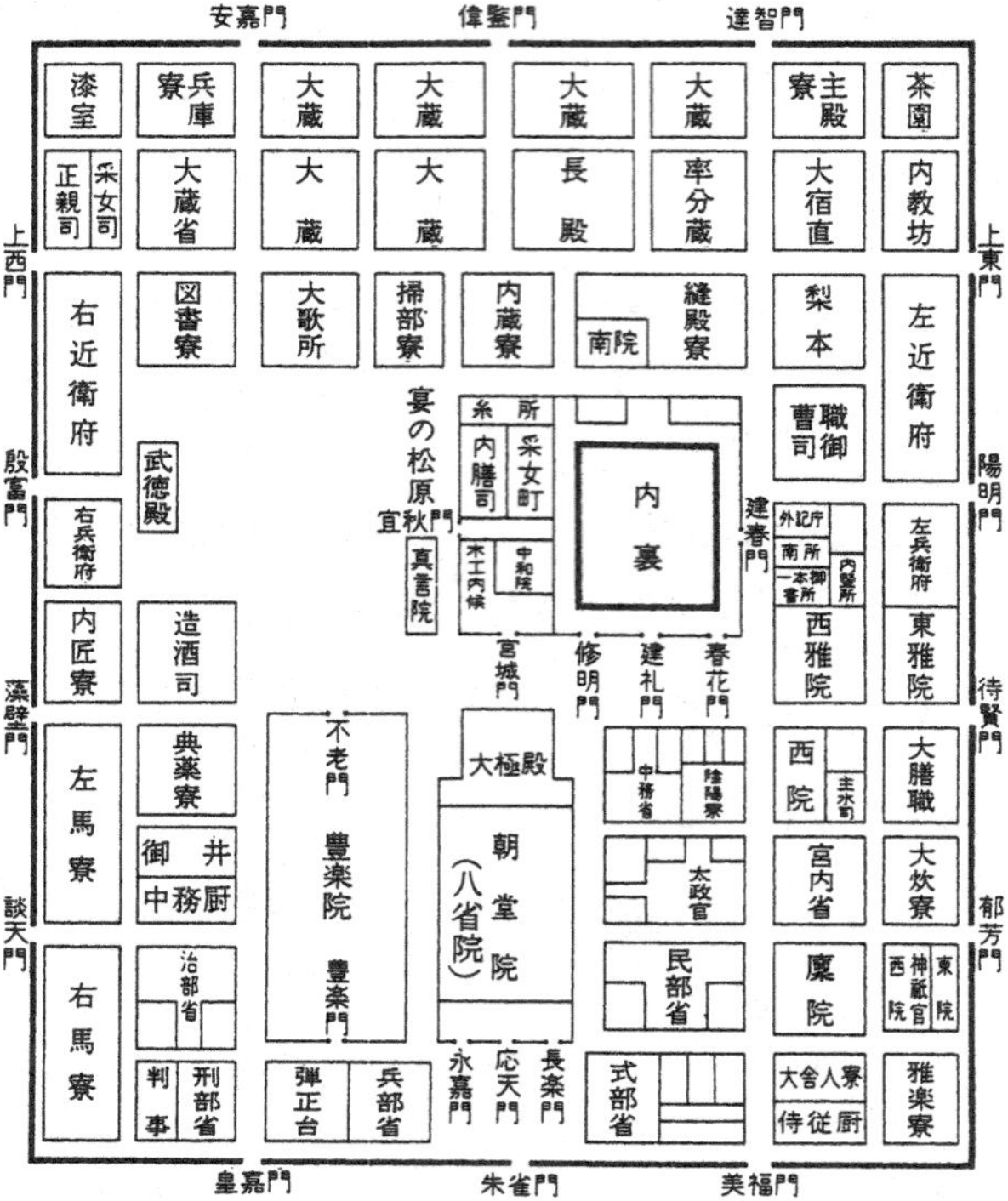
安嘉門
偉鑒門
達智門
漆室
兵庫寮
大蔵
大蔵
大蔵
大蔵
主殿寮
茶園
采女司
正親司
大蔵省
大蔵
大蔵
長殿
率分蔵
大宿直
内教坊
上西門
上東門
右近衛府
図書寮
大歌所
掃部寮
内蔵寮
縫殿寮
南院
梨本
左近衛府
宴の松原
糸所
内膳司
采女町
職御曹司
殷富門
陽明門
武徳殿
内裏
建春門
宜秋門
右兵衛府
真言院
木工内候
中和院
外記庁
南所
一本御書所
内豎所
左兵衛府
内匠寮
造酒司
西雅院
東雅院
宮城門
修明門
建礼門
春花門
藻壁門
待賢門
左馬寮
典薬寮
不老門
大極殿
中務省
陰陽寮
西院
主水司
大膳職
御井
中務厨
豊楽院
朝堂院
（八省院）
太政官
宮内省
大炊寮
談天門
郁芳門
右馬寮
治部省
豊楽門
民部省
廩院
神祇官
西院
東院
判事
刑部省
弾正台
兵部省
永嘉門
応天門
長楽門
式部省
大舎人寮
侍従厨
雅楽寮
皇嘉門
朱雀門
美福門

主要建物推定位置図

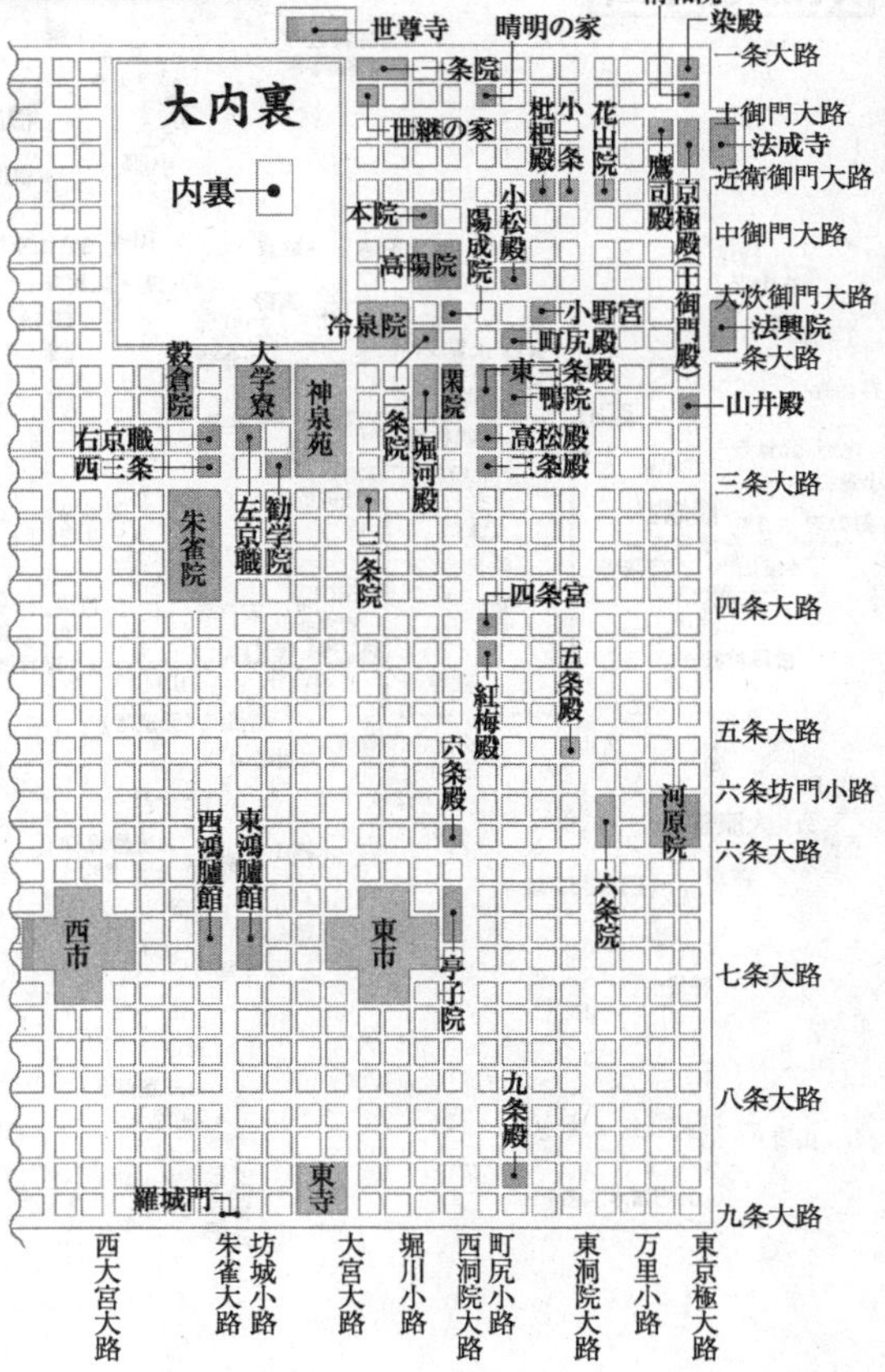
北
大内裏
内裏
世尊寺
晴明の家
清和院
染殿
一条院
世継の家
枇杷殿
小一条
花山院
鷹司殿
京極殿(土御門殿)
法成寺
本院
小松殿
陽成院
高陽院
冷泉院
小野宮
町尻殿
東三条殿
鴨院
法興院
山井殿
穀倉院
大学寮
神泉苑
閑院
二条院
堀河殿
高松殿
三条殿
右京職
西三条
朱雀院
左京職
勧学院
三条院
四条宮
紅梅殿
五条殿
六条殿
河原院
六条院
西鴻臚館
東鴻臚館
西市
東市
亭子院
九条殿
東寺
羅城門
一条大路
土御門大路
近衛御門大路
中御門大路
大炊御門大路
二条大路
三条大路
四条大路
五条大路
六条坊門小路
六条大路
七条大路
八条大路
九条大路
西大宮大路
朱雀大路
坊城小路
大宮大路
堀川小路
西洞院大路
町尻小路
東洞院大路
万里小路
東京極大路

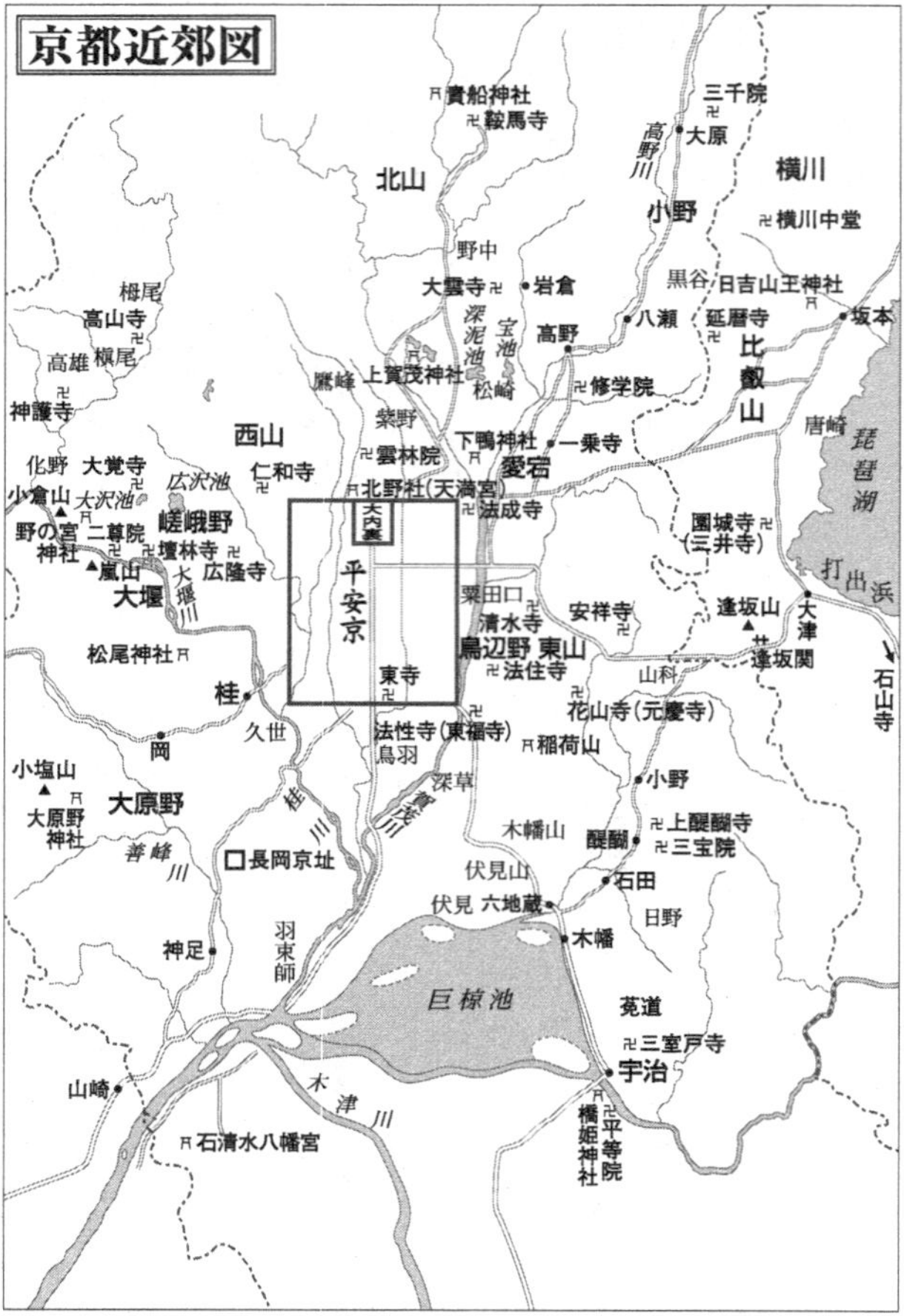
京都近郊図
貴船神社
鞍馬寺
三千院
高野川
大原
横川
北山
小野
横川中堂
野中
黒谷
日吉山王神社
大雲寺
岩倉
梅尾
高山寺
八瀬
延暦寺
坂本
深泥池
宝池
高野
比叡山
高雄
槙尾
鷹峰
上賀茂神社
松崎
修学院
神護寺
西山
紫野
唐崎
琵琶湖
下鴨神社
一乗寺
化野
大覚寺
雲林院
愛宕
広沢池
仁和寺
小倉山
大沢池
北野社(天満宮)
法成寺
嵯峨野
大内裏
野の宮神社
二尊院
園城寺(三井寺)
檀林寺
広隆寺
嵐山
平安京
打出浜
大堰
大堰川
粟田口
安祥寺
清水寺
逢坂山
大津
鳥辺野
東山
松尾神社
法住寺
逢坂関
東寺
山科
石山寺
桂
花山寺(元慶寺)
久世
法性寺(東福寺)
岡
稲荷山
鳥羽
小塩山
深草
小野
大原野
大原野神社
桂川
賀茂川
木幡山
上醍醐寺
善峰川
醍醐
三宝院
長岡京址
伏見山
石田
伏見
六地蔵
日野
羽束師
神足
木幡
巨椋池
莵道
三室戸寺
宇治
山崎
木津川
橋姫神社
平等院
石清水八幡宮

ビギナーズ・クラシックス 日本《にほん》の古典《こてん》

# 大鏡《おおかがみ》

武田友宏《たけだともひろ》＝編

平成19年 12月25日 初版発行
令和6年 8月30日 18版発行

発行者●山下直久

発行●株式会社KADOKAWA
〒102-8177 東京都千代田区富士見2-13-3
電話 0570-002-301（ナビダイヤル）

角川文庫 14971

印刷所●株式会社KADOKAWA
製本所●株式会社KADOKAWA

表紙画●和田三造



●お問い合わせ
https://www.kadokawa.co.jp/（「お問い合わせ」へお進みください）
※内容によっては、お答えできない場合があります。
※サポートは日本国内のみとさせていただきます。
※Japanese text only


ISBN978-4-04-357424-7 C0193

# 角川文庫発刊に際して

角　川　源　義

第二次世界大戦の敗北は、軍事力の敗北であった以上に、私たちの若い文化力の敗退であった。私たちの文化が戦争に対して如何に無力であり、単なるあだ花に過ぎなかったかを、私たちは身を以て体験し痛感した。西洋近代文化の摂取にとって、明治以後八十年の歳月は決して短かすぎたとは言えない。にもかかわらず、近代文化の伝統を確立し、自由な批判と柔軟な良識に富む文化層として自らを形成することに私たちは失敗して来た。そしてこれは、各層への文化の普及滲透を任務とする出版人の責任でもあった。

一九四五年以来、私たちは再び振出しに戻り、第一歩から踏み出すことを余儀なくされた。これは大きな不幸ではあるが、反面、これまでの混沌・未熟・歪曲の中にあった我が国の文化に秩序と確たる基礎を齎らすためには絶好の機会でもある。角川書店は、このような祖国の文化的危機にあたり、微力をも顧みず再建の礎石たるべき抱負と決意とをもって出発したが、ここに創立以来の念願を果すべく角川文庫を発刊する。これまで刊行されたあらゆる全集叢書文庫類の長所と短所とを検討し、古今東西の不朽の典籍を、良心的編集のもとに、廉価に、そして書架にふさわしい美本として、多くのひとびとに提供しようとする。しかし私たちは徒らに百科全書的な知識のジレッタントを作ることを目的とせず、あくまで祖国の文化に秩序と再建への道を示し、この文庫を角川書店の栄ある事業として、今後永久に継続発展せしめ、学芸と教養との殿堂として大成せんことを期したい。多くの読書子の愛情ある忠言と支持とによって、この希望と抱負とを完遂せしめられんことを願う。

一九四九年五月三日

# 角川ソフィア文庫ベストセラー

新版 古事記
現代語訳付き
中村啓信訳注

八世紀初め、大和朝廷が編集した、文学性に富んだ天皇家の系譜と王権の由来書。訓読文・現代語訳・漢文体本文の完全版。語句・歌謡索引付き。

新版 万葉集 (一)〜(四)
現代語訳付き
伊藤 博訳注

日本最古の歌集。全二十巻に天皇から庶民まで多種多様な歌を収める。新版に際し歌群ごとに現代語訳を付し、より深い鑑賞が可能に。全四巻。

新版 竹取物語
現代語訳付き
室伏信助訳注

竹の中から生まれて翁に育てられた少女が、多くの求婚者を退けて月の世界へ帰ってゆく、という現存最古の物語。かぐや姫の物語として知られる。

新版 伊勢物語
現代語訳付き
石田穣二訳注

後世の文学・工芸に大きな影響を与えた、在原業平を主人公とする歌物語。初冠から終焉までの一代記の形をとる。和歌索引・語彙索引付き。

新版 古今和歌集
現代語訳付き
高田祐彦訳注

日本人の美意識を決定づけた最初の勅撰和歌集の約千百首に、訳と詳細な注を付け、原文と訳・注が見開きでみられるようにした文庫版の最高峰。

新版 落窪物語 (上)(下)
現代語訳付き
室城秀之訳注

『源氏物語』に先立つ笑いの要素が多い長編物語。母の死後、継母にこき使われていた女君に深い愛情を抱く少将道頼は、女君を救い出し復讐を誓う。

新版 蜻蛉日記Ⅰ・Ⅱ
現代語訳付き
右大将道綱母
川村裕子訳注

美貌と歌才に恵まれ権門の夫をもちながら、蜻蛉のようにはかない身の上を嘆く二十一年間の内省的日記。難解とされる作品がこなれた訳で身近に。

# 角川ソフィア文庫ベストセラー

新版 枕草子（上）（下）
現代語訳付き
清少納言
石田穣二訳注
紫式部と並び称される清少納言の随筆。中宮定子に仕えた日々は実は主家没落の日々でもあったが、鋭い筆致で定子後宮の素晴らしさを謳いあげる。

源氏物語（1）〜（10）
現代語訳付き
紫式部
玉上琢弥訳注
日本文化全般に絶大な影響を与えた長編物語。自然描写にも心理描写にも卓越しており、十一世紀初頭の文学として世界でも異例の水準にある。

更級日記
現代語訳付き
菅原孝標女
原岡文子訳注
十三歳から四十年に及ぶ日記。東国からの上京、物語に読みふけった少女時代、夫との死別、などついに憧れを手にできなかった一生の回想録。

和泉式部日記
現代語訳付き
和泉式部
近藤みゆき訳注
為尊親王追慕に明け暮れる和泉式部へ、弟の敦道親王から便りが届き、新たな恋が始まった。百四十首あまりの歌とともに綴られる恋の日々。

堤中納言物語
現代語訳付き
山岸徳平訳注
世界最古の短編集。同時代の宮廷文学とは一線を画し、皮肉と先鋭な笑いを交えて生活の断面を切り取る近代文学的な作風は特異。

大鏡
佐藤謙三校注
文徳天皇から後一条天皇まで（八五〇〜一〇二五年）の歴史を紀伝体にして藤原道長の権勢を描く。二人の翁の話という体裁で史論が展開される。

今昔物語集 本朝仏法部（上）（下）
佐藤謙三校注
日本最大の説話文学集の、日本の仏教説話の部分。怪異譚・名僧奇蹟譚・仏法功徳譚・往生譚など多彩な二一二話を集める。

## 角川ソフィア文庫ベストセラー

古典文法質問箱　大野　晋

古典を読み解くためだけでなく、短歌・俳句を作る時にも役立つ古典文法Q&A84項目。高校現場からの質問に、国語学の第一人者が易しく答える。

源氏物語のもののあはれ　大野晋　編著

『源氏物語』は、「もののあはれ」の真の言葉の意味を知ることで一変する。紫式部が「モノ」という言葉に秘めたこの物語世界は、もっと奥深い。

ビギナーズ・クラシックス 近代文学編
一葉の「たけくらべ」　角川書店　編

江戸情緒を残す明治の吉原を舞台に、少年少女の儚い恋を描いた秀作。現代語訳・総ルビ付き原文、資料図版も豊富な一葉文学への最適な入門書。

ビギナーズ・クラシックス 近代文学編
漱石の「こころ」　角川書店　編

明治の終焉に触発されて書かれた先生の遺書。その先生の「こころ」の闇を、大胆かつ懇切に解き明かす、ビギナーズのためのダイジェスト版。

ビギナーズ・クラシックス 近代文学編
藤村の「夜明け前」　角川書店　編

近代の「夜明け」を生き、苦悩した青山半蔵。幕末維新の激動の世相を背景に、御一新を熱望する彼の生涯を描いた長編小説の完全ダイジェスト版。

ビギナーズ・クラシックス 近代文学編
鷗外の「舞姫」　角川書店　編

明治政府により大都会ベルリンに派遣された青年官僚が出逢った貧しく美しい踊り子との恋。格調高い原文も現代文も両方楽しめるビギナーズ版。

ビギナーズ・クラシックス 近代文学編
芥川龍之介の「羅生門」「河童」ほか6編　角川書店　編

芥川の文学は成熟と破綻の間で苦悩した大正という時代の象徴であった。各時期を代表する8編をとりあげ、作品の背景その他を懇切に解説する。

# 角川ソフィア文庫ベストセラー

ビギナーズ・クラシックス 中国の古典
## 論語
加地伸行

儒教の祖といわれる孔子が残した短い言葉の中には、どんな時代にも共通する「人としての生きかた」の基本的な理念が凝縮されている。

ビギナーズ・クラシックス 中国の古典
## 李白
筧久美子

酒を飲みながら月を愛で、放浪の旅をつづけた中国を代表する大詩人。「詩仙」と称され、豪快奔放に生きた風流人の巧みな連想の世界を楽しむ。

ビギナーズ・クラシックス 中国の古典
## 老子・荘子
野村茂夫

道家思想は儒教と並ぶもう一つの中国の思想。わざとらしいことをせず、自然に生きることを理想とし、ユーモアに満ちた寓話で読者をひきつける。

ビギナーズ・クラシックス 中国の古典
## 陶淵明
釜谷武志

自然と酒を愛し、日常生活の喜びや苦しみをこまやかに描く、六朝期の田園詩人。「帰去来辞」や「桃花源記」を含め一つ一つの詩には詩人の魂が宿る。

ビギナーズ・クラシックス 中国の古典
## 韓非子
西川靖二

法家思想は、現代にも通じる冷静ですぐれた政治思想。「矛盾」「守株」など、鋭い人間分析とエピソードを用いて、法による厳格な支配を主張する。

ビギナーズ・クラシックス 中国の古典
## 杜甫
黒川洋一

若いときから各地を放浪し、現実の社会と人間を見つめ続けた中国屈指の社会派詩人。「詩聖」と称される杜甫の詩の内面に美しさ、繊細さが光る。

ビギナーズ 日本の思想
## 福沢諭吉「学問のすすめ」
福沢諭吉
佐藤きむ訳
坂井達朗解説

明治維新直後の日本が国際化への道を辿るなかで、混迷する人々に近代人のあるべき姿を懇切に示し勇気付け、明治初年のベストセラーとなった名著。